Tina Ger

Das Angeln von Piranhas

Impressum

© 2019 fineBooks Verlag Alexander Broicher. All rights reserved.

Umschlaggestaltung: Mo Tapprogge

                mo-creation-design.com

Lektorat: Markus Lorenz

Herstellung und Vertrieb: Alexander Broicher

Die Deutsche Nationalbibliothek verzeichnet diese Publikation in der Deutschen Nationalbibliografie.

ISBN: 978-3-948373-03-0

Tina Ger

Das Angeln von Piranhas

Roman

*fine*BOOKS

TEIL EINS

BERLIN

1.

Es ist heiß. Meine Kehle ist ausgetrocknet. Ich will den Tag nicht. Keine Sonnenaufgänge mehr für mich, beschließe ich und ziehe mir die Decke über den Kopf. Hier riecht die Luft nach Sex. Das gefällt mir schon besser. Ich versuche mich zu entspannen und lasse die Augen geschlossen. Am liebsten würde ich auf ewig so bleiben, wie ich bin. Im Kissen. Ganz tief. In meinem Kopf höre ich ihre ausgelassene Stimme.

Wir können ja nicht zu dir gehen, hat sie lachend gesagt und mir meine Hand mit dem goldenen Ehering unter die Nase gehalten. Ich habe vergessen, warum wir nicht zu ihr gehen konnten. Irgendetwas mit ihrer Mitbewohnerin. Grippeviren? Mottoparty? Moralapostelei? Ich weiß es nicht mehr. Offensichtlich habe ich da schon nicht mehr zugehört.

Die Sommerhitze kriecht unaufhaltsam in unser Hotelzimmer. Um meinen Bauchnabel bildet sich Schweiß. Mit den Füßen ziehe ich mir die Bettdecke vom Körper. Mein Schwanz ist schon wach. Frühaufsteher, befi2nde ich und drehe mich auf die Seite. Meine Augen halte ich noch immer geschlossen. Womöglich grinse ich blöd. Wahrscheinlich liegt sie auch auf der Seite, guckt mich an und fragt sich, was für einen Idioten sie da abgeschleppt hat. Ich öffne die Augen und sehe nichts. Da ist nichts neben mir außer dem zerwühlten Bettzeug. Ich richte mich auf und will mich nach Yara umsehen, doch die Realität empfängt mich mit weißen Blitzen, die mir durch den Kopf schießen. Alles ist unscharf. Ich reibe mir die Augen und bemerke jetzt den pulsierenden Schmerz in meinen Schläfen.

Nach ein paar Sekunden lässt der Schwindel nach und ich kann
aufstehen. Im Bad trete ich auf feuchte Handtücher. Yara ist weg.
Scheiße, stöhne ich mit pelziger Zunge.
Dann reiße ich die Fenster auf. Unten auf der Straße herrscht Lärm,
und noch mehr Hitze. Von irgendwoher höre ich Musik. Gut. Ich
kann besser denken, wenn es laut ist. Doch das ist gar kein Denken,
was da in meinem Kopf vorgeht, während ich angestrengt aus dem
Fenster starre. Mein Gehirn will einfach nicht auf Touren kommen.
Ich wende mich ab. Da ist unser Bett. Es ist leer. So wird das nichts,
meine Gedanken sind total verklebt. Ich muss erst mal kalt duschen
und mich wieder anknipsen.
Ohne mich abzutrocknen – Yara hat kein trockenes Handtuch übrig
gelassen –, suche ich meine Sachen zusammen und ziehe mich an.
Von ihr ist nichts da außer einem halb gegessenen Apfel. Ich nehme
ihn in die Hand. Eine Seite grün und frisch, die andere angebissen
und schrumpelig. Eine Fruchtfliege landet nach kurzem Auffliegen
wieder auf der angebissenen Stelle, als fordere sie den Apfel zurück.
Ich verscheuche sie mit der Hand und lasse den Apfel in meine
Tasche fallen. Mein Blick ist auf dem zerwühlten Bett eingerastet, ich
kann mich nicht losreißen. Mein linkes Ohr beginnt zu kribbeln. Yara
hat daran geleckt. Ich meine, ihre Zunge zu spüren, wie sie meinen
Hals hinabfährt. Ihr heißer Atem auf meiner feuchten Haut.
   Wir haben uns gestern Abend im *Lass uns Freunde bleiben* getroffen.
Eigentlich wollten wir durch die Stadt laufen, weil der Sommer
endlich da war, doch dann fing es zu regnen an und wurde windig.
Also sind wir ins *Luxus* gegangen. Etwas war anders letzte Nacht.
Yara war anders. Sie verhielt sich aufgedreht und wollte ständig was,
und dann war sie aber auch sentimental. Sie erzählte von ihrer Familie
in Brasilien. Die Sehnsucht nach der fernen Heimat ließ ihre Stimme
rau und brüchig werden, und das hat mich verrückt gemacht. Ihr
Blick lag auf mir und ging gleichzeitig durch mich hindurch. Sie war
da, saß genau neben mir, und doch wirkte sie wie weit entfernt. Ich
konnte nicht anders und habe meine Hand auf ihren Schenkel gelegt,

ohne dass sie mich ermahnte, wie sie es sonst immer getan hat. Sie hat mich angelacht, meinen Kopf in ihre Hände genommen und mich geküsst. Einfach so. Als wäre es das Normalste der Welt. Als würde sie mich immer freitagnachts im *Luxus* küssen.

Ich wollte sie seit Wochen vögeln, doch trotz des Alkohols, den wir letzte Nacht in uns hineinschütteten, ängstigte mich die Aussicht, mit ihr zu schlafen. Unversehens gerieten mir in Yaras Geschichten – alles Erzählungen aus ihrer Kindheit – Bilder von Johanna und den Kindern. Zwei Frauen, zwei Leben. Überlagert, wie zwei Fotos in einem. Ich starrte in die portugiesischen Kacheln hinter der Bar und überlegte, kein Bier mehr zu bestellen, sondern Schnaps, doch da hatte Yara schon bezahlt und zog mich auf die Straße.

Sie lief in hohen Stiefeln vor mir her. Yara ist zierlich und schlank. Manchmal sind ihre hellbraunen Haare rot. Keine Ahnung, wie das kommt. An manchen Tagen denke ich, sie hat rote Haare. Ein Herbstrot wie Fallobst. Ihre helle Haut passt nicht in die Geschichten aus Brasilien. Aber ich habe vergessen zu fragen, warum das so ist. Sie sieht überhaupt nicht brasilianisch aus. Doch, vielleicht um die Hüften. Die scheinen nicht ganz in ihre Röhrenjeans zu passen.

Ich musste rennen, um sie einzuholen. Es nieselte immer noch. In Berlin ist es ohne Sonne eigentlich nie warm. Die Stadt schüttelt die Hitze des Tages ab, als wäre sie ihr lästig. Sie will kalt sein. Yara fror in ihrem hauchdünnen T-Shirt, das der Regen durchsichtig gemacht hatte. Es klebte an ihrer Haut und schrie danach, von ihrem Körper gerissen zu werden. Sie zog einen Schmollmund. Ich fand die Situation brenzlig, doch Yara vergrub ihren Kopf einfach unter meiner Jacke. Ihre Arme schob sie unter mein T-Shirt. Sie war ganz kalt und zitterte. Ich lehnte meinen Kopf an ihre kühle Stirn. Ich wollte sie. Unbedingt. Auf der anderen Seite der Straße fiel mir das *Ackselhaus* ins Auge – eines der teuren Hotels. Mir war sofort klar, dass ich das Zimmer nicht in bar würde bezahlen können.

Ich stellte sie unter die heiße Dusche und ließ mich nebenan in einen rosa Sessel fallen. Nach ein paar Minuten hörte ich es trällern.

Offenbar hatte sie ihre gute Laune wiedergefunden. Meinen mich in
Sicherheit wiegenden Alkoholspiegel hatte ich im Regen verloren.
Doch da gab es ja noch die gut gefüllte Minibar. Dankbar öffnete ich
die kleinen Flaschen und leerte gemächlich eine nach der anderen. Ich
versuchte die Aufregung von meiner Erregung zu trennen, doch die
beiden hatten sich wie so oft miteinander verbündet. Ich griff nach
meinen Zigaretten, als Yara ins Zimmer trat. Sie trug nichts als heißen
Dampf, der sich um ihren nackten Körper schlängelte und dunkle
Fußspuren auf dem blauen Teppich hinterließ. Würden alle Spuren
dieser Nacht so leicht verwischen wie diese? Sie griff nach meinen
Händen und zog mich aus dem Sessel. Ich sah, wie sie mich anblickte.
Sie tropfte.

Ich schob mir mein T-Shirt über den Kopf und ließ es hinter mich
fallen. Ihr Blick folgte meinen Händen. Sie fing sie auf dem Weg zu
meiner Jeans ab und zog mich zu sich heran. Das Wasser auf ihrem
heißen Körper war kalt. Ich leckte die Tropfen von ihren Brustwarzen,
die unter der Berührung meiner Zunge hart wurden. Yaras Küsse
schmeckten nach Lust und Minzblättern, die sie aus ihrem Cocktail
gegessen hatte. Mit den Fingerspitzen folgte ich dem perlenden
Wasser, das ihren Körper in Nässe kleidete. An ihr war alles fest und
klar. Die Tropfen verloren sich nicht, sie liefen an ihr hinab. Überall
feine Muskeln, die sich mit jeder meiner Berührungen anspannten.
Hastig zog ich sie aufs Bett. Sie schlang ihre Beine um mein Becken.
Ich sah ihre Hände an meinem Gürtel und richtete mich auf. Dann
glitt ich aus meiner Jeans und in eine Ungeduld, die mir den Atem
verschlug. Ich griff nach Yara, von ihren kräftigen Beinen
umschlungen, und suchte nach dem Gefühl ihres Körpers, als drohte
mit jedem Zentimeter Abstand die Gefahr eines Gedankens, den ich
nicht denken wollte. Ich schob meine Hände unter ihren Hintern, das
Bett unter ihr war nass. Sie presste ihren Körper an meinen und rieb
sich an mir wie eine Katze. Ihre Lust erregte mich. Sie war frei, ließ
sich einfach treiben. Zwischen ihren Brüsten mischte sich Schweiß mit
Wasser. Jetzt löste sie den Druck ihrer Beine und gab mich frei. Dann

ergriff sie meine Hand und presste sie gegen sich. Sie hatte sich nur nachlässig rasiert, doch ich mochte das raue Gefühl. Mit den Fingern drang ich in sie ein und lauschte ihrem kehligen Stöhnen, das mit jedem Atemzug Lust in mich träufelte.
Ich wollte mit ihr schlafen. Ich musste. Etwas an ihr hatte mich berührt. Nein, es war mehr als das. Sie hatte mich erweckt. Ich war wie tot gewesen, bis ich auf Yara traf. Dass ich mich mit ihr so anders fühlte, lag daran, dass ich mich plötzlich wieder spürte. Ich umschlang ihre Hüften und konnte mich nicht satt fühlen an ihr, bis sie meine Erektion in ihren Händen hielt. Ihre Nägel trug sie kurz, verziert mit Resten roten Nagellacks. Der Kopf fiel mir auf die Brust. Sie stellte meine Gedanken ab, als hätte sie eine unbekannte Macht über mich. Für einen Augenblick verhakten sich unsere Blicke.
Luca, sagte sie und es war kaum mehr ein Flüstern.
Mir war, als hörte ich meinen eigenen Namen das erste Mal in meinem Leben. Er hatte einen seltsamen Klang. Sie sagte ihn wie eine Kostbarkeit, wog das Wort, mit dem sie mich meinte, zwischen ihren Lippen, lutschte es mit der Zunge kugelrund und gab es gleich einem Geheimnis preis.
Luca, wiederholte sie.
Ich hätte alles für sie getan.
Nimm mich, forderte sie.
Ich hielt meinen Schwanz in der Hand, und es kam mir vor wie mein Schicksal. Sie sah mir in die Augen, ohne den Blick zu senken. Unser Atem verschwamm zu einem Rausch aus Begehren, aus dem ich nie wieder auftauchen wollte. Dann drang ich in sie ein. Auf Yaras Lippen erschien ein Lächeln und in ihren Augen glomm ein Wissen auf, das sie golden glänzen ließ.

Es klopft an die Tür. Ich starre immer noch auf das zerwühlte Bett. Noch einmal klopft es. Mein Blick fällt auf meine Jeans. Dann fällt mir ein, dass es Yara sein könnte, und ich spüre, wie mein Herz in der Brust zu galoppieren beginnt. Also öffne ich, doch da steht nur eine Hotelangestellte.

Weckdienst, sagt sie irritiert, weil ich komplett angezogen und offensichtlich bereits hellwach vor ihr stehe.
Um meine Erektion zu verdecken, binde ich mir den Pullover um die Hüfte. Das Hotelmädchen zieht ab. Ich werfe einen letzten Blick auf unser Bett und lasse die Tür hinter mir ins Schloss fallen.

2.

Ein Leichenwagen fährt an mir vorbei und biegt in unsere Straße
ein. Ich blicke ihm nach und sehe eine Absperrung, die gestern noch
nicht da war. Ein Flatterband und ein Polizist mit Motorrad
versperren den Weg in die Fehrbelliner und zu dem Haus, in dem ich
wohne. In Richtung Kirche laufen zwei Männer in Papieranzügen und
mit großen Aktenkoffern in der Hand. Ich gehe auf das Flatterband
zu. Der Polizist auf dem Motorrad winkt mich mit ausdrucksloser
Miene weiter, doch ich lasse mich nicht abwimmeln und steige über
die Absperrung.
Ausweis, fordert der Uniformierte knapp und stellt sich mir in den
Weg.
Ich wühle in meiner Tasche. Der Polizist begleitet mich zur Haustür.
Sein Funkgerät rauscht und hustet unablässig. Während ich den
Schlüssel suche, bellt der Bulle Anweisungen in sein Gerät.
Bleiben Sie in der Wohnung und halten Sie sich zur Verfügung.
Wieso?, queruliere ich. Was ist denn passiert?
Anwohnerbefragung, sagt er und lässt mich stehen.

Ich sehe, wie schwarz gekleidete Männer zwei kleine Särge in die
Kirche tragen. Vielleicht ein Schlaganfall während der Frühmesse?,
überlege ich und ziehe mein Mobiltelefon aus der Tasche. Es ist viertel
nach neun. Ich weiß gar nicht, wann die Frühmesse normalerweise
stattfindet. Um acht? Das Display zeigt vier Anrufe in Abwesenheit.
Alle von Johanna. Mir fällt nicht ein, was sie wollen könnte.
Wahrscheinlich Belanglosigkeiten. Ich habe keine Lust zurückzurufen.
Das kann ich auch später noch tun. Sie ist mit den Kindern zu ihren
Eltern nach Hamburg gefahren. Ich habe die Wohnung das ganze
Wochenende für mich und bin froh darüber, allein zu sein. Im

Fahrstuhl halte ich mich am Geländer fest. Meine Beine sind wie aus
Gummi. Ich glaube, das liegt an Yara. Ich lehne meinen überhitzten
Kopf an das kühle Metall der Fahrstuhltür und wünsche mir, er
würde ewig fahren und ich niemals ankommen. Johanna hat das
Dachgeschoss gekauft. Ihre Familie ist reich. Als sie mit Katinka
schwanger wurde, wollte sie in die Nähe ihrer Eltern ziehen, doch ich
kann unmöglich nicht in Berlin sein. Das ist völlig ausgeschlossen. Ich
bin nicht verpflanzbar. Neuanfang ist nicht mein Ding. Der Fahrstuhl
hält und ich werfe mich wie gewohnt mit der Schulter voran gegen
die schwere Stahltür. Im Flur ist es angenehm dunkel. Meine Schritte
hallen auf dem Boden. Mit dem Schlüssel in der Hand gehe ich auf
unsere Eingangstür zu, die plötzlich aufschwingt.

Meine verheulte Tochter Katinka hält sich an der Türklinke fest.
Hinter ihr Johanna. Aljosha reißt sich von ihrer Hand los und rennt
auf mich zu. Er schreit Papa! und streckt mir seine Arme entgegen. Ich
hebe ihn hoch und er legt seinen Kopf auf meine Schulter. Für einige
Sekunden atmet er nur stoßweise.
Die anderen Kinder sind tot!, ruft er mir schließlich ins Ohr.
Seine aufgeregte Kinderstimme echot im Hausflur durch alle Etagen.
Er ist erst vier, weiß aber trotzdem, wie er mich verarschen kann,
weshalb ich erst mal abwarte. Von Aljosha kommt allerdings kein
Lachen. Nicht mal ein Kichern. Diesmal meint er es wohl ernst. Sein
kleiner Körper vibriert vor Anspannung.
Hat er Fieber?, frage ich Johanna, doch sie antwortet nicht, sondern
fällt mir in die Arme.
An mein rechtes Bein klammert sich Katinka. Ich weiß nicht, was ich
machen soll. Ich kann mich nicht bewegen. Familie und
Verantwortung kleben an mir.
Emma und Jakob sind jetzt im Himmel, höre ich Aljosha sagen.
Was?, frage ich irritiert.
Weil sie im Dunkeln draußen gespielt haben und nicht nach Hause
gegangen sind, stößt Aljosha mit einem erstickten Schluchzen hervor.
Für mich klingt das nach *Hänsel und Gretel*. Mein T-Shirt ist nass von

Johannas Tränen. Ich führe sie in unsere Wohnung. Dann schließe ich
die Tür hinter uns.

In der Küche höre ich das Radio leise dudeln. Als wäre dieser Tag
so normal wie jeder andere Samstagmorgen. Johanna beruhigt sich
allmählich. Ich will sie fragen, was passiert ist und warum sie nicht in
Hamburg ist.
Luca, wo warst du?, kommt sie mir zuvor.
Ich ..., setze ich an. Darauf war ich nicht vorbereitet.
Warum bist du nicht bei deinen Eltern?, frage ich zurück.
Wir sind seit gestern Abend wieder da, erklärt sie.
Scheiße, denke ich, während sie sich die Tränen aus dem Gesicht
wischt.
Teresa hat mich angerufen. Emma und Jakob sind nicht nach Hause
gekommen. Die Kinder hätten ja bei uns sein können.
Ich nicke. Das sind unsere Nachbarskinder. Sie sind oft bei uns.
Sie sind tot, flüstert Johanna und beginnt wieder zu schluchzen. Und
dann, mit namenlosem Entsetzen: Wahrscheinlich sind sie einem
Verbrechen zum Opfer gefallen.

Ich denke an die beiden Särge und begreife so langsam. Oli und
Teresa wohnen unter uns. Johanna und Resa waren gleichzeitig
schwanger. Eigentlich waren sie gar nicht so eng miteinander. Bis die
Kinder kamen. Katinka und Emma sind wie Geschwister
aufgewachsen. Oli kann super mit Kindern, er ist einfach der
geborene Vatertyp. Fürsorglich, geduldig, belastbar. Ich war schon
vor der Geburt überfordert. Wollte nicht gebraucht werden. Eigentlich
wollte ich auch keine Kinder. Johanna hat das Wollen übernommen
und ist schwanger geworden, und ihr runder Leib wurde immer
voller und wuchs mir entgegen. Jetzt gehen Tinka und Emma in die
erste Klasse. Resas Erstgeborener ist älter. Ich glaube, Jakob ist schon
acht. Er geht auch auf die Schule am Teutoburger Platz. Nein, das
stimmt ja jetzt nicht mehr. Sie *gingen* alle auf dieselbe Schule,
korrigiere ich mich.
Aljosha windet sich auf meinem Arm. Ich sehe meinen Sohn an und

stelle ihn auf den Boden. Er nimmt seine Schwester an die Hand.
Haben Jakob und Emma jetzt Flügel?, fragt er Katinka.
Hm, entgegnet sie, während er seine Arme ausbreitet und
Propellergeräusche macht.
So laufen sie über den Flur. Wir schauen ihnen nach, bis wir sie nicht
mehr sehen können. Trotzdem blicken wir stumm weiter den Flur
hinab. Als die Tür zum Kinderzimmer laut zuschlägt, zuckt Johanna
unwillkürlich zusammen. Mit hängenden Schultern steht sie da. Ihre
Haare haben sich aus dem Zopfband gelöst und fallen ihr ins Gesicht.
Sie trägt eine alte Jogginghose von mir, die sie unten abgeschnitten
hat. Müde sieht sie aus. Unter ihren Augen tiefe Schatten einer
durchwachten Nacht. Ich stinke nach Rauch, meine Klamotten sind
vollgesogen vom Rausch einer nicht weniger schlaflosen Nacht.
Johanna schaut mich an. Sie stellt die Frage nicht.
Ich hab mir Sorgen gemacht, sagt sie mit leiser Stimme.
Es liegt ein Vorwurf darin, ohne dass sie es beabsichtigt. Er läge auch
ohne Worte in ihrem Sein. In ihrem bloßen Im-Flur-Stehen. Ein
Vorwurf, der aus allen Poren dringt. Mir ist schlecht. Mein Widerwille
ist so stark, dass er mich fast schwanken lässt. Ich muss mich
unbedingt in eine Bewegung flüchten.
Ich will aus den Klamotten, sage ich und versuche die Kontrolle über
mich zu behalten und nicht kopflos ins Schlafzimmer zu rennen.

Hinter mir schlägt die Tür zu und ich sehe vor meinen Augen
Johanna wieder zusammenfahren. Wahrscheinlich schüttelt sie kurz
den Kopf und geht dann in die Küche. Ich ziehe mir mein stinkendes
T-Shirt vom Leib und steige aus der Jeans. Dann lasse ich mich auf
unser Bett fallen und starre an die Decke. Es kommt mir vor, als
stände ich zwischen zwei Teilen von mir selbst. Ich bin gefangen und
weiß nicht, was ich tun soll. Ich denke an Johanna und erinnere mich
an den Stolz, den ich damals empfunden habe, als sie sich für mich
entschied. An das Glück, das mehr eine Art Befriedigung war. Sie
wählte mich und stellte mir Fragen zu meiner Zukunftsplanung, als
hätte ich schon als Student wissen müssen, was mein Leben mir

bringen würde. Ich wusste nichts, wollte aber alles. Die süße Antriebslosigkeit nach dem Studium, lange Zugreise ohne Ziel, Rockstar werden oder Reisejournalist, Partys feiern und Bücher lesen, Tennis spielen in weißen Socken, schöne Frauen verführen und bei Tageslicht vögeln. Was zählen Pläne schon? Ich ziehe mir das Kissen über den Kopf. Am liebsten würde ich mich verstecken.

Ich stehle mich mit dem Telefon auf die Terrasse. Nervosität ist mir in die Glieder gefahren. Mit den Fingern gleite ich durch die Pflanzen in Johannas Blumenkästen. Sie verströmen einen schweren Geruch, der mir Kopfschmerzen bereiten würde, wenn ich nicht schon welche hätte. Das Telefon halte ich mir ans Ohr. Es klingelt. Unten auf der Straße ist nichts mehr los. Alle Spuren sind beseitigt. Endlich geht er ran.

Ey Dari, sage ich, es ist was passiert.

Ich lasse mich auf eine Sonnenliege fallen. Dari hat natürlich keine Ahnung. Kein Wunder, dass ihn niemand angerufen hat. Er wohnt auch bei uns im Kiez, aber so richtig gehört er nicht dazu. Er war einige Monate in Therapie. Letztes Jahr hat er nachts die Wohnung angezündet, in der seine Frau und die Kinder geschlafen haben. Sagt, er weiß nicht, warum er's getan hat. Posttraumatische Belastungsstörung, hieß es. Er hatte das Gefühl, alles brennen sehen zu müssen. Immer hat er diese Bilder im Kopf, vom goldenen Schein des Feuers, in dem seine Frau Merle und die kleinen Mädchen tanzen. Jetzt wohnt er allein. Gleich um die Ecke. Ich finde, er ist ein prima Vater, auch wenn er seine Kinder nur noch selten zu sehen bekommt. Aber das habe ich auch schon gedacht, bevor er die Wohnung angezündet hat.

Bei mir hat niemand angerufen, bemerkt Dari, nachdem ich ihm erklärt habe, dass Oli und Teresa überall Alarm geschlagen haben, nachdem die Kids nicht nach Hause gekommen sind.

Ich schlucke, es muss jetzt raus.

Ich hab mit Yara geschlafen, sage ich unumwunden.

Stille. In der Leitung knackt es, als wäre Dari weit weg.

Wann?

Gestern Nacht.

Oh Mann, sagt er und schweigt dann wieder.

Ich weiß, sinniere ich zusammenhanglos.

Hat Jojo dich gleich abführen lassen?, witzelt er und lacht.

Haha, mache ich.

Und was hast du ihr gesagt?

Noch nichts. Ich denk mal, ich war mit dir unterwegs.

Verstehe, erwidert er zustimmend.

Cool, sage ich und verschränke die Arme unter dem Kopf.

Und wo sind Olis Kinder jetzt? Habt ihr sie gefunden?, will er wissen.

Plötzlich bemerke ich, dass mich das alles mehr mitnimmt, als ich gedacht habe. Mein frisches T-Shirt ist schon wieder nass von kaltem Schweiß. Ich schäle mich aus der Sonnenliege und mein Blick fällt auf die Straße. Ich weiß noch, wo der Leichenwagen gestanden hat. Meine Stimme hört sich jetzt brüchig an.

Sie sind tot.

Was? Dari scheint zu zweifeln.

Sie haben sie in der Kirche gefunden, sage ich wie zu mir selbst, als brauche es die ewige Wiederholung, um meinem Hirn die sperrige Information endlich zugänglich zu machen.

Was ist passiert?

Keine Ahnung, sage ich und merke, dass ich das Gespräch beenden will. Schon befällt mich eine neue Unruhe, jetzt wo mein Alibi steht. Ich muss an meine Kinder denken und fühle, wie mir die Haut zu eng wird. Ich fange an, auf und ab zu gehen.

Dari ..., setze ich an.

Scheiße, sagt er, gut, dass wir an die Ostsee gefahren sind.

Du bist an der Ostsee?, frage ich zu laut und höre, wie mir das Blut in den Ohren zu rauschen beginnt.

Keine Panik, das weiß doch kein Schwein, beruhigt er mich, wir sind gestern Nachmittag ganz spontan abgehauen. Jojo wird's schon nicht rausfinden.

Hm, überlege ich.

Wahrscheinlich hat er recht. Oder vielleicht auch nicht? Was dann?

Verdammt, ich kann jetzt nicht darüber nachdenken. Ich bin einfach zu fertig.

Ich meld' mich wieder, verspreche ich ihm.

Mach mal, sagt er und legt auf.

3.

Während ich mich im Türrahmen festhalte, sind Tinka und Aljosha
mit Ausmalheften beschäftigt. Johanna lenkt sich mit Arbeit ab. Sie
spült das Geschirr. Ich finde, meine Kinder sehen aus wie immer. Das
beruhigt mich, und auch wieder nicht. Sollte das Leben einfach so
weitergehen, ohne dass uns der Tod der Nachbarskinder verändern
wird? Mit zwei großen Schritten laufe ich durch die Küche und setze
mich zu ihnen auf die Bank. Meine Beine fühlen sich noch nicht
wieder normal an, ein Zittern fährt mir durch die Muskeln. Joshi lässt
sich beim Bemalen des Küchentischs nicht stören, während Tinka auf
meinen Schoß klettert. Sie schlingt ihre Arme um meinen Hals und
winkelt ihre Beine an. Ich umarme sie.
Ich krieg keine Luft mehr, poltert sie.
Joshi schaut mich an. Ich lache und er lässt seinen Buntstift fallen, um
nach meinen Armen zu greifen und seine Schwester vor dem
Vatermonster zu retten. Ich packe ihn mir und dann umschlinge ich
beide Kinder, die sich lauthals über mich beschweren.
Papi, rumort Aljosha.
Ich hab gar keinen Platz, beschwert sich Tinka.
Ich halte meine Kinder im Arm und fasse es nicht. Wie glücklich ich
darüber bin, dass nicht sie es sind, die in den beiden Särgen liegen.
Meine schweißigen Sommerkinder, deren Haut leicht klebt, als hätten
sie in Eiscreme gebadet, sind quicklebendig. Johanna tritt zu uns und
setzt sich ebenfalls auf die Bank. Joshi fällt ihr in die Arme. Sie streicht
ihm mit langsamer Geste über den Rücken. Dann sieht sie mich an.
Ihr Blick lastet schwer auf mir. Ich öffne den Mund, mein Atem geht
schleppend. Johanna reicht unserem Sohn sein Ausmalheft und
lächelt mich an, als bräuchte ich Aufmunterung.

Tut mir leid, sage ich. Ich war bei Dari.

Du ..., setzt sie an, als ihre Mutter in die Küche kommt.

Helga hat im Gästezimmer geschlafen und sieht echt erledigt aus. Ich bekomme keine Begrüßung von ihr zu hören, sondern sie fällt gleich mit der Tür ins Haus.

Verdammt, wo hast du denn gesteckt?, herrscht sie mich an.

Mama!, fährt Johanna dazwischen.

Ja, was denn?

Lass, bittet Johanna.

Nein!, insistiert meine Schwiegermutter und gebärdet sich in ihrer Lieblingsrolle als Furie.

Er war bei einem Freund, erklärt Johanna und schiebt Aljosha von ihrem Schoß, um aufstehen zu können.

Meine Lüge hört sich auch aus ihrem Mund schal an. Johanna sieht ziemlich unglücklich aus. Ich weiß, dass sie den ständig gereizten Ton ihrer Mutter nicht ertragen kann.

Na, wunderbar, bei einem Freund also. Und da kann er nicht mal ans Telefon gehen?

Mein Magen rebelliert, und in mir regen sich mal wieder Fluchttendenzen. Johannas Mutter hat mich schon immer für den Falschen gehalten. Mehr für einen Spleen Johannas als für den Vater ihrer Kinder. Es klingelt, und sie lässt mit ihrem wütenden Gefunkel von mir ab, um zur Wohnungstür zu gehen. Johanna und ich wechseln einen schnellen Blick. Wir hören Stimmen im Flur. Dann erscheint Helga wieder im Türrahmen. Hinter ihr stehen zwei Polizisten.

Auch das noch, denke ich.

Guten Tag, sagt einer der beiden, mein Name ist Bender, das ist mein Kollege Tronst.

Er zeigt auf den kleinen Mann links neben ihm, der mir zunickt.

Herr Till, fährt er fort, wir haben heute Vormittag schon mit Ihrer Frau gesprochen.

Können wir Ihnen etwas anbieten?, fragt Johanna die Bullen.

Vielen Dank, sagt der Kleinere und schüttelt den Kopf.

Ihre Frau sagte, Sie waren die Nacht über nicht zu Hause?

Beide Polizisten blicken mich jetzt an. Ich nicke. Johanna greift sich Joshi und Tinka.

Kommt, sagt sie und scheucht die maulenden Kinder vor sich her.

Wo waren Sie?

Ja, das würden wir auch gerne wissen, grätscht meine Schwiegermutter vom Flur aus dazwischen.

Mama, ist gut jetzt, höre ich Johanna beschwichtigend auf sie einreden.

Sie schiebt ihre Mutter den Flur hinunter.

Ich war unterwegs, sage ich, als endlich Ruhe eingekehrt ist.

Wann haben Sie das Haus verlassen?

So etwa um acht.

Das heißt, Sie waren gestern Abend bis acht Uhr hier bei sich zu Hause?

Ja, ich habe gearbeitet.

Was machen Sie beruflich?, fragt Bender, gegen den Türrahmen gelehnt. Er scheint der Wortführer zu sein. Mit der Zunge fährt er sich nach jeder Frage über den spitzen Eckzahn, als müsse er sich seiner Anwesenheit versichern. Der Kleinere notiert sich etwas.

Ich bin Komponist, ich vertone Telenovelas.

Aha.

Bender deutet aus dem Fenster.

Haben Sie die Kinder unten spielen gehört?

Nein. Ich schüttle den Kopf. Ich benutze meinen Kopfhörer, wenn ich arbeite. Von der Straße bekomme ich nichts mit.

Mein Blick fällt auf die schwarze Ohrenkralle vor mir auf dem Küchentisch. Für einen Augenblick wundere ich mich, wie der Kopfhörer in die Küche gelangt ist. Die Polizisten nicken.

Als Sie auf die Straße sind, ist Ihnen da etwas aufgefallen? Ein Wagen vielleicht, den Sie noch nie gesehen haben? Passanten?

Wieder schüttle ich den Kopf.

Wo sind Sie langgegangen, als Sie das Haus verließen?
Ich bin links zur Templiner. Dort war ich verabredet. Dario Agnello,
sage ich zu Tronst, dem Bullen mit dem Notizheft, gewandt.
Templiner Straße 38.
Sie sind also an der Kirche vorbeigekommen?
Ja, aber es war alles wie immer.
Und Sie sind heute Morgen etwa um halb zehn wieder nach Hause
gekommen?
Ja. Meine Frau wäre ja in Hamburg gewesen ... Ich stocke.
Die Polizisten nicken.
Dario Agnello, Templiner Straße 38, liest der Mann mit dem Notizheft
vor.
Ja, sage ich, genau, und mache meine Lüge damit amtlich. Jetzt steht
sie im Protokoll einer Anwohnerbefragung. Das Leben ist nicht
gerecht.

Als die Polizisten gegangen sind, suche ich Johanna. Der Flur ist
vollgestopft mit überladenen Bücherregalen. Johanna ist
Theaterpädagogin. Ich kann ihre Inszenierungen mit den
Jugendlichen nicht ertragen. Mir liegen geräuschvolle Dinge, aber
diese Kids sind eindeutig zu laut, selbst für mich. Johanna sagt, sie
müssen so sein, sie glauben sonst, nicht gehört zu werden. Die
meisten von ihnen kommen aus schwierigen Familienverhältnissen.
Johanna hat endlos Geduld mit ihnen. Wie mit allen Dingen im Leben.
Im Flur hängen vergrößerte Ultraschallbilder unserer Kinder. Ich
finde sie hässlich. Johanna kann ich das nicht sagen. Wahrscheinlich
würde sie mir den Hals umdrehen. Ich entdecke sie im
Kinderzimmer. Sie sitzt mit ihrer Mutter und den Kindern auf dem
Teppich und spielt mit Legosteinen. Unsere Blicke treffen sich.
Komm, sage ich, wir machen Kaffee.

Wir stehen in der Küche. Johanna schaltet die Espressomaschine an.
Ich starre Luftlöcher vor mich hin.
Was machen wir jetzt?
Ich weiß, was sie denkt. Es hätten auch unsere Kinder sein können.

Nimmst du mich in den Arm?, fragt sie.

Ich nicke und ziehe sie zu mir heran. Ihre schweren Brüste vibrieren.

Ich lehne meinen Kopf gegen ihren und halte sie, so fest ich kann. Mir wird besser davon. Dann höre ich sie plötzlich lachen.

Was ist?, frage ich und schaue sie an.

Ich kriege auch schon keine Luft mehr.

Tut trotzdem gut, sage ich und muss ebenfalls lachen.

Wir setzen uns an den Tisch.

Das Ganze hat nichts mit uns zu tun, sage ich.

Ihre kalten Hände suchen nach meinen. Sie nickt.

Ja, das denke ich auch, sagt sie mit einer Ruhe in der Stimme, die mich erstaunt.

Wie konnte sie sich so schnell fangen?

Nur ..., beginnt sie und stockt plötzlich.

Was?

Wahrscheinlich hat es auch nichts mit Emma und Jakob zu tun, höre ich sie flüstern.

Das passiert nicht wieder, verspreche ich ihr.

Sie nickt, obwohl ich weiß, dass ich nicht sehr überzeugend bin.

<h1 style="text-align:center">4.</h1>

In der Nacht liege ich neben Johanna. So leicht kann sie nichts um den Schlaf bringen. Ich kann nicht einschlafen. Mein Gedanken drehen sich unaufhörlich im Kreis und quälen mich. Ich treibe hin und her zwischen Johanna, den seltsamen Todesfällen und Yara. Ich krieche unter ihre Decke. Sie liegt auf der Seite. Ihre Haut riecht nach Creme. Johanna trägt eines meiner T-Shirts, über den Brüsten spannt der Stoff. Ich will sie berühren. Ihr üppiger Körper empfängt mich mit weichen Kurven. Ich lege mich ganz nahe an sie heran, spüre ihrer warmen Haut nach und suche nach dem Gefühl von Geborgenheit. Johannas Leib löst sich langsam vor mir auf. Ich sehe sie kaum noch, und auch mein Körper nimmt ihren nicht mehr wahr. Sie verändert sich vor meinen Augen. Ich sehe, dass sie nicht mehr die luftige Johanna ist, die mich mit ihrem sprühenden Lebenshunger verschlingen konnte. Etwas Bleiernes hat sich auf ihre Glieder gelegt. Das wird wohl die Verantwortung sein, die ich mich zu tragen weigere. Sie ist ein Biest. Sie jagt mich. Ich muss ihr entkommen. Nur wie? Sie lauert überall. Ich versuche mich zu entspannen, um meinen Gedanken zu entkommen. Manchmal hilft es, wenn ich mit ihr atme, aber meistens habe ich das Gefühl, dabei zu ersticken. Sie holt so selten Luft, wenn sie schläft. Irgendwann gebe ich den Versuch auf und lasse mich hechelnd auf den Rücken gleiten.

Gestern ist Johannas Mutter zurück nach Hamburg gefahren. Wir waren mit Katinka und Joshi im Tierpark, um der Anspannung zu entfliehen. Es war wieder ein heißer Tag. In der Zeitung stand, dass die Kinder in der Kirche an Unterkühlung gestorben sind. Sie wurden mit einem Schlafmittel betäubt und sind dann auf dem eisigen byzantinischen Marmorboden der Sankt-Anna-Kirche erfroren. Mitten im Hochsommer. Man weiß nicht, wie sie in die Kirche gekommen sind. Die Türen waren verschlossen, die Schlüssel hingen im Pfarrhaus. Die Polizei tappt im Dunkeln.

Ich richte mich auf. Es hat ja doch keinen Sinn. Ich finde einfach keine Ruhe.

Johanna wird wach, als ich aufstehe.

Schlaf lieber, rät sie mir, ohne die Augen zu öffnen.

Kann ich nicht, raune ich und ziehe mich an. Ich geh mal um den Block.

Trink nicht so viel, flüstert sie.

Ja, verspreche ich und schleiche mich aus dem Schlafzimmer. Es ist fast eins. Ich rufe Dari an. Im Hintergrund höre ich Musik. *Es geht voran*, von den Fehlfarben.

Lang leben die Achtziger, denke ich und bin froh, meinem Gedankenkarussell zu entkommen.

Wo bist du?, frage ich.

Mein Baaaaaall, höre ich ihn am anderen Ende der Leitung rufen.

Dr. Pong, rate ich.

Komm her, sagt er.

Auf der Kastanienallee gehe ich in den Hot-Dog-Laden, um mir ein Bier für den Weg zu holen.

Hey Sportsfreund, sagt der Mann hinter dem Tresen zur Begrüßung und riskiert mit seinem Frohsinn meine Faust in seinem Gesicht.

Ich hole mein Bier aus dem Selbstbedienungskühlschrank, knalle es auf den Tresen und schaue düster drein. Meine Laune ist im Keller. In der Tür stehen kichernde Ketaminkids. Sie labern ohne Punkt und Komma wirres Zeug und versperren mir den Weg. Ungerührt schiebe ich sie zur Seite. Sie beschweren sich nicht mal. Es ist voll und laut auf der Straße. Überall Touristen, die am Straßenrand sitzen und den Mond anheulen. Heute Nacht ist es wärmer als sonst. Eine Gruppe Briten rennt grölend der Tram hinterher. Yara hat sich nicht gemeldet. Ich weiß, dass sie die Wochenendschichten nicht arbeitet, sonst wäre ich im *Freunde* vorbeigegangen. Vielleicht hat sie meine SMS noch gar nicht gelesen? Seit drei Monaten sehe ich sie fast jeden Morgen. Seitdem arbeitet sie in meinem Stammcafé. Ich erinnere mich noch genau an ihren ersten Arbeitstag. Ich stand am Tresen und starrte sie an, ohne etwas zu bestellen. Sekundenlang. Sie lachte einfach. Ich war zu geschockt, um zu reagieren. Mir war gleich klar, dass sie mich am Haken hatte. Manchmal ist das so. Manchmal gibt es kein Abwägen, kein Überlegen, keinen Handlungsspielraum. Manchmal musst du einfach tun, was du tun musst – und ich musste sie haben. Alles andere kam nicht in Frage, das war mir klar, bevor ich das erste Wort über die Lippen gebracht hatte. Sie gehört zu der Sorte Frau, die du wahrscheinlich nur einmal in deinem Leben triffst. Da stand sie also und wartete darauf, dass ich einen verdammten Kaffee bei ihr bestellte.

Ich laufe durch die Nacht und bin froh, mit mir allein zu sein. Yara hat sich längst zwischen mich und meine fahle Existenz als Luca Till, der ach so treusorgende Ehemann und Familienvater, gestellt. Sie brauchte nichts anderes zu tun, als der Schimäre die Maske von ihrer geifernden Fratze zu reißen. Ja, vielleicht ist sie nur ein Vorwand, vielleicht brauche ich sie nur, weil ich selbst nicht die Kraft habe, mir mein Scheitern einzugestehen. Ich habe mich lieber dem Eroberungsfieber ergeben, als den Fakten ins Auge zu sehen. Meine Ehe ist ein Witz. Uns hält nur noch der Alltagstrott zusammen, der mein Leben wahrscheinlich schon seit Jahren beherrscht. Ich wollte raus aus alldem, und Yara war mein Ticket in die Freiheit, auch wenn sie sich dagegen wehrte. Wochenlang hat sie mich hingehalten und keine meiner Einladungen angenommen. Sie hatte meinen Ehering gesehen, und damit war ich raus. Manchmal zog sie mich auf. Flirte lieber mal mit deiner Frau, hat sie einmal gesagt und mit den Schultern gezuckt.

Ich wüsste gar nicht, wie das geht. Wie flirtet man denn mit seiner eigenen Frau? Seitdem beachtete mich Yara kaum mehr. Kein Blick, kein Lächeln zu viel. Bis Freitagnacht. Da war plötzlich alles anders. Die Dinge hatten sich anscheinend verschoben. Und dann ist es passiert. Ich habe mit ihr geschlafen und warte nun darauf, mich wie ein neuer Mensch zu fühlen. Inzwischen drängt sich mir ein Beigeschmack auf, den ich nicht will. Ob es das Alibi ist? Vielleicht vergiftet die Lüge unsere Nacht? Eine Nacht, die es verdient hätte, in die Welt geschrien zu werden, aber das geht ja nicht. Wie eine Mauer steht meine Unaufrichtigkeit zwischen mir und Yara. Sie erhält etwas Abstraktes dadurch, obwohl sie wirklich ist. Eine einzige Nacht, und schon habe ich das Gefühl, mein ganzes Leben ist von feinen Weben durchspannt. Sein Zusammenhalt ist plötzlich nicht mehr so selbstverständlich, wie er es vorher war.

Dari steht an der Bar. Offensichtlich hat er das Spiel gewonnen. Er strahlt mich an. Unvermeidlich in Jogginghose, nicht weil er die sportliche Note schätzt, sondern weil Sport sein Mädchen ist. Die Hure, die ihn säugt, die Muse, die ihn inspiriert, die Mutter, die ihn pflegt und ihm ein Zuhause gibt. Dari setzt ein Zeichen in seiner Sporthose. Nicht mehr und nicht weniger. Auf seinem T-Shirt steht *Rettet die Raucher!*. Dari ist Raucher und Sportler, ohne darin einen Widerspruch zu sehen. Ich riskiere einen abschätzigen Blick auf seine durchtrainierte Körpermitte und verwerfe zum hundertsten Mal den Gedanken, jemals selbst ins Fitnessstudio zu gehen. Mir fehlt einfach die Disziplin. Dari wendet sich mir zu und fährt sich über den kahl rasierten Schädel. Seine Unterarme sind tätowiert: *Jesus* auf der einen Seite, *Christus* auf der anderen. Das hat er seit der Therapie. Gemischt mit der Sanftmut, die ihm sein italienischer Vater vermacht hat, wirkt er einladend und furchteinflößend in einem. Als würde er ständig von einem Bein auf das andere springen. Seit der Sache mit dem Wohnungsbrand ist er aus dem Leben gefallen. Jetzt hängt er zwischen den Stühlen und weiß nicht, wo er mit sich hin soll. Er arbeitet als Produktionsfahrer, kifft aber zu viel und kommt ständig zu spät. An sich gehört er zu den gemütlichen Typen, auch wenn er ganz groß im Gewichtheben ist und den Eindruck macht, als wäre er auf Zack. Er ist so verloren wie ich. Kein Konzept im Leben, gekrönt von einer Prise Keine-Lust, die uns dann und wann schwer in den

Gliedern hängt. Irgendwie passieren die Dinge um uns herum
einfach. Er zieht einen zweiten Barhocker mit dem Fuß heran und
klopft mit der flachen Hand auf das Sitzpolster. Ich setze mich zu ihm.

Es ist megavoll im *Pong*. Jetzt finde ich es genau richtig, hier zu
sein. Wir bestellen uns Bier und zerren unsere Barhocker direkt vor
die Boxen gegenüber der Bar. Dari lässt sich mit mir treiben. Wir
straucheln so durch unsere kleine Welt und lassen uns von nichts
davon abhalten. Wortlos sitzen wir nebeneinander und betrachten
mehr oder weniger interessiert das Ping-Pong-Spiel, schlagen unsere
Beine übereinander, halten die Bierflaschen mit zwei Fingern, fallen
auf dem Barhocker langsam in uns zusammen und bürsten dabei
unser schönes Selbstmitleid gleichmäßig gegen den Strich, bis es leise
zu schnurren beginnt. Da passt keine Sprache dazu, weil so ein
Prozess seinen Raum braucht und nur in gegenseitigem Respekt für
die Misere des jeweils anderen gedeiht. Schließlich hat sich das
verdammte Imperium gegen uns verschworen. Ich merke, wie ich
mich langsam entspanne. Dari grinst und stößt mir seinen Ellenbogen
in die Rippen, um meine Aufmerksamkeit zu wecken. Es hat am Ping-
Pong-Tisch eine ziemliche Karambolage gegeben, weil ein Spieler
über seine Schnürsenkel gestolpert ist und alle anderen in ihn hinein.
Jetzt liegen sie am Boden und suchen den Ball zwischen den
Zigarettenkippen. Dari amüsiert sich.

Also, wie war's?, eröffnet er schließlich das Gespräch.

Was?, frag ich zurück.

Mit Yara, sagt er und hält mir sein halbleeres Bier hin. Wir stoßen an.

Gut, sag ich und finde mich plötzlich wieder in mir selbst.

Dari nickt. Ich grinse blöd. Kann nicht anders.

Also machst du weiter?

Ja, sage ich.

Wir leeren unser Bier.

Nein, korrigiere ich mich.

Aha, sagt er mit Kennermiene, verstehe.

Ich nicht, gestehe ich.

Ich erklär's dir.

Lass mich erst noch Bier holen, sage ich und gehe zur Bar.

Dort wird mir alles klar. Ich will sie. Das ist absolut. Aber ich kann nicht. Auch das ist absolut. Johanna braucht mich jetzt. Ich warte auf unser Bier und gerate in ein Unwohlsein. Fühle mich wie fremd in meiner Haut und habe das Gefühl, dass Yara das ändern kann. Wenn sie mich mit ihren neugierigen Forscheraugen ansieht, pulsiert meine ganze Existenz unter ihrem Blick. Alles an ihr ist so wach und hell. Sie strahlt bis in meine tiefsten Fasern hinein. Ich höre ihr Lachen in meinem Ohr klingen. Es ist laut und mitreißend. Ich denke daran, wie sie sich ihre langen Haare hinters Ohr streicht, und ein Lächeln stiehlt sich auf mein Gesicht. Wahrscheinlich hadert sie nie. Ich seufze. Dann bekomme ich das Bier und laufe zu Dari zurück. Wir stoßen an.

Also, setze ich an und weiß doch nicht, was ich sagen soll.

Ne, sagt Dari, die Sache ist längst entschieden.

Ich erwidere nichts, sondern überlege, wie es wäre, wenn ich Yara niemals wiedersähe. Ich lasse mir den Gedanken auf der Zunge zergehen und weiß, dass ich sie auf keinen Fall verlieren will. Mein Leben ist unvollständig ohne sie. Das steht fest. Doch habe ich auch in ihrem Leben einen Platz? Plötzlich frage ich mich, warum sie mit mir geschlafen hat. Drei Monate lang hat sie mich links liegen gelassen und plötzlich ...

Du machst weiter, höre ich Dari sagen.

Ne, sage ich, obwohl er ziemlich überzeugend klingt. Ich spreche morgen mit ihr.

Damit sage ich nichts Falsches, denn ich muss sie unbedingt sehen.

Das mit Emma und Jakob, erkläre ich Dari, das ist einfach scheiße. Jojo braucht mich jetzt. Yara wird es verstehen...

Ich merke, dass es sinnlos ist, Dari was vorzumachen, kann aber nicht anders. Da läuft eine Platte ab, die ich selbst nicht aufgelegt habe.

Ich schaffe das einfach nicht, sage ich und meine es auch so. Es ist tatsächlich alles zu viel.

Du willst sie, entgegnet Dari ungerührt, als hätte er mir gar nicht zugehört.

Er sieht mich an und ich nicke. Zu mehr Eingeständnis fühle ich mich nicht in der Lage. Nicht jetzt. Noch nicht.

5.

Ist Yara nicht da?

Nee, die arbeitet nicht mehr hier, sagt die mir unbekannte Bedienung im *Lass uns Freunde bleiben*.

Ich schlucke und versuche etwas zu sagen, doch es kommt nur ein kehliges Stöhnen aus mir heraus. Die Frau hinter dem Tresen blickt mich an.

Willst du was bestellen?, fragt sie.

Espresso, japse ich um Fassung bemüht.

Die Servicekraft wendet sich der Maschine zu.

Was ist mit Yara?

Die hatte am Freitag ihren letzten Tag. Jetzt mach ich die Frühschicht zusammen mit Suse. Wir brauchen auf jeden Fall jemand Neues. Falls du wen weißt, sag Bescheid.

Ich nicke benommen und nehme an der Tür Platz. Als die Bedienung mir den Kaffee bringt, setzt sie sich zu mir.

Kennst du Yara?, fragt sie mich.

Flüchtig. Warum?

Naja, heute Morgen waren die Bullen da und haben nach ihr gefragt. Offenbar hatte sie keine Arbeitserlaubnis. Keine Ahnung, so wie es aussieht, werden wir Stress wegen ihr haben.

Was hat sie dazu gesagt?, frage ich.

Nichts. Aber Suse sagt, sie wird abgeschoben.

Nach Brasilien?

Ich denk mal, bemerkt sie und verschwindet wieder hinter dem Tresen.

Der Espresso ist kalt, als ich ihn endlich trinken kann. Meine Gedanken wirbeln durcheinander und lassen sich nicht aufhalten. Mir fällt ein, dass ich nichts von Yara habe, außer einem halb gegessenen Apfel. Etwas in mir krampft sich zusammen. Ich zahle und verlasse das Café. Meine Hände sind schweißig, ich wische sie an der Jeans ab und versuche Yara auf dem Mobiltelefon anzurufen. Sie geht nicht ran, und auch ihre Mailbox meldet sich nicht. Dabei hatte sie eine. Da bin ich mir ganz sicher. Ich versuche ruhig zu bleiben. Aus meinem Hirn quetsche ich Erinnerungsfetzen. Ihre WG ist in der Schwedter. Also setze ich mich in Bewegung. Yara sagte mir einmal, dass sie gerne in dem Café unten in ihrem Haus sitzt.
Da sind Menschen. Ich mag Menschen, hat sie mir damals gestanden und ausgelassen gelacht.
Ich habe sie sofort verstanden, weil ich das auch tue. Also ohne Anlass ins Café gehen, wegen der Menschen. Ich weiß nicht, ob ich sie wirklich mag, aber die Geräusche, die sie machen, die machen mich lebendig und die mag ich. Sonst. An normalen Tagen. Aber so ein Tag ist heute nicht. Und ich weiß nicht, ob ich jemals wieder einen normalen Tag haben werde. Heute würde ich alle Menschen gegen Yara eintauschen. Sie darf auf keinen Fall weggehen. Schon gar nicht nach Brasilien. Ich bin sonst nicht der Typ für großes Drama, aber das würde ich nicht überleben. Ich biege in die Schwedter ab. Vorne an der Ecke, Richtung Kastanienallee, ist das *Haliflor*. Eigentlich der einzige Ort, den sie gemeint haben kann. Ich begutachte die Klingelschilder an der Haustür links neben dem Café. Nirgendwo lese ich einen brasilianischen Nachnamen. Ich hätte im *Lass uns Freunde bleiben* danach fragen sollen, denke ich und drücke einfach unten links.
Hä?, kommt es endlich aus der Gegensprechanlage.
Mein Herz macht einen Satz. Das ist dieser latent beleidigte Schmollton, den ich von Yara kenne. Ich will etwas sagen, doch dann kommt aus der Sprechanlage ein genervtes Hallo ...? ... Das ist sie nicht.

Ist Yara da?, frage ich einfach auf gut Glück.

Äh, schon wieder, sagt die Stimme aus der Gegensprechanlage.

Der Türsummer geht. Ich laufe die paar Stufen zum ersten Stock hoch.
Im Hausflur ist es kühl. Es riecht nach Essen von gestern. In der
geöffneten Tür steht eine Studentin mit verstrubbelten Haaren.
Wahrscheinlich hab ich sie aus dem Bett geholt.

Sorry, sage ich, weil ich das Gefühl habe, mich entschuldigen zu
müssen.

Ich zeige auf ihr Haar. Sie zuckt mit den Schultern, fasst sich kurz in
ihre Haarknoten und lächelt. Wahrscheinlich beschließt sie, dass ihr
die Rolle des explodierten Huhns phänomenal steht. Ich kläre sie
nicht auf, sondern belasse sie in dem Glauben. Sie trägt bedruckte
Leggings aus Samt in Knallfarben. Ich nehme meine Sonnenbrille ab
und muss blinzeln. Die Farbe brennt in meinen Augen. Ich bin
versucht, die Brille wieder aufzusetzen, lasse es jedoch bleiben und
schiebe sie mir ins Haar. Das Mädchen winkt mich in die Wohnung.
Sie läuft in den Flur.

Willst du 'nen Kaffee?, fragt sie mich.

Ich sage ja, obwohl ich keinen Kaffee will. Ich will Informationen, also
folge ich ihr in die Küche.

Dort herrscht das reinste Chaos. Überall Klamotten auf den
Stühlen. Ein großer Tisch voller Geschirr. Auf der Fensterbank
vertrocknete Pflanzen. Töpfe stehen auf dem Herd und in hohen
Stapeln in der Spüle. Ich lehne mich an eine Wand. Die Poster unter
mir stöhnen. Ich sehe, dass die Tesastreifen sie nicht mehr lange
halten werden. Trotzdem muss ich mich anlehnen. Die Studentin
sucht Kaffeetassen in den Hängeschränken. Sie findet zwei saubere
Exemplare und schiebt mit dem Unterarm Platz auf dem Holztisch
frei.

Setz dich doch, sagt sie und guckt mich an.

Sie räumt ein paar Klamotten zur Seite und es kommt ein Stuhl zum
Vorschein.

Ich bin übrigens Nele, flötet sie gutgelaunt und schnappt sich einen

Filterbeutel, den sie in die Kaffeemaschine steckt.

Dann öffnet sie die Dose. Ich rieche den Kaffee und entspanne mich etwas. Sie macht das Radio an. Anja Goerz. Es ist Radio eins.

Luca, sage ich und setze mich auf den Stuhl, den sie mir zugewiesen hat.

Ah, sagt sie.

Ihr Blick fällt auf meine Hand mit dem Ehering. Ich merke, dass ich rot werde.

Du bist das also.

Die Kaffeemaschine beginnt zu glucksen.

Wie alt bist du?

Ich starre sie an, doch sie beachtet mich gar nicht, sondern sucht Milch im Kühlschrank, der vollgestopft ist bis in die letzte Ecke. Nachdem sie ausgiebig in den verschiedenen Fächern gekramt hat, findet sie ganz oben eine kleine Tüte. Mit dem Hintern stößt sie die Kühlschranktür zu und setzt sich mir gegenüber. In dem Durcheinander auf dem Tisch findet sie auf Anhieb den Zucker. Sie stellt ihn zwischen uns. Dann springt sie wieder auf und holt zwei Löffel. Mit den beiden Löffeln in der Hand bleibt sie vor mir stehen.

Und? Ist doch echt 'ne leichte Frage, insistiert sie.

Ja, sage ich und fahre mir durch die Haare. Meine Sonnenbrille lasse ich geräuschvoll auf den Tisch knallen.

Siebenunddreißig, höre ich mich sagen.

Wow, sagt Nele und lässt sich auf den Stuhl neben mir fallen. Krass! Sie hält ihre Nase zwischen Daumen und Zeigefinger, als befürchte sie, dass sie ihr abfallen könnte.

Was?, frage ich gereizt.

Ganz schön alt, befindet sie und schenkt mir einen abschätzigen Blick.

Ich runzle die Stirn.

Also, ich könnte mir nicht vorstellen, mit so 'nem alten Typen zu vögeln, sagt sie und wendet sich der Kaffeemaschine zu.

Sie holt die mittlerweile gefüllte Kanne. Der Kaffeegeruch hüllt uns ein. Ich kann nichts sagen. Das ist alles zu viel für meine Nerven. Nele ist anscheinend fasziniert von dem Thema.

Stell dir mal vor, sinniert sie, während sie unsere Tassen mit Kaffee füllt, vierzehn Jahre!

Ich schlucke. Das war mir gar nicht so bewusst geworden. Ich hab Yara nie gefragt, wie alt sie ist. Sind nicht immer alle gleich alt? Offensichtlich nicht, wenn man dreiundzwanzig ist. Ich rühre Milch in meinen Kaffee. Sie flockt.

Also, sagt Nele, was ist hier los?

Ich gucke sie an.

Woher soll ich das wissen?, frage ich zurück.

Die Bullen waren hier. Hat sie was ausgefressen?

Nee, sage ich, glaub ich nicht. Wo ist sie denn?

Na, zu Hause. Hat sie dir das nicht erzählt?

Nein. Sie hat mir nichts erzählt.

Jetzt mustert sie mich wieder unverhohlen. Wahrscheinlich denkt sie, dass ich Yara nur gevögelt habe und wir nie einen Satz miteinander gesprochen haben. Ich weiß nicht, wie ich es ihr erklären soll. Sie würde es nicht verstehen. Yara bedeutet mir mehr, als sie denkt. Dass ich nichts über sie weiß, liegt nicht an mir. Ich habe hundertmal versucht, mit Yara ein Gespräch zu führen. Sie ist nie darauf eingegangen. Bis letzten Freitag. Vorher war sie total zurückhaltend, vielleicht sogar abweisend. Dann plötzlich hat sie von sich erzählt, Geschichten aus ihrer Kindheit. Die bringen mich jetzt nicht viel weiter. Mein Blick fällt aus dem Küchenfenster. Im Hof wirft jemand geräuschvoll Flaschen in den Müll. Ich lasse mein Gesicht auf meine Handflächen sinken. Die Welt ist heute zu schwer für mich. Nele hat offensichtlich Verständnis dafür.

Ist doch gar nicht so kompliziert, erklärt sie mir nachsichtig. Sie hatte 'n Touristenvisum. Das gilt drei Monate. Der Typ hat versprochen, ihr ein Arbeitsvisum zu besorgen. Das hat nicht geklappt. Jetzt musste sie eben zurück nach Hause. Ihre Zeit war abgelaufen.

Klar, denke ich, alles ganz einfach. Und was ist mit mir?

Du siehst überrascht aus, findet Nele.

Kommt sie wieder?

Meine Stimme klingt merkwürdig. Klanglos wie altes Sandpapier.

Keine Ahnung, sagt Nele. Sie hat kein Geld mehr. Ist alles bei dem Typen. Der hat sie ganz schön ausgenommen und ihr was vorgemacht.

Nele nickt vor sich hin, als kenne sie die Welt. Ich kneife die Augen zusammen und spüre eine Aggression in mir hochkommen. Nele lässt sich nicht stören, sondern plappert einfach munter weiter.

Ihr Zimmer haben wir ab nächsten Monat wieder vermietet. Maik kommt aus Südafrika. Er studiert an der HU und hat 'ne Schwester, die modelt für ...

Was für 'n Typ?, frage ich und stoppe damit ihren Redefluss.

Maik?

Nee. Ich schüttle den Kopf. Der mit dem Visum.

Ja, das haben die Bullen auch gefragt. Ich weiß nicht, wer der Typ ist. Yara hat nur gesagt, dass er ihr hilft. Und, naja ... sie sieht mich mit großen Augen an ... hat er wohl nicht gemacht.

Und was wollen die Bullen von ihr?, frage ich.

Die brauchen wohl 'ne Zeugenaussage.

Hängt das mit ihrem Arbeitsvisum zusammen?

Keine Ahnung.

Wir schweigen eine Weile. Vor dem Fenster im Hinterhof hört man Vögel.

Also, ich kapiere das alles nicht, gebe ich schließlich zu.

Ich auch nicht, sagt Nele und gießt sich noch mehr Kaffee in ihre Tasse.

6.

Seit heute ist Yaras Mobilnummer nicht mehr vergeben. Eine
Frauenstimme auf Band hat mich darüber aufgeklärt. Ich weiß das so
genau, weil ich täglich versuche, sie zu erreichen. Nele hat mir Yaras
Nachnamen genannt. Yara Almeida Tanner. Im Internet habe ich
nichts gefunden. Kein Facebook, kein Twitter, kein Orkut, kein
Quepasa, kein Snapchat. Nichts. Nicht mal eine schnöde E-Mail-
Adresse habe ich von ihr. Im *Lass uns Freunde bleiben* war auch nichts
rauszufinden. Sie wird sich schon melden, sagte die Bedienung im
Café und zwinkerte mir zu. Ja, denk ich, und was, wenn nicht? Mir
war gleich klar, dass ich nicht cool genug bin, um einfach lässig
abzuwarten. Warten ist nicht meine Stärke. Ich war noch nie der
geduldige Typ. Meine Birne denkt sich immer wieder zu Yara zurück.
Egal, was ich mache.

Johanna hatte gestern Geburtstag. Im Wohnzimmer hängt immer
noch das *Happy Birthday*-Lametta. Sechsunddreißig ist sie geworden.
Ab jetzt geht es abwärts, hat sie gelacht. Ich fand das makaber. Aber
aus anderen Gründen als ihre Freundinnen. Sie hatten das
Wohnzimmer okkupiert und über die Kirche diskutiert. Ich steige auf
die Couch und nehme den bunten Schriftzug ab. In der Zeitung stand,
dass die Polizei die Kirchenvereinigung *United for God* und ihre
internationalen Kontakte auseinandernimmt. Unsere Kirche gehört
wohl zu diesem sektenähnlichen Netzwerk. Das Motiv für den Tod
der Kinder sucht man in den Reihen von *United for God*. Es gibt
Indizien, die auf eine kircheninterne Fehde schließen lassen.
Charismatische Pfarrer und wortgewandte Priester ziehen die
Gläubigen in ihren Bann, und dann luchsen sie ihnen das Geld aus
der Tasche. Wo es dann landet, wird zurzeit untersucht. Dem

Netzwerk gehören weltweit mehrere tausend Mitglieder an, während ich zum ersten Mal von dieser dubiosen Vereinigung höre. Mir ist das zu hoch. Kirchenfehde? In der Fehrbelliner Straße?

Johanna und ihre Freundinnen wollen die Kinder aus der Spielgruppe der Kirche herausnehmen. Das finde ich richtig. Mir war die Gemeinde nie geheuer. Aber mir liegen eben weder Kirchen noch deren Pfarrer. Schon gar keine katholischen. Johanna war erstaunt. Ich hätte ja nie was gesagt, wunderte sie sich. Was hätte ich schon sagen sollen? Johanna war immer wild auf die Gemeinde. Alles Leute in unserem Alter, hat sie gesagt. Super, denke ich. Leute in unserem Alter sind die Pest.

Unschlüssig tigere ich über den Flur. Johanna wird mit den Kindern bald nach Hause kommen. Ich habe keine Lust sie zu sehen. Mir steht der Sinn nach etwas Außergewöhnlichem. Nach etwas, das den Fluch, der auf mir lastet, löst. In der Kammer stoße ich auf meine Laufschuhe. Ich starre die staubigen Dinger an und grüble, wann ich das letzte Mal gejoggt bin? Kurz entschlossen lehne ich mich an die Wand, ziehe mein T-Shirt hoch und klemme mir den Zipfel unters Kinn, um meinen Bauch betrachten zu können. Ich ziehe ihn ein, besehe meine spitzen Beckenknochen und finde, dass es gar nicht so schlimm ist. Dann hole ich Luft, und da hängt Bauch. Sport schadet nicht, beschließe ich.

Nach ein paar Runden im Jahnsportpark klingle ich stinkend und verschwitzt bei meinem Freund Mattis. Federnd kommt er aus der Haustür geschossen.

Ey, Alter!

Wir fallen uns in die Arme, als hätten wir uns Jahre nicht gesehen. Dann gehen wir ein paar Schritte Arm in Arm, weil wir uns nicht voneinander trennen können. An den Bierbänken vorbei schlagen wir uns bis zur Getränkeausgabe des Praters durch. Mattis läuft vor mir her und sortiert seine Frisur, die ich ihm durcheinandergebracht habe. Er trägt seine Elvis-Tolle, solange ich zurückdenken kann. Wahrscheinlich seit dem Abi. Ne, kann nicht sein. Auf der Abifahrt habe ich ihm die Haare raspelkurz rasiert und lila gefärbt. Ich lege einen Zahn zu, um Mattis zum Bier einzuladen, weil mir plötzlich danach ist, unser Sein zu feiern. Kurz vor der Schlange erwische ich ihn und zerre an seinem T-Shirt. Es kommt Haut zum Vorschein und ich kneife hinein. Er tut dasselbe. Wir halten uns an unserem Hüftspeck fest, der sich zwischen Daumen und Zeigefinger klemmen lässt. Labberfleisch, weil wir beide keine Lust auf Fitness haben. Wir haben eben andere Prioritäten. Wir grinsen uns an, und dann legt Mattis mir seinen Arm um die Schulter, bis wir unser Bier bekommen.

Ich hab von der Sache gehört, sagt er, als wir endlich auf einer Bierbank sitzen.

Wir stoßen an.

Ja, sage ich. Scheiße.

Ich finde, das klingt nach Dan Brown.

Hab ich auch schon gedacht, gebe ich zu.

United for God. Ganz ehrlich, das gibt's doch nicht.

Doch, erkläre ich. Die heißen echt so.

Johanna macht mit der Kirche, oder?

Ihre Eltern sind katholisch. Das hat sie von zu Hause mitgebracht. Das war ihr total wichtig, dass die Kinder getauft werden und in die Kirche gehen und so was alles.

Oldschool, sagt Mattis.

Hm, mache ich. Ich habe mich daran gewöhnt.

Also du glaubst, da ist was dran?, fragt er mich, interne Kirchenfehde oder so was?

Ich grüble und sage nichts, sondern trinke von meinem Bier.

Ich hätte ja eher gedacht, es ist so 'n Verrückter. Wie dieser Typ, der das Drogenmädchen im Koffer angezündet hat. Verrückte gibt es doch immer wieder, meint Mattis.

Wir trinken unser Bier und beobachten ein Touristenpärchen, das sich abknutscht. Sie schieben sich gegenseitig ihre Zungen in den Mund. Manchmal reißt sich ein Fetzen Atem von ihnen los und wabert zu uns hinüber.

Okay, Themawechsel, höre ich Mattis sagen, was macht ihr in den
Ferien?

Griechenland.

Wie lange?

Zwei Wochen.

Hat Johanna nicht länger frei?

Ja, Theaterferien, sage ich und blicke mich nach der Schlange am
Bierausschank um. Sie hat zwei Monate lang frei und bleibt mit den
Kindern in Griechenland. Ich komme aber nur zwei Wochen mit und
habe dann familienfrei.

Super Job, sagt Mattis anerkennend und begutachtet ebenfalls die
Bierausgabe.

Wie ist es bei dir?, frage ich, um von mir loszukommen.

Das Mädchen, das gerade noch ihren Typen abgeknutscht hat, wirft
mir Blicke zu. Ich nehme die Sonnenbrille vom Kopf und setze sie auf.
Ich bin nicht in Frauenlaune. Mattis beobachtet mich und beendet
seinen Bericht über die Familienreisepläne für Gomera. Hinter meiner
Sonnenbrille sitzend schaue ich ihn an und tue so, als hätte ich ihm
zugehört.

Schlecht drauf, wa?, fragt er mich.

Willst du auch noch 'n Bier, frage ich zurück und stehe auf.

Es ist Yaras Verschwinden, das mir auf die Laune schlägt, doch ich
weiß nicht, wie ich Mattis das klarmachen soll. Er weiß ja nichts von
der Sache. Dari ist der Einzige, den ich eingeweiht habe, und dabei
soll es auch bleiben. Dari versteht mich. Er ist wie ich. Mattis ist
anders. Er ist Fotograf und um die halbe Welt gereist. Seine
Landschaftsfotografien haben jahrelang Preise abgeräumt. Dafür hat
er einfach den richtigen Blick, auch wenn die Motive gewöhnlich
wirken. Bäume mit Schatten. Himmel mit oder ohne Wolken. Häuser
im Staub. Bunte Tücher in der Wüste. Berge im Anschnitt. Schnee im
Tal und Adler im Wind. Früher bin ich oft mitgekommen. Ich habe
Sprachen studiert, bevor ich mein Hobby, die Musik, zum Beruf
gemacht habe. Er hat Fotos gemacht und ich den Touristen die Welt

erklärt. Er hat alles gesehen und ich alles verstanden, ohne verstehen zu müssen, denn damals ging es nur um Vokabeln, nicht um das Leben. Alles war so klar. So einfach. Rucksack packen. Loslaufen. Leben. Jetzt reist Mattis nicht mehr. Mittlerweile fotografiert er Kinosets ab. Er steht fest in seinem Leben, weil er zu den wenigen Menschen gehört, die ohne Energieaufwand das Richtige tun. Mir ist rätselhaft, wie er Gedanken von solch kristallklarer Kraft denken kann, um ihnen Entscheidungen folgen zu lassen. Mir ist in meinem ganzen Leben nicht *ein* solcher Gedanke geglückt. Geschweige denn, dass ich mich daran erinnern könnte, jemals eine Entscheidung selbst getroffen zu haben. In meiner Welt reagiere ich nur, während die Dinge ohne mein Zutun geschehen. Ich weiß nicht, wie ich die Zügel in die Hand bekomme, die Mattis mit Leichtigkeit hält.

Wir sitzen über unseren Bierkrügen und reden über dies und das. Irgendwann gehen die bunten Lichterketten über unseren Köpfen an. Die Sonne ist untergegangen. Es ist voll im Prater. Wir haben uns pappige Schnitzelbrötchen geholt und unseren Frauen Bescheid gegeben, dass wir das Abendbrot verpassen. Wir verabreden uns fürs Wochenende, um ins *Bassys* zu gehen. Das letzte Mal, als wir da waren, war Schwulenparty. Wir standen in einer Riesenschlange und haben's trotzdem nicht gepeilt, bis wir drin waren und merkten, dass nur Typen um uns standen. Dari hat die Geschichte überall rumerzählt, weil Mattis und ich sofort zwei Kerle an uns kleben hatten. Schwule stehen total auf uns. Wahrscheinlich passen wir in ihr Beuteschema. Wir werden ständig angemacht. 'N schwuler Plattenproduzent hatte es mal auf mich abgesehen. Ich hab erst gedacht, dass ich groß rauskomme als Musiker, bis ich dahinterkam, dass der mich ins Bett kriegen wollte. Mattis zieht mich mit der alten Geschichte auf.

Trotzdem, sagt er, du musst deine eigenen Sachen produzieren.

Ne, sag ich, zu anstrengend.

Ich kenne genug Leute, die als Musiker vor sich hindümpeln, hier und da 'nen Gig haben und doch nie einen Plattenvertrag kriegen.

Johanna hat doch Geld, winkt Mattis ab.

Ich lache und finde die Idee immer noch blöd.

Werd' Rockstar!, grölt er.

Wir sind total besoffen.

Es ist ganz ruhig in der Wohnung, als ich nach Hause komme. Die Kinder sind im Bett. Ich trete in den Flur und recke mich. Jetzt merke ich, wie weh mir meine Glieder tun. Dabei bin ich nur ein paar Runden gejoggt. Ich werde morgen einen verdammten Muskelkater haben. Im Schlafzimmer liegt Johanna im Bett. Sie liest, wie immer. Normalerweise lässt sie sich von mir nicht stören. Heute klappt sie bei meinem Eintreten das Buch zu. Es ist das Joggen. Sie riecht die Lunte.

Du warst laufen, höre ich sie sagen.

Was hab ich gesagt?, denk' ich und lasse mich ins Bett fallen. Ich liege auf der Seite, winkle meinen Arm an und lege meinen Kopf darauf. Dann sehe ich sie an. Ich inszeniere Gelassenheit, obwohl ich weiß, dass sie weiß, dass es mir scheiße gehen muss. Zwischen uns befindet sich die Bettwäsche, und außerdem ist da eine tiefe Schlucht. Sie weiß, dass ich spiele, sie kennt mich einfach zu gut. Die Sekunden verstreichen. Ich gebe auf und lasse mich auf den Rücken fallen.

Hast du gewusst, dass du die Kinder so liebst?, fragt sie mich.

Nein, sage ich ehrlich.

Dabei fällt mir ein, dass ich auch nicht gemerkt habe, wie ich mich in Yara verknallt habe, bis ich anfing, mich wie ein Junkie auf Entzug aufzuführen. Ich will nicht ohne sie sein. Ich ziehe mir ein Kissen über den Kopf. Alles war so anders, als sie noch da war.

Liebe ist eine schmerzhafte Sache, sage ich durch das Kissen und zitiere damit meine Telenovela.

Oli und Resa sind nach Stuttgart, erzählt Johanna. Zu ihren Eltern. Sie wollen da bleiben. Resa sagt, dass sie unmöglich hier wohnen bleiben können.

Und Tinka?, frage ich.

Wir waren beim Psychologen. Die Polizei hat uns an ihn vermittelt. Es heißt, dass die Kinder erst so in zwei bis drei Monaten wirklich realisieren werden, dass ihre Freunde tot sind. Auch bei Erwachsenen ist das so. Das ist der Schock.

Und du?, frage ich.

Mal so, mal so. Manchmal ist mir, als komme es auch noch nicht so richtig bei mir an. Es ist einfach alles so unrealistisch. Bei uns vor der Tür. Die Kinder unserer Nachbarn.

Sie seufzt. Dann ist es still im Schlafzimmer. Ich nehme an, dass sie an Emma und Jakob denkt. Ich habe ein schlechtes Gewissen, weil ich so nutzlos bin. Wahrscheinlich würde ich anders auf die Tragödie vor unserer Haustür reagieren, wenn mir Yara die Gehirngänge nicht verstopft hätte. Ich habe das Gefühl, meine Familie mit allem allein zu lassen. Johanna ist es, die den Kindern Geborgenheit gibt. Ich bin ein Parasit. Einfach nur da, und zu nichts zu gebrauchen.

Wir haben überall gesucht, höre ich sie plötzlich in die Stille sagen. Weißt du, in dieser Nacht …

Ich ziehe mir das Kissen vom Kopf und habe plötzlich Yara vor Augen, wie sie unter mir liegt und ich in sie eindringe. Ich setze mich im Bett auf. Mir ist heiß. Am liebsten würde ich die Fenster aufreißen. Wir haben doch alle geglaubt, dass wir hier unter einer Käseglocke im Glück sitzen, raunt Johanna.

Sie setzt sich auf und winkelt ihre Beine an. Lässt ihren Kopf auf ihre Knie fallen und starrt ins Nichts.

Und dann gibt es Momente, erklärt sie, in denen mir alles ganz real vorkommt. Dann überlege ich, wer so etwas Grausames getan haben kann und ob ich um das Leben unserer Kinder fürchten muss?

Ich weiß nicht, ob sie mit mir spricht. Ihr Blick ist immer noch verloren zwischen den Vorhängen, die unser Schlafzimmer vom Hinterhof trennen. Johanna rückt näher zu mir heran. Ich nehme sie in den Arm und frage mich, warum sie nicht merkt, dass ich kein Trost bin.

Ich glaube, ich mach Schluss mit der Kirche, sagt sie.

Sie sieht mich an. Ich schwitze.

Vielleicht hast du recht.

Ich verstehe nicht, was sie meint.

Irgendwas stimmt mit Pfarrer Kohnwald nicht. Er ist so nervös.

Naja, sage ich, in seiner Kirche sind ja auch zwei Kinder erfroren.

Vielleicht sollten wir auch wegziehen?

Am Maybachufer soll es ganz schön sein, werfe ich ein, um ihr entgegenzukommen.

Oh Luca, stöhnt sie. Raus aus Berlin, meine ich.

Ne, sage ich, wir schaffen das.

Du bist ein störrisches Kamel.

Ja, sage ich. Ich weiß.

Das wäre zu viel für mich, jetzt auch noch Berlin zu verlassen. Ich bin so schon total aus dem Trott geraten. Ja, ich bin ein scheißegoistisches Arschloch. Das weiß ich, auch wenn Johanna es nicht ausspricht.

7.

Gestern habe ich mitten in der Arbeit innegehalten, um den mittlerweile schrumpeligen Apfel anzustarren, den Yara im Hotelzimmer zurückgelassen hat. Mehr ist mir von ihr nicht geblieben. In meiner Brust hat sich die Sehnsucht längst häuslich eingerichtet. Passenderweise erzählt meine Telenovela mal wieder von Liebeskummer. Von Lebenstrümmern. Von Fremdheit im eigenen Leben. Alles ist wie verdreht. Heute wünsche ich mich nach Babelsberg ins Tonstudio, obwohl ich sonst nicht gerne dort bin. Die propere Glitzerwelt in all ihrer versiert verzierten Künstlichkeit, mit ihrem lauten Gekicher, dem aufgeregt kopflosen Herumgerenne, dem wunderbaren Stress, der das Leben ausfüllt mit süßer Sinnlosigkeit, kommt mir wie ein herrliches Paradies vor. Stullen mit Petersilie oben drauf, Kaffee mit Zigarette dazu. Script Continuity mit Bleistift im Haar, süße Praktikantin im Minirock. Alles so schön bunt hier. Leider nur noch ein Block, dann habe ich vier Wochen frei. Wie soll ich das schaffen? Allein sein mit den Gedanken, die im Kopf rühren, als wollten sie das Gehirn zu Sahne schlagen.

Eigentlich müsste ich ja arbeiten. Aber ich kann nicht. Ich sitze ungeduscht in meinen Boxershorts im Arbeitszimmer und spiele gitarrenlastige Tracks, die zu nichts zu gebrauchen sind. Das liegt wahrscheinlich an Mattis' Rockstargerede. Es ist wieder ein heißer Tag. Jedes Mal, wenn ich die Hände von der Gitarre nehme, muss ich an Yara denken, die wahrscheinlich in einem knappen Bikini in Brasilien am Strand liegt und sich die Sonne auf den Bauch scheinen lässt. So geht das schon den ganzen Tag. Unmöglich, sich zu konzentrieren. Dabei kann ich mich sonst immer gut mit Arbeit ablenken. Eine verdammte Geilheit wütet zwischen meinen Beinen.

Yara trägt daran Schuld. Ich bekomme sie nicht aus dem Kopf, egal wohin ich mich in meinem Gedankenpalast wende. Sie steht da. Ich sehe sie vor mir und dann überschwemmt mich in heißen Wellen ein verzehrendes Verlangen. Von meinen Lenden ergießt es sich in die Beine und in meinen Bauch. Ich komme nicht dagegen an. Diese Machtlosigkeit macht mich wütend. Ich bin meiner selbst längst überdrüssig geworden, doch alle Erkenntnisse helfen nichts. Ist das Disziplinlosigkeit? Warum kriege ich mich nicht in den Griff? Ich knete den Popel, den ich mir aus der Nase gezogen habe, mit zwei Fingern rund und schnippe ihn in die Topfpflanze. Wozu sich was vormachen? Weder Gitarrespielen noch Popeln eignen sich als Übersprungshandlung gegen Geilheit. Also gebe ich mich geschlagen. Dann hole ich mir eben einen runter. Mein Gott, der Tag ist sowieso uninspirierte Scheiße. Kann nicht schlimmer werden.

Ich halte mich an meiner Erektion fest und ergebe mich dem Gefühl von Yara, das mich ausfüllt, als hätte es vor der Tür gestanden und nur auf meine Kapitulation gelauert. Aus dem Dunkel meiner Gedanken schält sich ihre Gestalt hervor, bis ich sie in aller Deutlichkeit vor mir sehe. Wie sie auf mir sitzt und ich die Illusion aufgebe, sie kontrollieren zu können, denn Yara kommt wie ein Orkan über mich. Leidenschaftlich, selbstsüchtig, völlig hemmungslos der eigenen Lust hinterherjagend. Ich schnappe nach Luft und wandere zwischen den Bildern umher, die mein Kopf mir bereitstellt und die sich längst zu einer eigenen Welt aus Erinnerung und Fantasie erhoben haben, und dann komme ich. Viel zu schnell. Gleichzeitig nicht früh genug. Es wird sich kein gutes Gefühl einstellen. Es ist alles fahl und fad in meinem Leben. Wie durch zähes Gummi hindurch angle ich nach dem T-Shirt zu meinen Füßen und schmiere mein Sperma hinein. So gleitet es wieder auf den Boden. Ich fühle mich breit, ohne Drogen konsumiert zu haben. Schlapp, ohne mich bewegt zu haben. Mit den Zehen fahre ich über die Saiten der Gitarre, die auf dem Boden liegt. Gerade als ich zu überlegen beginne, ob es sich lohnen könnte, diese Technik zu verfeinern, klingelt es an der Tür. Ich wende den Kopf in Richtung Flur. Wer kann das sein? Ich beschließe, nicht aufzumachen, doch es läutet wieder. Vielleicht ist es der Paketbote? Schwerfällig erhebe ich mich, laufe den Flur hinab und betätige die Gegensprechanlage.

Ja?

Kriminalpolizei. Tober mein Name, schallt es in die Wohnung.

Worum geht's?, frage ich, um Gelassenheit bemüht.

Ich komme noch mal wegen Ihrer Aussage. Es geht um den Tod der Kinder hier in der Sankt-Anna-Kirche.

Aja, sage ich unschlüssig, ich arbeite.

Sie können gerne aufs Revier kommen.

Ich stöhne und verharre mit dem Zeigefinger auf der Sprechanlage. Das passt mir nicht. Ich will auf kein Polizeirevier. Das klingt wie 'ne Geschlechtskrankheit oder eine Pauschalreise nach Bottrop.

Kommen Sie hoch, sage ich und drücke den Türsummer.

Als ich die Wohnungstür öffnen will, fällt mir ein, dass ich nur meine Boxershorts anhabe und Sperma in meinem Bauchnabel klebt. Ich flitze ins Schlafzimmer und springe in eine Jeans. Dann rase ich ins Bad und benutze verschwenderisch Johannas Deo, weil ich meines auf die Schnelle nicht finde. Schon klingelt es an der Wohnungstür. Der Fahrstuhl fährt zu schnell. Das habe ich schon hundertmal gedacht, seitdem wir hier wohnen. Ich brauche ein T-Shirt! Auf der Couch sehe ich das grüne Hemd, das ich gestern getragen habe. Khaki, nicht grün, würde Johanna sagen. Scheiß drauf, denke ich und öffne die Tür.

Da steht ein Mann. Ich bin irritiert, weil er keine Uniform trägt, und außerdem dachte ich, dass Polizisten immer nur zu zweit auftauchen.

Tober, sagt er und hält mir seine Hand hin.

Ich nicke und schüttle die ausgestreckte Hand. In der anderen hält er irgendwelche Unterlagen. Ich sehe diesen Bullen in Zivil an, und er scheint meine Gedanken zu lesen.

Mordkommission, erklärt er und hält mir eine Marke hin. Er trägt eine Jeans und hellbraune Lederslipper. Unter seinem brombeerfarbenen

Pulli guckt ein weißes Hemd mit blauen Streifen hervor. Seine Brille sieht auf komische Art intellektuell und sportlich auf einmal aus. Die Haare hat er streng zurückgegelt. Warum gibt es solche Leute bei der Mordkommission? Darauf wird man am Sonntagabend mit dem *Tatort* überhaupt nicht vorbereitet. Da sehen die immer völlig anders aus. Ich führe den Mann in die Küche.

Kaffee?, frage ich und komme mir saublöd vor.

Scheiß Kaffeetrinkerei. Das ist doch auch nur eine Übersprungshandlung. Was hat man eigentlich getan, bevor Kaffee erfunden wurde? Und was ist eigentlich der konkrete Anlass für Kaffee? Ein guter Morgen? Dann hätte ich mein Lebtag keine einzige Tasse zugeteilt bekommen.

Nein danke, sagt er und nimmt am Küchentisch Platz.

Vor sich legt er seine Unterlagen ab und blättert darin.

Herr Till ..., setzt er an.

Ich hasse es, wenn man mich so nennt. Das kommt eigentlich nur in unangenehmen Situationen vor. Beim Zahnarzt oder Finanzamt.

Es geht um die Anwohnerbefragung am 20. Juni.

Ja, sage ich tonlos.

Sie haben angegeben, bei Ihrem Bekannten, Herrn Dario Agnello, gewesen zu sein.

Ja ...

Ich spüre, wie Hitze in mir aufsteigt. Meine Handflächen kribbeln. Ich würde gern aufspringen, um wenigstens auf und ab laufen zu können, doch das wäre wohl unpassend.

Wir gleichen derzeit alle Zeugenaussagen miteinander ab und sind hier auf eine Ungereimtheit gestoßen.

Aja?, verschaffe ich mir Zeit.

Frau Kaiser sagte uns ...

Wer ist Frau Kaiser?, unterbreche ich ihn.

Susanne Kaiser, erklärt er mir, ist die Inhaberin eines Cafés in der Choriner Straße.

Er blättert in seinen Unterlagen. Mir schwant Übles. Dann hat er die

Stelle gefunden.

Lass uns Freunde bleiben, sagt er und sieht mich an.

Volle Breitseite erwischt, denke ich. Ich versuche, normal zu wirken.

Der Kommissar schaut mich einfach nur weiter an.

Ja?, frage ich.

Herr Till, um es kurz zu machen ...

Ich nicke. Kurz machen halte ich für eine gute Idee.

Frau Almeida Tanner ist abgängig. Wir brauchen ihre Aussage in dem Fall, weil wir vermuten, dass sie uns wichtige Fakten zu *United for God* liefern kann. Sie hat das Land vor Ablauf ihres Visums überstürzt verlassen. Ihren Flug, der für morgen, den 1. Juli, gebucht war, hat sie Samstagfrüh, den 20. Juni, am Flughafen Tegel umgebucht. Das hat sie einen nicht unbeträchtlichen Aufschlag gekostet.

Ich wische den Schweiß meiner Hände an der Hose ab. Das heißt, sie muss nach unserer gemeinsamen Nacht direkt zum Flughafen gefahren sein. Warum hat sie nichts gesagt?

Frau Almeida Tanner ist aus Fortaleza, das ist eine Zwei-Millionen-Einwohner-Stadt an der Küste Brasiliens. *United for God* unterhält dort eine große Gemeinde. So wie es aussieht, ist Frau Almeida Tanner hier in der Kirche direkt aufgenommen worden. Wir vermuten, dass es eine Art Austausch gegeben hat. Welche Ereignisse dazu führten, dass sie Hals über Kopf das Land verließ, ist noch ungeklärt.

Ich nicke stumm vor mich hin. Mir kommt es vor, als ob der Mann seinen Text auswendig gelernt hat. Mühelos reiht er Fakten aneinander, als täte er den ganzen Tag nichts anderes. Mir schwirrt der Kopf. Doch der Bulle gönnt mir keine Pause. Ich höre ihn weiterreden.

Nun, Frau Kaiser sagte, Sie seien am Freitag, den 19. Juni, mit Frau Almeida Tanner in ihrem Café gewesen. Sie sagt ferner aus, dass Sie beide für die Nacht verabredet gewesen seien und gegen 21 Uhr das Café gemeinsam verlassen haben. Das hieße, Sie wären der Letzte, der sie gesehen hat.

Ich starre den Kommissar an.

Herr Till, sagt er großväterlich, ich muss wohl nicht ausführen, dass wir Ihre Aussage überprüft haben.

Ich denke an Dari und nicke. Das Alibi war ja eigentlich für Johanna, nicht für die Bullen.

Ja, meine Frau, also … ich habe das nur gesagt wegen meiner Frau.

Verstehe, darum geht es uns nicht. Wir hätten gerne gewusst, ob Frau Almeida Tanner etwas bezüglich *United for God* erwähnt hat? War sie verändert in jener Nacht? Aufgebracht? Hat es einen Streit gegeben?

Ich schlucke schwer. Ich kann unmöglich mit ihm über Yara reden. Seit Tagen verbiete ich mir, auch nur an sie zu denken, und jetzt sitze ich in meiner Küche und soll so tun, als wäre das ganz normal. Mit einem Ruck richte ich mich auf meinem Stuhl auf.

Nein, sage ich, ich habe gar nicht gewusst, dass sie in der Gemeinde ist. Wir kennen uns nicht so gut. Also … sie hat nie etwas erwähnt. Sie war an diesem Freitag ganz normal, würde ich sagen. Eher ausgelassen als aufgebracht, füge ich hinzu und sehe sie plötzlich vor mir.

Ihr Haar auf dem weißen Hotelbettlaken in wilder Unordnung. Mein Gesicht ganz nah über ihrem. Sie hält sich mit einer Hand an dem geschwungenen Messinggestell des Bettes fest. Meine rechte Hand greift in ihren Nacken, dann dreht sie den Kopf zur Seite und nimmt meinen Daumen in ihrem Mund. Sie saugt daran. Mir ist, als umschlössen ihre Lippen meine Eichel. Ein Stöhnen stiehlt sich über meine Lippen.

Ist Ihnen nicht gut?, höre ich den Kommissar fragen.

Doch, doch, versichere ich schnell.

Das muss aufhören, mit diesen Bildern, die mich ständig überfallen.

Yara hat mir wirklich nichts erzählt, sage ich und versuche meinem Gegenüber in die Augen zu blicken.

Tober betrachtet mich gelassen. Offensichtlich ist er vom Fach. Ich merke, wie er meine Gesichtszüge studiert.

Stehen Sie in Kontakt mit Frau Almeida Tanner?, fragt er mich.

Nein, sage ich und verkneife mir ein *Leider*.

Sie?, frage ich vorsichtig.

Sie ist in Brasilien vermisst gemeldet, erklärt mir der Bulle. Sie ist nie bei ihrer Familie angekommen.

Ich schlucke.

Meinen Sie, ihr ist etwas ... passiert?

Er schüttelt den Kopf.

Ist sie in Gefahr?

Wir wissen es nicht, Herr Till. Er hält mir seine Karte hin. Rufen Sie uns an, wenn sie sich bei Ihnen meldet.

Ich nicke.

8.

Über Berlin hängen tiefe Regenwolken. Alle haben es eilig, in die
Ferien zu kommen. In unserer Wohnung stehen überall Koffer und
Sonnencremes und alle möglichen Reiseutensilien herum. Johanna
packt. Ich packe nicht, denn ich komme ja nur für zwei Wochen mit.
Ich mache mir Sorgen, und das nimmt mich voll in Beschlag. Täglich
fällt mir ein neues Horrorszenario ein, während ich untätig in meinem
Leben sitze. Was sind das für Schwierigkeiten, die Yara hat? Wovor ist
sie so plötzlich geflohen? Johanna hat mir erzählt, dass in der
Gemeinde eine junge brasilianische Frau verschwunden ist, nach der
die Polizei fahndet. Meine Handflächen brannten, als sie ihren Namen
aussprach.
Yara heißt sie, du kennst sie nicht, erklärte Johanna mir. Sie ist erst seit
ein paar Wochen in Berlin.
Ich wusste nicht, dass Johanna Yara kannte. Warum ist die Welt so?
Sie verhöhnt mich. Nichts ist, wie es scheint. Warum hat Yara mir
nichts von ihren Problemen erzählt? Wer kann das sein, dieser Typ,
von dem Nele mir erzählt hat? Wer hat sie um all ihr Geld, ihre
Hoffnungen und ihre Träume betrogen? Ich habe immer nur mich
gesehen, habe immer nur von mir gesprochen, mich in meinem Leben
verheddert gefunden und Yara um ihre Freiheit beneidet. Dabei war
sie es, die an meiner Seite stumm gekämpft und verloren hat. Jetzt ist
sie auf der anderen Seite der Welt auf der Flucht. Nur wovor?
Versteckt sie sich? Ist sie einsam und allein? Braucht sie mich? Am
liebsten würde ich nach Fortaleza fliegen, und nicht nach
Griechenland. Manchmal, wenn mein Blick sich auf der weißen Wand
meines Arbeitszimmers verfängt, sehe ich mich aus einem Flugzeug
in die drückende Hitze Brasiliens steigen und Yara auf mich zulaufen.

Die Sonne hat ihre Haut gebräunt. Sie lacht und ich schließe sie in die Arme. Es geht das Gerücht, dass Pfarrer Kohnwald versetzt wird. Irgendetwas geht da vor in unserer Gemeinde, und obwohl zwei Kinder sterben mussten, erfährt die Welt nichts davon. Oder kaum etwas. Ich verfolge die Zeitungsmeldungen, doch die Sache scheint dem Sommerloch zum Opfer zu fallen. Es wird nur noch sporadisch Neues berichtet. Ich habe im Internet nach Flügen gesucht. Aber das geht natürlich nicht. Ich komme mir vor wie gefangen in einem Leben, das vor ein paar Wochen noch mein gemütliches altes Leben war. Wo ist dieses alte Leben hin?, frage ich mich und bin mir selbst zu viel. Und zudem gehe ich Johanna auf die Nerven, weil ich einfach nirgendwohin kann mit mir und mit meiner verdammten Sehnsucht.

Johanna steht in der Küche. Die Kinder essen Abendbrot. Aus dem Küchenradio spielt leise Musik. Ich verteile Küsse unter den Familienmitgliedern, als käme ich von einer fernen Arbeit nach Hause und nicht einfach nur vom Zimmer nebenan. Mein Sohn will Memory spielen. Tinka findet das königlich, obwohl die beiden sonst peinlich genau darauf bedacht sind, zweierlei Meinung zu sein, und läuft ins Kinderzimmer, um das Spiel zu holen. Ich versuche das Unterfangen abzuwiegeln, doch Aljosha lässt keine Widerrede zu. Ich muss mitspielen. Johanna bietet mir den Rest Milchnudeln an. Ich lehne ab. Sie steht an der Spüle und beobachtet uns. Die Kinder, wie sie das Spiel vorbereiten, die Karten mischen und alle Bilder verdecken. Mich, wie ich Trübsal blase. Ich frage mich, wie lange sie das noch mit ansehen wird? Emma und Jakob waren mein Freifahrschein auf dem Weg in die Niedergeschlagenheit, die Johanna für Sensibilität, für das Erwachen meines Verantwortungsgefühls hielt. So kenne ich dich gar nicht, hat sie vor ein paar Tagen gesagt,
Das bin ja auch nicht ich, hätte ich antworten sollen. Was hätte ich nicht alles sagen sollen. Was müsste ich nicht alles sagen? Mein Kopf in den Wolken, der für immer ungebunden sein wollte, duelliert sich mit der Realität, die mir Steine in den Weg wirft. Freiheit. Dunkle Schatten.

Ich sitze noch am Küchentisch, nachdem Johanna die Kinder ins
Bett gebracht hat. Sie brät uns Lamm. Auf meinem Teller liegen
dampfend grüne Bohnen. Regen klatscht an die Scheiben. In mir steigt
ein kribbelndes Gefühl hoch, Unruhe, die den ganzen Körper
unbrauchbar macht. Johanna bringt das Fleisch an den Tisch. Sie setzt
sich mir gegenüber und schneidet ihr Lamm in kleine Stücke. Das tut
sie so, seit die Kinder da sind. Dann legt sie ihr Messer beiseite und
braucht es nicht mehr. Sie stützt den Kopf auf, nimmt die Gabel in die
rechte Hand und isst, ohne schneiden zu müssen. Ich fühle mich
magenlos. Überhaupt organlos. Kein Appetit. Trotzdem esse ich.
Zumindest picke ich ein bisschen auf meinem Teller umher.
Hast du keinen Hunger?, höre ich Johanna fragen.
Ich schüttle den Kopf.
Hm, macht sie und stiehlt Bohnen von meinem Teller. Wann geht das
wieder vorbei?
Ich weiß es nicht, sage ich und blicke in ihre ernsten Augen.
In meinem Hirn krame ich nach irgendetwas, das nach Hoffnung
klingt. Dann fällt mir der Urlaub ein.
Griechenland, sage ich. Ich brauche Erholung.
Ja, stimmt sie mir zu. Ich auch.
Ihre Hand wandert in meinen Nacken. Sie zieht mich über den
Tisch zu sich heran und küsst mich. Öffnet ihre Lippen. Ihre Zunge
sucht nach meiner. Ich weiß nicht, ob ich die Bilder zurückhalten
kann, und greife nach meinem Weinglas. Wir haben nicht mehr
miteinander geschlafen, seit ich mit Yara Sex hatte. Ich bin mir nicht
sicher, wie es mit Johanna sein wird, nachdem ich Yara hatte.
Johannas Hand auf meiner Brust. Sie sitzt auf der äußeren Stuhlkante.
Mein Blick fällt auf ihren bloßen Schenkel. Sie trägt ein Kleid, das ich
nicht kenne. Wahrscheinlich ist es neu. Die Spaghettiträger halten
tapfer ihre Brüste unter dem unschuldig weißen Baumwollstoff vor
neugierigen Blicken verborgen. Ich ziehe ihr einen der Träger von der
Schulter. Mehr aus einer physikalischen Experimentierlaune heraus
als aus Interesse. Ihr Kleid rutscht nach unten und gibt den Blick auf

ihren Brustansatz frei. Ich suche nach einer Erregung, finde aber nur abgestandene Plattitüden.

Fass mich an, haucht Johanna mir zu.

Sie nimmt meine Hand und führt mich ihre Schenkel hinauf zwischen ihre Beine. Sie trägt keinen Slip. Die Hitze ihres Körpers schlägt mir entgegen. In Johannas Augen steht Sehnsucht geschrieben. Wahrscheinlich ob mangelnden Körperkontaktes, denke ich und finde den Gedanken unsagbar nüchtern.

Gehen wir ins Bett?

Ja, nicke ich pflichtbewusst.

Sie steht auf und verlässt die Küche.

Ich trinke unsere beiden Gläser leer und hoffe, im Alkohol die Gelassenheit zu finden, die mir im Leben abhandengekommen ist. Als ich ins Schlafzimmer trete, ist Johanna dabei, Bücher aus dem Bett räumen. Ich laufe auf ihre Seite und stehe hinter ihr.

Bücher, sagt sie beschwipst.

Ich lege meinen schweren Kopf auf ihren. Es summt angenehm in meinen Ohren. Alles ist dumpf um mich herum. Johanna hat das Licht nicht eingeschaltet. Sie dreht sich zu mir.

Lass mich mein Kleid ausziehen.

Ja, sage ich und streife mir das T-Shirt vom Leib, bevor ich mich aufs Bett fallen lasse. Das Fenster ist nur angelehnt. Jetzt bemerke ich einen leichten Luftzug auf meiner Haut, den der kühle Wind ins Zimmer bläst. Ich beobachte sie. Sie zieht sich den fließend weißen Baumwollstoff über den Kopf. Darunter ist sie nackt.

Wo hast du den Slip gelassen?, frage ich.

Sie antwortet nicht, sondern legt sich einfach auf mich. Ich spüre, wie die Wärme ihres Körpers in mich hineinsickert.

Ich küsse sie. Sie schmeckt immer noch nach Rotwein. Ich spüre ihre Zunge in meinem Mund, und meine Hand fährt ihren Rücken entlang. Jetzt setzt sie sich auf mich. Ich nehme ihre Brüste in meine Hände. Dieselbe Hitze überall. Johanna schließt ihre Augen. Das tut sie immer, wenn sie sich in ihre Lust fallen lässt. Mit den

Fingerspitzen gleite ich über die leichte Rundung ihres Bauches zwischen die Feuchte ihrer Schamlippen. Ich höre ihr leises Stöhnen und dringe mit dem Finger in sie ein. Dann gerät mir Yara in den Kopf. Ich schließe die Augen und spüre meinen Schwanz in den Boxershorts erwachen. Ich lasse die Bilder kommen. Yara, die sich in meinen Rücken gekrallt hat, während ich sie leckte und biss. Meine Lippen sogen an ihren Schamlippen, meine Zungenspitze drang in die korallene Röte ihrer süßen Fotze vor. Wie sie mir das Genick hätte brechen können, als sie ihre Beine, in denen so viel Kraft lag, um meinen Kopf schlang und kam. Ihr Stöhnen klingt in meinen Ohren nach. Ich ziehe mir die Boxershorts von den Hüften und dringe in Johanna ein, die sich mir entgegenbäumt. Ich halte mich an ihren Hüften fest und spüre, wie die Lust in meine Lenden kriecht. Yara entfacht mich in meiner Erinnerung an sie. Ich sehe mich mit ihr und vergesse die Welt um mich herum. Johanna zieht mich zu sich und lässt sich auf den Rücken gleiten. Also nehme ich das Tempo aus meinen Bewegungen. Mein Gesicht ist ganz nah über dem ihren, sie hält die Augen geschlossen, und das tue ich auch. Ihre Hüften bewegen sich unter mir. Wir finden in den Rhythmus, von dem unsere Körper wissen, dass er uns unweigerlich zu Höhepunkt, Orgasmus und dumpfer Befriedigung führt.

9 .

Tage, die zäh in der Sonne zerfließen. Hitze ohne Verstand. Kinder und Familie überall. Gereiztes Einerlei zwischen Buddelschippe und Vanilleeis. Ich verstecke mich auf einer Sonnenliege hinter einem Buch, in dem ich nicht lese, versuche im Schatten zu bleiben und meinem unweigerlichen Schicksal zu entgehen. Es gibt keine Ablenkung für mich. Manchmal bemerke ich, wie Johannas Blick auf mich fällt, und ich spüre ihr Misstrauen in meinem Nacken. Fragen, die noch unausgesprochen zwischen uns liegen. Ihrer Familie gehört das Ferienhaus in Lindos, in dem wir den Sommer verbringen. Es ist ein Bilderbuchdorf. Weißgetünchte kubische Häuschen am Berghang. Darüber thront der Tempel, einstmals erbaut für die Göttin Lindia im Stile der Akropolis von Athen. Vor unserer Haustür liegt das Meer. Die Sankt-Paulus-Bucht ist malerisch und zum Kotzen öde. Seit die Kinder da sind, fliegen wir jedes Jahr hierher. Früher bin ich die ganzen zwei Monate mitgekommen. Ich habe in den Himmel geguckt, Campari getrunken, Sonnenliegen belagert und es mir in meinem Leben, das Johanna für mich wohnlich eingerichtet hatte, gemütlich gemacht. Dann, irgendwann, hat sich etwas Unbestimmtes da eingenistet, wo früher die Gemütlichkeit hockte. Vielleicht war es Ungeduld? Unzufriedenheit, ohne zu wissen, worüber? Jetzt ist es die Sehnsucht.

Manchmal treiben mich die Kinder an, mit ihnen Abenteuer zu erleben. Wie wir es sonst getan haben. Um Johannas sezierendem Auge zu entkommen und mein nahes Ende nicht selbstverschuldet heraufzubeschwören, gehe ich mit ihnen Eselreiten. Joshi ist ganz wild darauf. Die Touristen lassen sich auf den Esel-Taxis zur Akropolis hochbringen. Wir bevorzugen Ausritte in das karge, sonnengeplagte Hinterland. Die Kinder haben große Sonnenhüte auf. Hinter jeder wilden Ananas vermutet Joshi eine Spinne, eine zischelnde Schlange oder eine flinke Echse. Tinka schreit jedes Mal, als grusle sie sich furchtbar. Unsere Eselführer haben ihre Freude an diesen Späßen, über die die Kinder ausgelassen gackern, während ich mich auf dem knochigen Rücken meines Esels durchschütteln lasse.

Abends sitzen wir auf den Messingstühlen in unserem Garten und füllen unsere Bäuche mit Gegrilltem. Barbecue ohne Ende. Unser Nachbar Dímos und ich stehen am Grill. Wir wenden Fische und trinken griechisches Bier. *Mythos*. Dímos bringt es jeden Abend mit. Seine Frau Néki bringt Johanna das Backen bei. Auch die Kinder sind mit Feuereifer dabei. Sie zaubern süße, schwere Küchlein mit Honigsirup, Traubenmost, Sesam und Zimt.

Byzantinische Küche, erklärt uns Néki.

Johanna und ich sehen uns an. Wir müssen beide an die toten Kinder unserer Nachbarn denken. Sie sind erfroren auf kaltem byzantinischen Marmor.

Während Néki und Johanna die Kinder ins Bett bringen, ihnen ihre Gute-Nacht-Geschichten vorlesen, sitzen Dímos und ich in unseren Messingstühlen und beobachten Motten, wie sie in der Abenddämmerung ins Licht fliegen und verglühen. In der anbrechenden Nacht verhallen unsere Stimmen vor dem lauten Zirpen der Grillen. Im Himmel suchen wir nach Sternschnuppen. Ich weiß nicht, was Johanna sich wünschen würde. In diesen Nächten halten wir uns manchmal an den Händen. Dann überkommt mich diese Ruhe, die nur sie in mir auslösen kann. Manchmal hebt ein laues Lüftchen an und bringt eine frische Brise, die unsere Sonnenbrände kühlt. Dann lasse ich meine Füße im Pool baumeln. Néki erzählt von Ehen, die Krisen bestehen, Johanna von den Kindern, die am Strand Sandburgen bauen, Dímos von seinem Geschäft in Piräus, und ich lausche ihren leisen, weingeschwängerten Stimmen und hänge meinen eigenen Gedanken nach.

Johanna räumt das Geschirr zusammen, nachdem die beiden
gegangen sind. Ich mache mir nicht mehr vor, mich hinter dem
Familienalltag verstecken zu können. Ich weiß, dass meine Zeit
gekommen ist.

Also, was ist los?, höre ich sie fragen.

Hm, mache ich. Die Sonne verbrennt mir das Gehirn.

Johanna lacht. Ja, das macht sie jedes Jahr.

Sie lächelt mich aufmunternd an. Wie sie es bei den Kindern tut. Ich
probiere ebenfalls ein Lächeln.

Es ist nichts Bestimmtes, versuche ich mich zu erklären.

Plötzlich ist mein Gehirn wie leergefegt. Ich blicke gedankenverloren
in den leuchtenden Nachthimmel und hoffe auf eine Eingebung.

Verdammte Scheiße, du sperrst mich einfach aus, höre ich sie sagen.

Ihre Stimme klingt kontrolliert. Ja, denke ich. Da ist einfach kein Platz
mehr für Johanna in meinem Leben. Mich überfällt eine unbestimmte
Traurigkeit. Ich bekomme kein Wort über die Lippen.

Luca, ich halte das nicht mehr aus.

Sie sucht meinen Blick. Ich kann sie nicht ansehen. Ihre ernsten,
traurigen Augen lassen mich leiden. Ich will ja für sie da sein.

Sag doch etwas!

Ich starre sie an. Sie presst ihre Lippen aufeinander, ihre Wangen
glühen. Dann steht sie vor mir. Sie greift nach einem leeren Glas auf
dem Tisch. Ich will es ihr aus der Hand nehmen, doch sie wendet sich
von mir weg.

Lass mich!, höre ich sie fauchen.

Dann zerschellt das Glas hinter mir an der Hauswand.

Johanna, nicht ..., versuche ich es, doch sie ist nicht mehr aufzuhalten.

Ich sehe ihre Tränen, die ihr über die erhitzten Wangen laufen.

Ich kann nicht mehr! Ihre Stimme bebt.

Sie greift nach dem Geschirr auf dem Tisch. Hinter meinem Rücken
zerschellen Teller und Gläser, und ich gehe nicht dazwischen. Ich
beobachte das Beben ihrer Brüste, lausche ihrem Atem, der nach
Erregung klingt, und sehe, wie ihr Pferdeschwanz auf und ab wippt.

Dann findet sie nichts mehr auf dem Tisch, was sie werfen kann. Ich drehe mich um und blicke auf den Scherbenhaufen. Als ich mich wieder zu Johanna wende, steht Aljosha in der Tür zum Haus, die Augen weit aufgerissen.

Komm, Joshi, sage ich und stehe auf, wir holen den Besen.

Ich nehme meinen Sohn an die Hand. In meinem Rücken spüre ich Johannas Blick, wie er sich mir in die Knochen bohrt. Joshi und ich gehen hinters Haus zum Schuppen. Dort ist es ohne den silbernen Schein des Mondes dunkel und stickig. Ich versuche mich zu orientieren. Irgendwo muss es einen Reisigbesen geben. Hexenbesen, sagt Tinka dazu. Manchmal spielt sie mit ihm. Da höre ich Johanna schreien. Mir fährt es sofort durch sämtliche Glieder. Es ist etwas geschehen. Ich schnappe mir Aljosha und renne mit ihm im Arm zurück in den Innenhof.

Johanna kniet über Tinka, die im Hof vor ihr liegt.

Was ist passiert?, frage ich fast lautlos.

Sie ist gefallen.

Johannas Stimme ist ebenfalls ohne Ton.

Nicht schlimm, sage ich reflexartig und meine damit eigentlich nichts.

Tinka liegt im Scherbenhaufen.

Mama ..., setzt sie an und kommt nicht weiter.

Ihr Gesicht ist ganz weiß. Sie bewegt sich nicht, sondern starrt auf ihren linken Arm, den ihre Mutter in den Händen hält. Da ist Blut. Das gesplitterte Glas hat ihr den Arm aufgerissen. Johannas Atem verändert sich. Jetzt holt sie nur noch stoßweise Luft. Sie kann kein Blut sehen. Ich befürchte, dass sie ohnmächtig wird, und setze Joshi auf einen Stuhl, bevor ich Tinka hochhebe.

Kannst du hier bei Joshi bleiben?, frage ich Johanna.

Wir kommen mit, haucht sie und versucht aufzustehen.

Sie schwankt. Ich muss sie halten.

Johanna, sage ich, um Überzeugungskraft bemüht, du wirst nur ohnmächtig im Krankenhaus. Bleib hier mit Joshi.

Sie nickt schwach. Ich sehe, dass sie mit den Tränen kämpft. Sie streicht Tinka durchs Haar.

Es wird alles wieder gut, verspricht sie ihr.

Sie klingt mehr, als wolle sie sich selbst Mut machen. Tinka
verkrampft sich in meinem Arm. Sie spürt die Angst ihrer Mutter.

Johanna, es sind nur ein paar kleine Schnitte, sage ich beruhigend.
Wir fahren jetzt ins Krankenhaus.

Damit will ich das Gespräch beenden, doch da löst Tinka sich aus
ihrer Schockstarre. Sie will nicht mit mir ins Krankenhaus, sie will bei
ihrer Mutter bleiben. Tränen laufen ihr über die Wangen. Sie schreit in
meinem Arm und auch Joshi beginnt zu weinen. Angesichts der Panik
unserer Kinder fängt sich Johanna.

Katinka, du fährst mit deinem Vater ins Krankenhaus, bestimmt sie
und schnappt sich Joshi.

Wir müssen fegen, versucht sie Normalität in den Wahnsinn zu
bringen.

Tinka lässt sich nur schwer beruhigen. Ich rede ihr zu, doch sie
vertraut mir nicht.

Im Krankenhaus müssen wir warten. Ich habe Tinka auf meinen
Schoß genommen. Ihre Augen sind mittlerweile leer geheult. Rot und
geschwollen ist ihr Gesicht, ihr kleiner Körper völlig überhitzt. Mein
T-Shirt ist von ihrem Blut befleckt. Sie hält ihren verletzten Arm von
sich gestreckt. Ich beneide sie um die Klarheit ihres Schmerzes, der
sich auf die Schnittwunden ihres Armes bezieht. Tinka lässt ihren
Kopf auf meine Schulter fallen. Immer wieder. Die Wiederholung
dieser einfachen Bewegung gibt ihr Halt.

1 0 .

Auf dem Rückweg ist Katinka im Auto eingeschlafen. Das liegt an der Erschöpfung und dem Betäubungsmittel, das sie bekommen hat. Ihren Arm hält sie ganz eng an die Brust gepresst, wie ein verletztes Tier. Um den Hals trägt sie eine weiße Schlinge. Der Arzt hat die Glassplitter aus ihren Wunden gezogen und hier und da mit ein paar wenigen Stichen die Schnitte genäht. In ein paar Wochen wird nichts mehr zu sehen sein, hat er gesagt und Tinka einen Lolli geschenkt.

Ich hebe sie vorsichtig aus ihrem Kindersitz. Sie schläft weiter in meinem Arm. Im Haus ist es ruhig. Aus dem Garten höre ich leise Stimmen. Wahrscheinlich sind Dímos und Nekí wieder bei Johanna. Ich bringe Tinka ins Kinderzimmer, lege sie in ihr Bett und ziehe die Vorhänge zu. Die Tür schließe ich leise hinter mir. Dann atme ich tief durch. Jetzt, wo Tinka versorgt ist, kriecht mir ein flaues Gefühl in den Magen. Ihr Unfall hat unseren Streit beendet, doch für wie lange? Ich stehe eine Weile unschlüssig im Flur und weiß nicht, was mich erwartet. Mir ist nach Flucht zumute, doch da steht die Verantwortung im Weg. Ich kann sie ganz deutlich spüren. Sie hat ihre Zähne gefletscht und will mich nicht gehen lassen. Ich weiß, dass ich mich ihr stellen muss. Und plötzlich weiß ich auch, dass ich sie nicht besiegen kann. Ich habe sie nie in mein Leben gebeten. Ich wollte nicht gebraucht werden und für niemanden verantwortlich sein. Johanna wollte das alles machen. Und jetzt ist es doch so gekommen. Jetzt hat sie sich auf meinen Schultern festgekrallt und ich werde sie niemals wieder loswerden.

Ich trete aus der Tür in den Innenhof. Von den Scherben ist nichts mehr zu sehen. An der Hauswand lehnt der Reisigbesen, daneben ein Müllbeutel. Auf dem Steinboden kann man noch Tinkas Blut sehen.

Kleine rote Sprenkel. Der nächste Regen wird sie wegwaschen. Ich merke, wie ich mich winde. Ich will den Schritt nicht gehen. Lauter Widerwillen in allen Organen. Ich spüre, wie sich meine Schultern verspannen. Doch es hilft nichts. Ich muss da jetzt raus. Also gehe ich in den Garten. Johanna sitzt mit Nekí und Dímos in den Messingstühlen, Joshi ist auf ihrem Schoß eingeschlafen. Als Johanna mich sieht, springt sie auf. Joshi wird davon wach.
Wie geht es ihr?
Gut, sage ich, sie schläft. Ich habe sie ins Bett gelegt.
Da ist sie schon an mir vorbei ins Haus gelaufen.
Kann ich auch zu Tinka?, fragt Joshi mich.
Na klar. Aber schön leise sein.
Ja, nickt er verständnisvoll und sieht dabei plötzlich ganz erwachsen aus.

Ich setze mich zu Dímos und Nekí, um ihnen vom Krankenhaus zu berichten, doch ich bekomme kein Wort heraus. Keine Ahnung, was Johanna ihnen erzählt hat. Andererseits, was kann sie schon erzählt haben? Sie weiß ja nichts von Yara und mir.
Johanna hat uns alles erzählt, sagt Nekí und greift nach meiner Hand.
Ich bin irritiert. Habe ich Mitleid verdient?
Von den Kindern eurer Nachbarn, klärt Dímos mich auf, da mein Gesicht von Unverständnis zu zeugen scheint.
Ich komme mir kläglich vor. Alles nur noch Schmierentheater.
Plötzlich will ich Dímos und Nekí keine Idylle mehr vorgaukeln. Ich habe keine Lust mehr, mich zu verstecken. Ich will nach Hause, denke ich und tue mir selbst leid.
Wir lassen euch allein, flüstert Nekí mir zu.
Wir stehen alle auf. Dímos nimmt mich in den Arm. Dann winke ich ihnen nach, als würden wir uns nie wiedersehen.

Vielleicht sollte ich mich betrinken?, überlege ich auf dem Weg zur Küche, doch das kommt mir zu riskant vor. Ich sollte mir endlich mal einfallen lassen, was ich Johanna erzähle. Es gibt ja nur zwei

Möglichkeiten: die Wahrheit oder eine Lüge.

Was hat der Arzt gesagt?

Johannas Stimme reißt mich aus meinen Gedanken. Sie bleibt im Türrahmen stehen und hält damit einen Sicherheitsabstand. Müde sieht sie aus und abgekämpft.

In ein paar Wochen wird alles verheilt sein. Er hat mir Mull mitgegeben und eine Wundsalbe. Sie darf auf keinen Fall baden gehen mit dem Arm.

Ich hasse mich dafür, sagt Johanna mit Härte in der Stimme.

Ich schüttle den Kopf.

Nein, das war ein Unfall …, will ich sie in Schutz nehmen, doch sie lässt mich kaum aussprechen.

Das meine ich nicht! Ich hasse es, dass du mich dazu bringen kannst, so auszurasten, erklärt sie mir ungehalten.

Ich verkneife mir einen Kommentar, weil ich finde, dass Johanna sich immer im Griff hat. Auch wenn sie ausrastet. Aber das wird wohl nicht das sein, was sie jetzt hören will.

Es tut mir leid, fange ich an, weil das immer ein guter Anfang ist. Dann lasse ich mich auf einen Küchenstuhl fallen und gestatte Johanna Einblick in mein Gefühlsgemenge. Ich berichte ihr von den ersten Tagen nach dem Tod der Nachbarskinder und von dem fahlen Gefühl, fremd im eigenen Leben zu sein. Wie mir die Leichtigkeit abhandengekommen ist und alles einen Anschein von Schwere und Verkehrtheit gewann.

Meine Familie hat mich zu einem Mann gemacht, der ich nie sein wollte. Ich wollte immer frei sein, Luftschlösser bauen und Abenteuer bestehen. Ich rede mich in Rage und bemerke, dass ich das schon immer habe sagen wollen, oder zumindest schon lange. Dass mir das alles zu viel geworden ist und ich nicht weiß, wohin ich mit mir soll und all den Träumen, die ich hatte. Ich habe das Gefühl, mich für die Kinder und Johanna verkauft zu haben. Doch zu welchem Preis? Ich weiß nicht, wer das sein soll, der ich jetzt bin. Steckt noch Leben in der Hülle, die ich jeden Tag an- und dann wieder ausziehe? Ich weiß nicht, wie ich das mit mir machen soll, weil ich in meinem Leben gar keinen Platz mehr für mich habe. Und dann ist da dieses unbestimmte Wollen, ohne dass ich weiß, was ich will. Vielleicht habe ich auch gar keine Träume mehr? Ich weiß es nicht, ich weiß nur, dass ich leer bin. Umgestülpt und ausgeschruppt. Blank und wund an allen Stellen. Ich erzähle Johanna von diesem Gefühl Niemandem mehr gerecht werden zu können. Weder ihr noch mir. Ich offenbare ihr meinen ständigen Unwillen in der Magengegend, der mich fertig macht, und dann gehen mir die Worte aus. Ich finde zurück in die Küche. Mein Blick stellt sich wieder scharf.

Johanna steht immer noch im Türrahmen. Sie hat die Arme unter den Brüsten verschränkt und blickt mich an, doch da ist kein Verständnis.

Ich bin einfach zu nichts zu gebrauchen, sage ich resigniert und hoffe auf ein ganz klein bisschen Entgegenkommen.

Ich will das alles nicht hören, entgegnet sie scharf und atmet geräuschvoll aus.

Aha, erwidere ich schwach und fühle mich ausgeliefert.

Luca, sagt sie und sieht auf mich herunter, wie auf ein Insekt, andere sind zwischen siebzehn und siebenunddreißig erwachsen geworden.

Ja, sage und meine es wohl mehr als Frage.

Wann hattest du vor, damit anzufangen?, fragt sie und lässt mir keinen Raum für Entschuldigungen.

Wahrscheinlich hast du recht, höre ich mich sagen und fühle mich hohl.

Ich gehe ins Bett, beschließt sie und lässt mich mit meinem Elend, das ich vor mir ausgebreitet habe, allein zurück.

Jetzt liegt es da, ganz ausgestreckt mit seinen Tentakeln, und guckt mich an. Auch ausgekotzt sieht es nicht besser aus, als es sich vorher angefühlt hat. Sinnlose Scheiße, egal wie man es dreht und wendet.

<h2 style="text-align:center">1 1 .</h2>

Ich sitze im Garten und betrachte den Sonnenaufgang. Langsam färbt sich der Himmel rot vor meinen Augen. Die glühende Sonne am Horizont kündigt wieder einen heißen Tag an. Ich habe mich in eine Wolldecke gewickelt und die Nacht draußen verbracht. Es ist kühl so früh am Morgen. Das tut mir nach unserem Streit gut. Ich schäme mich, weil Johanna mich für einen Versager hält. Dabei habe ich versucht, mich in ihrem Leben einzurichten. Sie glaubt, ich habe mir nur Mühe gegeben, um dann besten Gewissens mein Scheitern eingestehen zu können. Mir ist das zu hoch. Ich will nur noch nach Hause. Mein Elend lasse ich hier in der Küche zurück. Seit es aus mir herausgekrochen ist, fühle ich mich schon wohler und echter. Fühle mich gut, weil ich nicht gelogen, sondern die Wahrheit gesagt habe. Ich nehme die Decke und gehe ins Haus. Mein Flieger wird mich in vier Stunden nach Berlin bringen. Auf Zehenspitzen schleiche ich zu den Kindern. Joshi hat sich das dünne Laken vom Körper gestrampelt. Ich lege es zur Seite. Tinkas linker Arm ist dick mit weißem Mull bandagiert. Ich küsse sie auf die Stirn. Ganz sachte, weil ich sie nicht wecken will.

Johanna steht mit meinem Rollkoffer vor dem Haus. Sie hat ein Taxi gerufen. Ich stelle mich hinter sie. Sie lehnt sich an mich.
Es tut mir leid, höre ich sie flüstern, ich wollte nicht so hart sein.
Nein, du hattest ja recht.
Hm, macht sie.
Doch, bestärke ich sie, ich will mein Elend nicht zum besten Freund. Ich versuche witzig zu sein, doch sie lacht nicht. Sie wendet sich mir zu. In ihre ernsten Augen ist Traurigkeit gekrochen. Ich war das. Ich habe diese Traurigkeit in ihr Herz gepflanzt. In mir steigen

Selbstzweifel auf, gepaart mit schlechtem Gewissen. Noch einen Tag länger unter Johannas strenger Beobachtung halte ich nicht aus. Ich erwische mich dabei, die Ankunft des Taxis herbeizuwünschen.

Ich liebe dich, bricht es aus ihr hervor.

Jetzt sehe ich endlich das Taxi den Hügel zu unserem Haus heraufkriechen.

Schenk mir ein Lächeln zum Abschied, sage ich und nehme Johannas Kopf in die Hände.

Sie lächelt gequält und lässt mich ziehen.

Ich ruf dich an, verspreche ich und springe ins Taxi.

Im Flugzeug fallen mir die Augen zu. Ich schlafe kurz und unruhig, weil ein Alptraum meine müden Glieder nicht zur Ruhe kommen lässt. Ich träume, wie ich in dunkler, sternenloser Nacht einen langen Pfad entlang renne. Er ist steinig. Ich stolpere immer wieder, manchmal falle ich hin, und doch hetze ich unbeirrt weiter. Der Weg führt durch bergiges Gebiet, immer tiefer in einen Wald hinein. Irgendwer ist hinter mir her. Dann ist der Pfad plötzlich nicht mehr zu sehen. Ich befinde mich in einem Haus und laufe einen Gang entlang. Rechts und links geschlossene Türen. Ich laufe immer weiter. Dann öffnet sich eine Tür und meine Mutter tritt heraus. Sie ist nackt.

Berlin, und es ist nicht mal elf Uhr. Im *Eckstein* sitzt Dari vor Rührei und Milchkaffee. Sein Kopf steckt hinter einer Zeitung. Ich lasse mich ihm gegenüber auf einen Stuhl fallen.

Oh, wow, Alter, begrüßt er mich.

Ich muss beschissen aussehen. Augenringe bis nach Alaska und zurück.

Hab nicht geschlafen, erkläre ich. Mein Flieger ging um sieben Uhr früh.

Aha, macht Dari.

Ich bekomme mein Frühstück und einen Cappuccino. Langsam fühle ich mich wieder unter den Lebenden.

Mensch, monologisiert Dari, das sollte 'ne Affäre werden und keine Lebensaufgabe.

Ja, sage ich ratlos, stimmt ja.

Alter, du hast 'ne super Frau und Familie, klärt er mich auf, lass dich nicht so hängen!

Ich weiß, dass er an seine Familie denkt, die er unwiderruflich zerstört hat.

Deinen Brand konnte man wenigstens löschen, sage ich und weiß in derselben Sekunde, dass ich besser die Klappe gehalten hätte.

In Daris Gesicht verändert sich etwas. Ich sehe, wie seine Mundwinkel zucken.

Entschuldige, sage ich zerknirscht und hoffe, er nimmt es mir nicht übel.

Er greift nach der Zeitung, in der er vorhin gelesen hat, und hält sie mir hin.

Schon gesehen?, fragt er mich.

Ich nehme ihm die Zeitung ab und werfe einen Blick hinein.

Skandal um Schwarzgeldkonten. Verhaftungen in Berlin und Brasilien. Auf dem Titelblatt ein Bild von Pfarrer Kohnwald in Handschellen. Atemlos fliege ich durch den Text. Kohnwald und diverse Hintermänner, in Berlin und Brasilien, wurden gestern im Laufe des Tages verhaftet. Schwarzgeldkonten in Übersee. *United for God* hat sich über Jahre ungeniert aus Spenden bedient, die für Bedürftige und Gotteshäuser gesammelt worden sind. Da ist auch ein kurzes Interview mit unseren Nachbarn, Oli und Teresa. Der Tod der Kinder ist immer noch ungeklärt. Ich blicke von der Zeitung auf. Dari hat mich beim Lesen beobachtet.

Johanna hat gespendet, höre ich mich tonlos sagen.

Wahrscheinlich nicht zu knapp, nickt Dari.

Meine Gedanken überschlagen sich, Bilder brechen über mir zusammen. Johanna. Die beiden Särge. Yara. Das wird alles auffliegen.

Schon was von den Bullen gehört?, will Dari wissen.

Ich schüttle den Kopf.

Wie automatisch fängt wieder das Gedankenkreisen an. Die Polizei ist hinter Yara her, und ich weiß nicht warum. Sie kann unmöglich etwas mit dem Tod meiner Nachbarskinder zu tun haben. Ich war es, der die letzte Nacht mit Yara verbracht hat. Und Johanna hat für Kohnwald gespendet. Die Polizei wird sich für sie interessieren. Wie für Yara. Ich will nicht, dass Johanna und Yara sich miteinander vermischen. Plötzlich verfängt sich alles ineinander. Mein Kopf bekommt keinen Sinn in all das hineingedacht. Und außerdem habe ich das Gefühl, dass das alles nur die halbe Wahrheit ist.

Alles okay?

Ich gucke Dari an und weiß nicht, was ich sagen soll. Nichts ist okay. Mein ganzes Leben ist total in sich verhakt. Da kocht etwas in mir, und das will raus. Ich fange an, auf meinem Stuhl umherzurutschen.

Könnt' ins Auge gehen, hör ich Dari sinnieren.

Wahrscheinlich hat er recht, denke ich, obwohl ich nicht genau weiß, was er damit meint.

Ich muss was tun, sage ich und winke der Kellnerin. Lass uns zahlen. Wir stehen auf. Dann umarmt er mich. Offensichtlich sehe ich so aus, als bräuchte ich Trost. Während wir schweigend die Choriner Straße runterlaufen, fällt mir ein, dass ich bei Nele klingeln könnte.

Schlaf auch mal, höre ich Dari zum Abschied sagen.

1 2 .

Nele steht wieder total verstrubbelt in der Tür. Das scheint ein Dauerzustand bei ihr zu sein. Wenigstens trägt sie diesmal keine Leggings, sondern eine abgeschnittene Jeans, die gerade so ihren Hintern bedeckt.

Ach, du, sagt sie zur Begrüßung.

Ja, auch schön dich zu sehen, sage ich frostig und folge ihr in das unvermeidliche Küchenchaos.

Ich dachte, es ist 'ne Freundin, verteidigt sie sich und begibt sich auf die Suche nach Kaffeeutensilien, obgleich ich keinen Kaffee will.

Dabei plappert sie vor sich hin. Ich habe keine Lust, mich auf ihre kleine Welt, angefüllt mit Nichtigkeiten, einzulassen.

Hast du was von Yara gehört?, frage ich sie direkt, um ihrem Mitteilungsdrang ein Ende zu machen.

Ja, sagt sie einfach, als wäre das völlig normal.

Ich muss mich setzen.

Warum hast du mich nicht angerufen?

Ich merke, dass ich sauer auf sie bin.

Ruhig bleiben, wiegelt Nele ab.

Sie sieht mich mit gerunzelter Stirn an, als wäre ich ein verzogenes Kind. Ich sage nichts, denn wenn ich etwas sagen würde, wäre das auf jeden Fall zu laut für eine Unterhaltung. Also atme ich tief durch.

Nele berichtet, dass sie vor ein paar Tagen eine E-Mail von Yara erhalten hat.

Wir sollen die Möbel verkaufen.

Ich nicke. Was interessieren mich die Möbel?

Sie sagt, sie kommt nicht mehr zurück.

Hat sie geschrieben, wo sie ist? Wie es ihr geht?, frage ich und möchte

Nele am liebsten schlagen, ihr etwas sehr Schmerzhaftes antun. Nele schüttelt den Kopf.

Kann ich sie sehen?

Nele guckt mich verständnislos an. Ich bin kurz davor, die Geduld zu verlieren.

Die E-Mail, erkläre ich gereizt.

Bis ich nach Hause gelaufen bin, habe ich Yaras Mail etwa hundertmal gelesen. In meinem Arbeitszimmer angekommen, kann ich sie bereits auswendig. Ich bin ratlos. Es sind nicht mal Grüße für mich dabei. Anscheinend komme ich in Yaras Leben gar nicht mehr vor. Obwohl … Gerade fällt mir ein: Yara weiß ja gar nicht, dass ich Nele kenne. Warum sollte sie ihr Grüße für mich ausrichten? Sie sollte mir einfach direkt schreiben. Sie sollte ihren verdammten Arsch hinter irgendeinen Computer klemmen, den es ja wohl auch in Südamerika geben wird, und mir einfach schreiben, dass es ihr gut geht. Mehr will ich doch gar nicht. Aus der untersten Schublade meines Schreibtisches hole ich den Apfel. Er ist alt und verschrumpelt wie eine Dörrpflaume. Es ist so viel passiert, seit Yara verschwunden ist. In der Zwischenzeit bin ich ein anderer Mensch geworden.

Das *Maria* ist brechend voll. Es ist fast Mitternacht. Auf der Bühne steht *Peaches*. Ich frage mich, wen Mattis von der Band kennt, komme jedoch nicht an ihn heran. Ich bin zwischen der Bar, Dari und einer Frau eingeklemmt, die mich vollquatscht. Sie hält sich abwechselnd an ihrem Whiskey-Cola und mir fest. Nichts von dem, was sie erzählt, interessiert mich. Sie studiert Modedesign in Dresden. Der Alkohol scheint die Frequenz von Sinnlosigkeiten, die sie von sich gibt, noch zu steigern. Sie ist einfach fulminant langweilig. Zum Kotzen. Ich merke, wie mir die Aggression den Hals emporsteigt. Ich hätte schlafen sollen. Stattdessen bin ich in der leeren Wohnung auf- und abgelaufen, als fände sich im Gehen die Lösung all meiner Probleme. Ich blicke auf den Boden und zähle Zigarettenkippen, um mich zu beruhigen, als die wie aufgezogen plappernde Modestudentin meinen Kopf zu sich heranzieht. Ich spüre ihre Lippen an meinem Ohr.

Ich mag schüchterne Männer, höre ich ihre klirrende Stimme.
Entgeistert schaue ich sie an. Sie lächelt mir siegessicher entgegen,
neigt den Kopf und nuckelt an ihrem Strohhalm, den ich ihr am
liebsten in den Hals rammen würde. Hinter ihr steht eine schlanke
Schönheit und lacht. Lacht, bis ihr Tränen in die Augen treten. Sie
schüttelt den Kopf, sieht von mir zu der Modestudentin und kann
sich gar nicht mehr beruhigen. Ich schiebe die studentische Plage zur
Seite und betrachte die Schöne grinsend.
Na, gut unterhalten?, frage ich in ihr Lachen hinein.
Wunderbar, antwortet sie.
Lass uns tanzen gehen, schlage ich vor und sehe mich nach Dari um.
Er ist jedoch nirgendwo zu sehen, weshalb ich sie mit mir ziehe, ohne
einen weiteren Gedanken an die Modestudentin zu verlieren.
    Es ist viel zu voll, um zu tanzen. Also gehen wir vor die Tür.
Draußen ist es kühl. Ein frischer Wind ist aufgezogen. Gleich wird es
regnen. Ich denke an die Nacht mit Yara. Es ist derselbe Geruch, der
über der Stadt liegt.
Kalt, sagt die Schöne.
Ich gebe ihr meine Jacke. Wieder reingehen halte ich für keine Option.
Wie heißt du?
Nike, sagt sie und schaut sich um.
Dann läuft sie einfach los und schlaucht 'ne Zigarette bei 'nem Typen.
Du auch?, ruft sie mir zu.
Ich nicke.
Du bist Luca?, fragt sie und gibt mir die Zigarette.
Ich nicke wieder.
Dario sagt, deine Frau arbeitet am Theater.
Offenbar hat sie sich mit ihm unterhalten. Das war mir gar nicht
aufgefallen. Dari hat echt 'n Händchen für schöne Frauen. Mir ist
nicht nach Konversation, weshalb ich mich darauf beschränke sie
anzusehen. Alles an ihr ist langgliedrig. Ihre Zigarette hält sie
zwischen schlanken Fingern. Sie trägt eines dieser langen
Hippiekleider, die offensichtlich wieder in Mode sind. Lange Haare

fallen über ihre Schultern, die nackt sind unter meiner Jacke. Ich frage mich, ob ich mich an sie erinnern werde. Später, wenn ich in meiner Jacke wieder nach Hause wanke. Während sie redet, betrachte ich ihre harten Brustwarzen, die sich unter dem dünnen Stoff abzeichnen. Kein BH, denke ich und sehe, wie meine Hand nach ihren Haaren greift. Dann fallen die ersten Tropfen. In die Grüppchen um uns herum kommt Bewegung. Die meisten gehen rein. Nike sieht mich an. Du redest nicht viel, hm?

Komm, sage ich und ziehe sie mit mir.

Hinter dem Gebäude schützt uns ein schmaler Streifen des überhängenden Dachs vor dem stärker werdenden Regen. Nike lehnt an der Wand. Um uns herum nur das Rauschen des Regens. Es ist dunkel und kalt. Ich küsse sie. Sie öffnet ihre Lippen für mich. Geht doch, denke ich und halte mich an ihrem Hintern fest, der sich auf genau der richtigen Höhe befindet. Ich raffe das weite Meer von Stoff zusammen und gelange schließlich an ihre Haut. Lange Beine, auf denen ein Geruch liegt, der mein Verlangen weckt. Ich presse ihren Körper an meinen. Höre sie leise stöhnen. Ein Glühen erfasst ihre Wangen. Ich will sie jetzt gleich. Nike lässt meine Jacke auf den Boden fallen. Ich nehme eine Hand von ihrem Hintern, streife ihr das Haar von der Schulter und schiebe ihr gleichzeitig den winzigen Slip von den Hüften. Sie dreht den Kopf zur Seite. Ich sehe ihre Silhouette, ihr Mund ist leicht geöffnet. Ihr Atem geht flach. Ich lege meine Hand auf ihre Wange, fahre mit dem Daumen ihr Kinn hinauf. Sie beugt den Kopf leicht und nimmt meine Finger in den Mund. Mir entweicht ein Stöhnen. In mein Becken ist eine dumpf fordernde Bewegung geraten, die meine Erregung verrät. Ich reibe mich an dem Widerstand ihrer harten Beckenknochen. Das Gewicht meines Körpers presst Nike an die Hauswand. Mir wird heiß. Ich öffne meine Hose und drehe Nike um. Sehe ihren Hintern vor mir. Mit den Fingern leihe ich mir Feuchtigkeit zwischen ihren Schamlippen. Ich höre sie stöhnen.

Nicht von hinten, dringt es zu mir hervor.

Aber ich tue es, ohne auch nur eine Sekunde zu zögern. Ich überwinde den ersten Widerstand, höre sie nicht mehr, sondern dringe tiefer in sie ein. Vor meinem inneren Auge flirren die Bilder all der Pornos, die ich gesehen habe und die mein Hirn für mich sorgfältig abgespeichert hat. Sie vermischen sich mit dem Hintern vor mir zu meiner privaten Bildershow. Meine Hände auf ihren Schenkeln. Ich spüre eine Lust, mit meiner flachen Hand zuzuschlagen. Meine Fingerknöchel treten weiß hervor. Ich hole aus, unterdrücke den Impuls und tue es dann doch. Ein Stöhnen durchfährt mich. Endlich entgleitet mir die Realität, ich flüchte in meine Lust. Dann spüre ich den Druck sich aufbauen, die Kontraktionen, ich will keine Umwege, sondern übertrete die Schwelle und komme in ihr.

Jetzt höre ich meinen Atem. Noch immer halte ich mich an ihrer Hüfte fest. Langsam nehme ich den Regen wieder war. Es blitzt. Donnergrollen.

Scheiße, höre ich Nike sagen.

Ich bin noch in ihr.

Verschwinde endlich!, fordert sie.

Ich ziehe meinen Schwanz aus ihrem Arsch. Braune Sauce läuft ihr die Beine runter. Ich mache mir die Hose zu, greife nach meiner Jacke und muss plötzlich an eines von Joshis Lieblingsbüchern denken. Es erzählt von dem Maulwurf, dem auf den Kopf gekackt wurde. Die ganze Zeit sucht er den Übeltäter und fragt alle möglichen Tiere, denen er begegnet, ob sie ihm auf den Kopf gekackt haben. Als Beweis ihrer Unschuld scheißen sie ihm alle etwas vor. So lange, bis der Maulwurf den Haufen findet, der aussieht wie der auf seinem Kopf. Ich kann mich nicht daran erinnern, wer der Schuldige war. Zielstrebig laufe ich den Holzmarkt runter zur S-Bahn. Der Regen durchnässt mich und ich friere. Also beginne ich zu rennen. Nike habe ich vergessen.

1 3 .

Was hast du getan? Johannas Stimme klingt weit entfernt.
Es rauscht in der Leitung.
Ich bin in Brasilien, erkläre ich noch einmal etwas lauter.
Spinnst du?, fragt sie ungläubig.
Ich fliege für zwei Wochen nach Fortaleza. Was ist daran so
ungewöhnlich?
Luca, ich verstehe nicht, was du da willst?
Urlaub, entgegne ich knapp.
Verstehe ich nicht.
Du musst auch nicht immer alles verstehen, fluche ich und will das
Telefonat endlich beenden.
Seit zwei Stunden sitze ich am Flughafen in Rio und warte auf meinen
Anschlussflug. Heute Morgen bin ich einfach nach Tegel gefahren
und habe die nächste Verbindung nach Fortaleza gebucht. Hätte ich in
den letzten beiden Nächten geschlafen, wäre das vielleicht nicht
passiert. Aber ich kann nicht mehr schlafen. Zumindest nicht mehr in
Berlin. Ich musste einfach raus da. Raus aus meinem Leben.
Okay, sagt Johanna, du machst also spontan Urlaub in Fortaleza?
Klingt doch nach einem vernünftigen Plan, denke ich in die Pause
hinein, weil meine Frau offensichtlich Zeit zum Nachdenken braucht.
Kennst du da jemand?, höre ich sie unvermittelt fragen.
Nein, wen soll ich denn in Brasilien kennen?
Meine übermüdeten Glieder rumoren. Ich bin ziemlich am Ende mit
meinen Kräften.
Können wir das Gespräch vertagen?
Aha, sagt Johanna.
Wahrscheinlich glaubt sie, dass ich dem Verhör zu entfliehen suche.

Ich seufze. Schließlich hat sie recht, doch das ist noch lange kein Grund, es nicht zu leugnen.

Wir borden gleich und ich muss noch pinkeln.

Eine Lüge mehr oder weniger macht jetzt auch nichts mehr aus.

Ich wünschte, du würdest das nicht tun, sagt sie so leise, dass ich sie fast nicht verstehen kann.

Johanna …, setze ich an, doch dann höre ich ein Tuten. Die Leitung ist tot. Sie hat aufgelegt.

Obwohl mich Air France zwischen Paris und Rio de Janeiro hat schlafen lassen, fühle ich mich wie erschlagen. Ich starre auf die Anzeigetafel von TAM Brazilian Airlines und suche nach meinem Flug. Meine Glieder fühlen sich an, als wären sie aus Gummi. Ich laufe auf und ab, um mir etwas Bewegung zu verschaffen. Das Französisch in meinen übermüdeten Gehirnwindungen vermischt sich mit dem Português überall um mich herum. Allmählich aktiviert sich mein Sprachzentrum. Ich frage mich, warum ich nie Portugiesisch mit Yara gesprochen habe. Wahrscheinlich ist es mir einfach nur nicht eingefallen.

Im Flugzeug sitze ich neben einer Engländerin aus Hong Kong. Sie schwärmt vom Karneval. Ich fluche innerlich. Warum habe ich nicht daran gedacht? Der Karneval in Fortaleza findet Ende Juli statt. Also jetzt. Nicht im Februar, wie in Rio. Die Engländerin lacht.

Junge, sagt sie, du bist der Erste, der sich erschreckt.

Ich setze ein gequältes Lächeln auf. Sie kann ja nichts dafür, dass ich so ein Wrack bin und überhaupt nichts mehr peile.

Sie erzählt mir von Hong Kong und ihrem Leben dort. Ihr Vater war Geschäftsmann. Er hat ihr ein Hotel vererbt. Jeden Morgen fährt sie auf den Rolltreppen aus den höher gelegenen Stadtvierteln, umringt von den dunklen Anzügen der Anwälte und Trader, nach Kowloon, um einem Leben nachzugehen, das einzig getaktet ist nach dem Stress, der in Hong Kong die Luft zum Atmen ersetzt. Sie schwärmt von Brasilien. Von Fortaleza. Von den Menschen, die auch in Armut wissen, wie man das Leben voller Leidenschaft lebt. Die heißblütig sind, deren Musik die Tiefe ihrer Zerrissenheit zwischen Melancholie und Lebensfreude beschreibt, deren Leiber das Feuer versprühen, das anderswo von Arbeit längst erstickt worden ist. So langsam taue ich neben der Engländerin auf. Ja, das ist das Brasilien, das ich kenne. Ich erinnere mich an eine Reise mit Mattis, die so lange zurückliegt, dass ich sie vergessen hatte. Damals war die Welt noch in Ordnung. Vielleicht hat Brasilien diese Kraft? Vielleicht kann ich dort mein früheres Sein wiederfinden? Ich will mein altes Leben zurück, mein altes Ich. Das, in dem ich noch zu Hause war.

Was machst du in Fortaleza?

Ich schaue die Engländerin an. Was soll ich ihr sagen? Wahrscheinlich kennt sie das Leben. Sie könnte Mitte vierzig sein. Ihre Lippen hat sie dunkelrot bemalt, ihre Haare sind lang und streng in einem Zopf zurückgekämmt. Sie streicht sich eine Strähne, die sich aus dem Gummi gelöst hat, aus dem Gesicht und guckt mich neugierig an.

Ich bin auf der Suche nach einer Frau, vertraue ich ihr an.

Oh, wie wunderbar, höre ich sie flöten. Eine Liebesgeschichte!

Ich nicke unsicher.

Sie greift nach meiner Hand. Ich starre auf ihre lackierten Nägel. Schön, dich kennenzulernen. Ich bin Maureen, stellt sie sich vor und hat dabei etwas Mütterliches im Blick.

Ihre Finger finden sich zwischen den meinen wieder. So bestreiten wir den Rest des Fluges. Ich fühle mich geborgen.

Vor dem Flughafen trete ich in die schwüle Hitze Brasiliens. Die Luft flirrt. Überall stehen Touristen in Vorfreude auf den Karneval und springen in die wartenden Taxis. Weil ich kein Hotel gebucht habe, bin ich ziellos. Ich könnte einfach in die Stadt fahren und mein Glück probieren, doch während des verdammten Karnevals werden meine Chancen wohl ziemlich gering sein. Ich versuche mich zu konzentrieren, um aus meinem übernächtigten Gehirn eine brauchbare Lösung hervorzuholen, doch neben mir klingelt es unablässig in einer der hütchenförmigen Telefonzellen. Telemar 31. Es klingelt und klingelt. Wer kann denn das sein? Ich überlege,

ranzugehen, um dem Ton ein für allemal ein Ende zu machen, als ich
meinen Namen rufen höre. Es ist Maureen. Sie steht mit zwei riesigen
Stahlkoffern am Taxistand und winkt mir zu. Ich greife nach meinem
kleinen, handlichen Rollkoffer und laufe auf sie zu.
Kommst du mit?, fragt sie mich.
Ich nicke.
   Was hast du mir da Schönes mitgebracht?, begrüßt mich eine raue
Stimme.
Es ist Maureens Schwester und sie küsst mich auf beide Wangen.
Die beiden Geschwister fallen sich in die Arme. Maureen müht sich
mit ihren Koffern ab. Ich gebe ihr meinen kleinen und schaffe ihre
beiden Monstren ins Haus. Es ist ein großes Haus. Freistehend. Das ist
ungewöhnlich für Fortalezas Stadtmitte, in der sich Hochhaus an
Hochhaus drängt. Es sind meistens hässliche Wohnklötze mit
Pförtnerhäuschen und hohen Zäunen drum herum. Nicht nur Rio gilt
als gefährlich. Ich blicke auf die Heiligenbilder, die rechts und links
neben dem Eingang hängen. Dabei kommt mir der Gedanke, dass es
ein gutes Haus ist.
Die Geschwister höre ich lachen. Ich folge ihren Stimmen und trete in
eine große Küche. Dort stehen sie mit Drinks in der Hand.
Tally hat dir einen Cuba Libre gemixt, kichert Maureen mit einer
Ausgelassenheit, die sie jünger macht.
Dankbar greife ich nach dem Glas, und wir stoßen an.
Ich bin hundemüde, gestehe ich, nachdem ich einen großen Schluck
von dem eisgekühlten Longdrink genommen habe.
Stark?, fragt Maureen und deutet auf den Drink.
Ich nicke.
Davon wirst du gut schlafen, prophezeit sie.
Komm, fordert mich ihre Schwester auf, ich zeige dir dein Zimmer.
Ich folge Tally durch das Haus. In meinem Zimmer ist es dunkel.
Auch draußen ist es mittlerweile dunkel. Ich öffne das Fenster. Es
riecht nach Meer und Abgasen. Eine leichte Brise streicht durch die
Palmen im Garten. Ich höre einen feinen Nieselregen einsetzen. Er ist

so zart, dass die Hitze, die noch vom Tage in der Luft hängt, ihn verdunsten lässt, bevor er auf die Erde trifft. Als ich mich im Zimmer umsehe, bemerke ich, dass Tally gegangen ist. Meine Gedanken umschließen mich wie ein Kokon. Seufzend lasse ich mich aufs Bett fallen und gleite in einen tiefen, traumlosen Schlaf.

TEIL ZWEI

FORTALEZA

Acht Monate später
Abril – April

1.

Ich starre in das Schlagloch, das der Regen in eine schlammige
Pfütze verwandelt hat. Der Asphalt, auf dem ich liege, ist warm, doch
mich umhüllt tiefe Nacht. Ich weiß nicht, ob ich mich bewegen kann.
Ein leises Ächzen tritt mir über die Lippen. Meine Kehle ist trocken,
ich habe Durst. Und dann ist da der Schmerz. Ein Schmerz, der aus
großer Tiefe aufsteigt und sich in meinem Körper festgebissen hat. Ich
kann ihn nicht lokalisieren. Also falle ich zurück in die Leere.
Langsam durchnässt mich der Regen. Er will mein Wiegenlied sein.
Ich stimme mit einem Summen ein, und mein Körper vereint sich mit
dem trommelnden Nass. Der Rhythmus der Tropfen fließt durch
meine Adern. Erst ist es ein Lächeln, das auf meine Lippen fällt, dann
schließe ich die Augen und wippe leicht im Takt des Regens. Wellen
von Schmerz fahren durch meine Glieder. Mir gefällt das Gefühl. Es
ist echt. Dann höre ich eine Stimme rufen. Heiser und rau.
Venha, Romeo. Komm, Romeo.
Schritte nähern sich. Ich versuche das Wippen einzustellen und spüre
sofort die Anspannung in meine Glieder fahren. Das macht der
Schmerz. Wieder entfährt mir ein Ächzen. Schnell heranfliegende
Flipflops klatschen auf dem nassen Asphalt. Zwei schwarze
Straßenjungs laufen durch die Nacht. Sie biegen in meine Gasse und
entdecken mich. Ich atme ein letztes Mal tief ein. Dann schließe ich die
Augen und befehle mir, mich zu entspannen. Sie werden nicht
weiterlaufen. Braungebrannt bin ich mittlerweile, aber nicht

dunkelhäutig genug, um ihrer Aufmerksamkeit zu entgehen. Sie
werden mich nicht für einen Brasilianer halten. Dafür sind sie zu
schlau. Sie wittern ihre Beute sofort. Ich höre, wie sie sich leise
absprechen. Dann kommen sie vorsichtig näher. Einer von rechts, der
andere von links. Ich öffne langsam den Mund, um bereit zu sein.
Dann spüre ich einen nassen Schuh in meinem Rücken. Schmerz
durchfährt mich wie tausend spitze Pfeile. Er entweicht mir durch die
geöffneten Lippen, ohne ein Geräusch zu verursachen. Der Fuß wird
mutiger, er stößt mir immer fester in den Rücken. Mein Körper spürt
der Bewegung nach. Wie Treibholz liege ich scheinbar leblos auf der
Straße. Einzig mein flacher Atem verrät, dass ich nicht tot bin. Zaghaft
versuche ich die Atemzüge des Schlafes zu imitieren. Ich überstehe
den Test und werde für alkoholisiert oder ohnmächtig oder
zusammengeschlagen gehalten. Es ist mir egal. Ich kann liegen
blieben.
Einer der Straßenjungs beugt sich zu mir herunter. Vorsichtig schiele
ich durch meine halb geschlossenen Lider. Er hält ein Messer in der
Hand, das wie ein riesiger Dolch aussieht, und streift meine Brust
damit. Ich spüre die kalte Klinge auf der nassen Haut. Der Junge hält
das Messer lässig in der rechten Hand, während er meine Taschen
untersucht. Jetzt bemerke ich erst, dass ich kein T-Shirt trage. Was ist
mit mir passiert? Warum ist da nicht mal Stoff zwischen mir und dem
Messer? Bin ich so tief gefallen? Die Klinge ist lang genug, um mich
zu durchbohren. Der Junge könnte durch meinen Körper hindurch
seine Initialen auf den Asphalt kratzen. Darunter eine kurze Notiz. So
etwas wie *Turista sem nome.* Tourist ohne Namen. In meinen Shorts
findet er ein paar Noten. Dann fällt sein Blick auf meine
ausgelatschten Schuhe. Offensichtlich treffen sie nicht seinen
Geschmack. Sie bleiben an meinen Füßen. Er greift mir in den Nacken.
Dort wird er keine Kette finden. Dann nimmt er meine Hände. Bingo,
denke ich. Er hat meinen goldenen Ehering entdeckt und zerrt ihn mir
vom Finger. Ich sehe, wie er seinen Schatz in die Höhe hält. Dann ist
da wieder die Stimme.

Venha! Romeo!

Heiserer und lauter als zuvor. Sie nähert sich. Die Straßenjungs
schauen sich um und raunen sich gegenseitig etwas zu.
Wahrscheinlich fällt ein letzter Blick auf mich. Ich habe die Augen
wieder geschlossen. Dann rennen sie los. Ich höre das Klatschen ihrer
Flipflops durch die enge Gasse langsam verebben. Dann wird es ganz
ruhig um mich herum. Meine Ohren suchen das Geräusch des
Regens, doch es hat aufgehört. Stattdessen weht Gestank zu mir
herüber. Sachte trägt eine Brise ihn durch die Gasse. Ich halte mir die
linke Hand vor die Augen. Da ist ein heller Streifen Haut ohne Ring.
Kraftlos fällt meine Hand zurück auf den Asphalt. Das trübe Wasser
aus der Pfütze spritzt auf meine Brust. Ich sollte zurück in die Leere
meines Körpers kriechen, doch da ist ein Gedanke, der an die
Oberfläche will. Wie konnte ich nur so armselig in der Gasse enden?
Ich frage mich, warum ich nicht tot bin? Was mache ich hier? Mitten
in der Nacht. Wenn ich mich nur erinnern könnte, wo mein T-Shirt ist,
doch mir fällt nichts ein. Ich bin völlig ausgehöhlt. Ein Haufen Glieder
ohne Bestimmung. Ich hätte mich bewegen sollen. Der Straßenjunge
hätte das Messer in meine Brust gestoßen und dem Ganzen ein Ende
bereitet. Ich finde, das wäre ein gutes Ende geworden. Es wäre meiner
würdig gewesen. Ich wäre in Brasilien überfallen worden.
Messerstiche ins Herz hätten mich getötet. Wer hätte etwas gegen
diesen Tod einzuwenden gehabt? Mein Körper wäre nach
Deutschland überführt worden und ich hätte dort ein Begräbnis
bekommen. R.I.P.

Angestrengt überlege ich, wie meine Kinder aussehen. Sie werden
Pudelmützen tragen, weil es im April in Deutschland kalt ist. Johanna
wird sich um sie sorgen, während ihre kleinen Kinderhände Erde auf
den Hügel schütten, der sich über meinen Sarg türmt. Handschuhe
baumeln an Stoffbändern, die um ihren Hals hängen, damit sie sie
nicht verlieren. Vielleicht weinen sie? Und meine Mutter? Ich kann
der Vorstellung, dass mich mein Vater beerdigen muss, etwas
abgewinnen. Einen Triumph. Warum nur? Vielleicht zahle ich ihm

damit seine Enttäuschung heim, die er mich stets hat spüren lassen
und mit der er mich jahrelang gequält hat. Ich habe ihn nie
zufriedenstellen können. Aber da ist auch Scham. Ich schüttle den
Gedanken ab und sehe meine Freunde in Wintermänteln rings um
mein Grab stehen. Sie machen betretene Gesichter. Dari wird den
Kopf zwischen die Schultern klemmen und die Hände tief in den
Taschen vergraben. Wortkarg und mitgenommen. Vielleicht steht
Merle bei ihm und versteht seinen Schmerz? Verlust wiegt immer
schwer. Mattis würde allein kommen. Furchtsam, weil sein Ehrgeiz
meine Sehnsucht ersetzt und er in seiner Disziplin so unnachgiebig ist
wie ich in meiner. Wir sind eben dickköpfig. Die Flucht ins Ungewisse
war lange seine Bestimmung. Er hat das Reisen aufgegeben und ein
neues Zuhause im Bleiben gefunden. Ich nicht. Und ich werde
niemals verstehen, wie es ihm gelungen ist, so elegant von einem zum
anderen zu wechseln. Vielleicht betrinken sie sich nach der
Beerdigung? Vielleicht fragen sie sich, wie das alles hat passieren
können? Sie werden alte Geschichten aufwärmen. Mattis erzählt von
fernen Ländern, Dari von Clubs und Größenwahnsinn, und dann
schließt sich der Kreis. Ich grinse. Offenbar will sich das Gefühl von
Trauer nicht so richtig einstellen. Ich bin ja auch nicht tot. Vielmehr
gerate ich gerade in einen Zustand guter Laune. Musik dringt zu mir.
Aus einem Hinterhof dröhnt *Lady Gaga* und bereitet meinem
Begräbnis ein jähes Ende. Wer kann sich so schon auf seinen Tod
konzentrieren?

Also versuche ich aufzustehen. Ich liege auf der rechten Seite, mein
Kopf direkt neben dem Schlagloch. Den Impuls, von dem Wasser zu
trinken, unterdrücke ich, obgleich mein Durst immer stärker wird.
Mit der linken Hand stütze ich mich ab. Durch meine Schulter schießt
ein brennender Schmerz. Wie ein wildes Tier wütet er in mir. Ich
schließe die Augen, weil mir schwindlig wird, Übelkeit macht sich in
meinem Magen breit. Bevor die Arme unter meinem Gewicht
nachgeben, schaffe ich es mich aufzusetzen. Jetzt schmerzt der ganze
Körper. Meine Rippen sind nicht in Ordnung. Mit jedem Atemzug

bohren sie sich in meine schmerzende Lunge, die kaum Luft
aufzunehmen weiß. Stiche fahren mir ins Herz. Ich muss husten. In
kleinen Dosen sauge ich Luft ein. Mein Kopf dröhnt. Getrocknetes
Blut klebt an meiner Stirn. Mit den Fingernägeln kratze ich es ab. Es
ist ganz schwarz. An einer Mülltonne kann ich mich festhalten.
Prefeitura, steht darauf geschrieben. Weiße Schrift auf schwarzem
Grund. Meine gesamte linke Seite ist Mus. Sie fühlt sich an wie nach
einer Schlägerei. Rechts geht es. Diese Schulter scheint nicht verletzt.
Dafür ist der rechte Knöchel geschwollen. Er ist rot und dick,
durchpulst von einem pochenden Schmerz. Es ist zu dunkel, um mehr
zu sehen. Ich presse die Hand gegen die malträtierten Rippen und
humple aus der Gasse in Richtung Hauptstraße. Die Geräusche
werden immer lauter. Dann sehe ich die gotischen Türme der
Kathedrale hinter dem alten Stadtgefängnis in den Himmel ragen.
Das ist das *Centro,* denke ich und frage mich, was ich hier mache?

Ich schaue mich um. Auf der Straße ist es für die Nachtzeit
ungewöhnlich hell. Bald wird wohl der Tag anbrechen. Erstes Licht
fällt bereits vom sternenlosen Firmament. Garis, die Männer der
Straßenreinigung, streifen in ihren orangefarbenen Uniformen durch
die menschleere Avenida. Sie schieben Besen vor sich her. Ihr Treiben
hat kein Sinn. Der Dreck hat sich längst in die Straßen gefressen.
Einige sehe ich vor einem Hot-Dog-Stand stehen. Ich denke an
Ketchup und laufe auf sie zu. Die Garis machen mir Platz, als ginge
eine Gefahr von mir aus. Ich will einen Hot Dog, habe aber kein Geld.
Cachorro quente, presse ich hervor.
Das Mädchen hinter dem Stand sieht mich an. Es vergehen einige
Sekunden. Sie mustert mich. Dann nehme ich ein kurzes Nicken wahr.
Sie bereitet mir einen Hot Dog zu und reicht ihn mir. Ich greife
danach und wende mich sofort ab. Sie halten mich nicht auf. Die
Männer treten zur Seite und lassen mich mit meinem Essen ziehen.

In einigem Abstand lehne ich mich an einen Briefkasten.
Misstrauisch beäuge ich die Straßenkehrer vor dem Fast-Food-Stand.
Sie beachten mich nicht weiter, also beiße ich in das pappige Brötchen.

Ketchup tropft über meine schmutzige Hand. Ich lecke ihn gierig ab. Das Leben kehrt allmählich an seinen Platz zurück. Meine Gedanken klären sich und entwickeln einen einzigen, drängenden Wunsch. Ich will in das Apartment, das ich gemietet habe. Langsam setze ich mich in Bewegung. Mit den verschmierten Fingern lange ich in die Taschen meiner Shorts. Da ist kein Schlüssel.

Verdammt, fluche ich.

Die Garis schauen zu mir herüber, doch bewegen sie sich nicht. Gut so. Ich habe einen weiten Weg vor mir. Die endlos lange Santos Dumont ist eine der Hauptschlagadern der Stadt. So leer wie heute habe ich sie noch nie gesehen. Sonst vibriert sie nur so von Menschen und Autos. Blinzelnd blicke ich die dampfende Straße hinunter. Vom Regen ist kaum mehr etwas übrig. Bald wird die Sonne Fortaleza in Hitze gießen. Schon jetzt klebt die Luft an mir. Das ist das nahe Meer. Laut ratternd fegt ein klimatisierter Bus an mir vorüber. Ob mich der nächste ohne Fahrgeld mitnimmt? Gekühlte Luft teilt die Stadt in arm und reich. Kälte scheint mir heute unerreichbar. Und so sehne ich mich furchtbar nach ihr. Ich hinke die Straße hinunter Richtung *Praia do Futuro* und mein Apartment. Drücke mich an die Hauswände, um im schmaler werdenden Schatten zu bleiben.

Futuro, denke ich, wen interessiert schon die Zukunft. Ich wüsste gerne, was mit mir geschehen ist? Warum bin ich in diesem verwunschenen Zustand, und wird da überhaupt noch ein Apartment am Ende der Straße sein? Oder ist mein ganzes Leben längst zu einem einzigen Alptraum geworden?

2 .

Im Licht der Straßenlaterne springe ich auf die gestapelten
Autoreifen. Ich benutze sie wie eine Treppe, hinauf auf das
Wellblechdach des Fahrradständers, und klettere weiter auf das Dach
des Flachbaus, in dem heute Nacht die Zeremonie stattfinden wird.
Venha, Romeo!, höre ich Jorge mit seiner heiseren Stimme schreien.
Er scheint wütend zu sein. Ich blicke mich kurz um. Yaras Vater rennt
über den Hinterhof, Romeo dicht hinter ihm. Ich ducke mich, doch sie
haben mich gesehen.
Bleib stehen, du Feigling!, ruft Jorge mir zu.
Ich lasse mich nicht beirren, sondern wende mich in Richtung
Kathedrale und renne weiter. Die Häuser stehen hier eng beieinander,
ich kann von einem Dach auf das nächste springen. In den
Hinterhöfen beschweren sich die Bewohner lauthals, doch ich beachte
sie nicht. Jorges Schnaufen hängt mir im Rücken. Er lässt sich nicht
abschütteln. Das ist die Verzweiflung, die ihn antreibt. Ich kenne
dieses zerstörerische Gefühl. Es wütet dir im Magen wie ein
übermächtiger Beherrscher. Es beeinflusst dein Denken und Fühlen.
Es macht dich krank. Er wird nicht ruhen, bis er mich vernichtet hat.
Dabei bin nicht ich es, der an Yaras Verschwinden Schuld trägt. Aber
das wird ihn nicht interessieren. Er braucht einen Schuldigen und er
will mich endlich aus den Füßen haben. Ich bin eine Plage. Er wird
mich jagen, bis ich Geschichte bin.
Ich laufe, so schnell ich kann. Mein Herz zersprengt mir fast die Brust,
und ich bekomme kaum mehr Luft. Warum habe ich das getan?
Vorhin wollte ich die Aggression, doch jetzt laufe ich davon. Ich

springe auf das letzte Hausdach am Ende der Straße und weiß im
Angesicht des Abgrundes, warum ich es tun musste. Ich suche nach
mir selbst und der Wirklichkeit meines Körpers. Ich kann nicht weiter
das Leben eines Zombies führen. Ich will den Schmerz, weil er meine
rasenden Gedanken zum Verstummen bringt.

Mit einem schnellen Blick messe ich die Entfernungen ab. Links
von mir läuft eine schmale Gasse parallel zu den Dächern, auf denen
ich gelaufen bin. Gegenüber steht ein Parkhaus. Die Etagen verbindet
eine Feuerleiter. Sie ragt weit genug in die Gasse hinein, dass ich sie
mit einem kräftigen Sprung erreichen kann. Als ich mich hastig nach
Jorge umsehe, erblicke ich plötzlich Romeo direkt hinter mir. Er hat
sich in seinen Turnschuhen lautlos genähert. Trotz der lädierten Nase,
die ich ihm verpasst habe, kommt er einfach nicht außer Atem. Ich
mobilisiere meine letzten Kräfte, renne auf das Parkhaus zu, ducke
mich und springe. Ich bin nicht mehr schnell genug, denn Romeo
bekommt mein T-Shirt zu fassen. Damit bremst er meinen Sprung.
Eine Welle von Panik erfasst mich. Ich werde die Leiter nicht
erreichen. Dann spüre ich, wie der Stoff reißt. Ich bekomme die
Metallstreben gerade noch zu fassen. Beim Aufprall verliere ich
meinen Wohnungsschlüssel, den ich immer noch in der Faust
gehalten habe. Zwei Etagen unter mir höre ich ihn auf der Straße
aufschlagen. Fluchend hänge ich in der Leiter und verharre einen
Moment. Verdammt, das war knapp.

In der Dunkelheit des Parkhauses hocke ich zwischen zwei
Lieferwagen und ringe nach Atem. Ich höre Romeo nach Jorge rufen,
der auf den gegenüberliegenden Dächern den Anschluss verloren hat.
Dann das Ächzen der Feuerleiter. Jorge schreit. Es hat angefangen zu
regnen, fast wäre er abgerutscht. Er beschwert sich lauthals über mich.
Filho da puta!, höre ich ihn schimpfen.

Jetzt sind sie beide im Parkhaus. Sie trennen sich, um mich zu suchen.
Lange werden sie nicht brauchen, doch ich kann mich noch nicht
bewegen. Mein Herzschlag beruhigt sich nur langsam, meine Beine
zittern leicht. Dennoch breitet sich ein warmes Vibrato in meinem

Bauch aus. Durch meinen Körper pulsiert das Leben. Endlich beginne ich die Dinge zu beeinflussen. Wie lange habe ich darauf gewartet? Seit ich in Brasilien bin, trage ich dieses Gefühl mit mir herum, als könne jede Minute etwas passieren. Jetzt erst begreife ich, dass ich mein ganzes Leben so verbracht habe. Ich habe darauf gewartet, dass sich etwas verändert. Ich weiß nicht, wie viele Jahre so noch hätten vergehen können. Warum bin ich nicht früher darauf gekommen, dass ich selbst aktiv werden muss? Scheiße, Denken ist echt nur was für Idioten. Mein Leben ist eben kein verdammter Fluss, in dessen Mitte ich als Papierschiff dahingleite, dem Willen der Wellen ausgeliefert. Mein Leben findet jetzt statt und ich habe es in der Hand. Ich stehe auf und reiße mir die letzten Fetzen des T-Shirts vom Leib. So trete ich aus der Dunkelheit zwischen den beiden Lieferwagen.

Auch Jorge erscheint zwischen zwei Autos. Er ist immer noch außer Atem, sein Kopf glutrot. Romeo wirkt trotz der blutenden Nase gelassen. Ich erkenne, dass er grinst.

Du bist schnell, sagt er ohne Anerkennung.

Ich antworte nicht.

Er hat Schiss, schiebt Jorge mit einem hämischen Glucksen nach.

Soll er mich doch provozieren. Ich sage nichts.

Gibst du auf?

Sie wissen, dass ich ihnen unterlegen bin. Vorhin hatte ich die Überraschung auf meiner Seite. Jetzt stehen wir uns von Angesicht zu Angesicht gegenüber. Ich habe nichts als die Macht der Verzweiflung in die Waagschale zu werfen, doch auch darin sind wir uns ebenbürtig. Also nehme ich meinen Kopf zwischen die Schultern und renne einfach los. Jorge weicht einen Schritt zurück. Der Nahkampf ist Romeos Stärke. Er geht federnd in die Knie, bekommt mich am linken Arm zu fassen und nimmt das Tempo aus meiner Bewegung. Schon sehe ich seine Faust auf mich zufliegen. Ich ducke mich und pralle gegen einen Betonpfeiler. Meine Schulter jault auf. Ächzend stoße ich Romeo gegen eines der Autos. Er nutzt den Schwung, stützt sich ab und springt mir mit angewinkelten Beinen direkt in den Magen. Ich falle zu Boden. Romeo landet sanft, fast völlig lautlos. Ich springe auf. Scheiße!, entfährt es mir.

So wird das nichts. Ich stehe an der Brüstung. Romeo ist mit zwei Schritten bei mir. Ich greife nach seinen Armen, bekomme meinen Kopf frei und drehe mich von ihm weg. Romeo erhöht das Tempo seiner Bewegungen. Er nutzt die Drehung meines Körpers und greift mir in die Schultern. Sein Knie rammt er mir in den Rücken, und ich schlage mit dem Oberkörper auf den öligen Betonboden. Romeos volles Gewicht lagert auf mir. Ich gebe dem Druck nach und spüre, wie sich Aggression und Verzweiflung in mir stauen. Mit einer kurzen Bewegung drehe ich mich zur Seite. Romeo strauchelt und springt einen Schritt zurück. Ich schaffe es auf die Füße, verliere ihn aber einen Moment zu lange aus dem Blickfeld und sehe die Faust nicht auf mich zukommen. Dann explodiert der Schmerz in meinem Gesicht. Ich spüre, wie die Haut aufplatzt und warmes Blut mir über die Stirn rinnt. Jorge steht jetzt hinter Romeo. Sein Blick verrät keine Emotion. Bevor er mich packen kann, springe ich auf die schmale Brüstung. Der Beton ist schlecht gemischt. Unter meinem Gewicht zerbröseln Steinbrocken und landen auf der Straße. Ich höre sie aufschlagen. Es gelingt mir, meinen Verfolgern seitwärts auszuweichen. Wenn ich die Feuerleiter erreiche, kann ich ihnen vielleicht entkommen, doch da bricht ein großes Stück Beton aus der Brüstung und ich verliere das Gleichgewicht. Ein Schrei entfährt mir. Romeo greift nach mir, bekommt mich jedoch nicht mehr zu fassen.

Ein Stockwerk tiefer schaffe ich es, mich an der Außenseite der Brüstung festzuhalten. Mit letzter Kraft versuche ich mich hochzuziehen. Meine Arme zittern unter der Belastung. Die Fingernägel kratzen im Beton, und meine Knie schlagen gegen die Wand. Mit den Füßen versuche ich mich hochzustemmen, kann aber keinen Halt finden. Romeo und Jorge höre ich die Treppe nehmen. Ich spüre warmen Regen auf meiner Haut. So langsam gehen mir die Ideen aus. Kann ich den Sturz überleben? Aus welcher Höhe würde ich fallen? Wahrscheinlich sind es so fünf oder sechs Meter. Romeo blickt atemlos zu mir herunter. Ich schaue zu ihm hinauf. Patt, denke ich und weiß nicht, was ich tun soll. Allein schaffe ich es nicht. Ich sehe wieder zu Romeo hoch. Er fasst nach meinem Oberarm.

Jorge, ruft er. Hilf mir!

Ich bekomme es allmählich mit der Angst zu tun. Jorge tritt an die Brüstung. Ich sehe ihn über mir erscheinen. Er blickt zu mir, sein Gesicht wirkt wie versteinert. Seine Lippen hat er stumm aufeinandergepresst. Wird er mir helfen? Will ich, dass Yaras Vater mir hilft? Ich blicke von ihm zu Romeo, der immer noch meinen Oberarm umklammert hält, und dann weiß ich es plötzlich. Ich schüttle den Kopf. Die Angst weicht aus meinem Körper und hinterlässt das warme, weiche Gefühl einer Überzeugung, deren Herkunft ich nicht kenne.

Nein, sage ich und lasse mich fallen.

3.

Eigentlich hatte ich es geschafft, in den letzten Tagen nicht über
mein Scheitern nachzudenken. Mag sein, dass es daran gelegen hat,
dass ich mich Nacht für Nacht ins Koma gesoffen habe. Mir ist einfach
die Kraft ausgegangen. Ich konnte mich nicht mehr länger mit
meinem Versagen auseinandersetzen. Und doch gehe ich Jorge wie
von magischer Hand gelenkt nach. Wird das mein Verhängnis? Ich
habe kein gutes Gefühl, kann aber nicht anders. Yaras Vater hat nie
mit mir gesprochen. Er hat sich immer verleugnen lassen oder ist mir
aus dem Weg gegangen. Am liebsten hätte er mich zu meiner Familie
zurückfliegen sehen, doch ich bin geblieben und jetzt folge ich ihm in
einigem Abstand durch die dunklen Straßen des *Centro* bis zu einem
unscheinbaren Haus. Ich kenne es nicht. Vermutlich sollte ich es auch
nicht betreten. Jorge sieht sich ein paar Mal um, bevor er eintritt. Er
hat mich nicht bemerkt, da ich in einem Hauseingang auf der
gegenüberliegenden Seite unsichtbar geblieben bin.

Behutsam schleiche ich durch einen schmalen, dunklen Gang.
Unter meinen Schuhen knackt es dumpf, als liefe ich über
Schaumstoff. Ich leuchte mit dem Feuerzeug über den Boden. Da liegt
Popcorn. *Candomblé*, denke ich und höre plötzlich mein Herz
schlagen. Sie opfern manchen Heiligen Popcorn. Dabei hatte ich es
schon aufgegeben, ihren Tempel zu finden. Um mich zu beruhigen,
bleibe ich einen Augenblick stehen. Ich kann es einfach nicht fassen.
Monatelang habe ich mich mit meiner Suche zum totalen Idioten
gemacht, und jetzt stehe ich plötzlich mittendrin. Ich lehne mich im
Gang an die Mauer. Mein Puls rast. Werde ich den Kinderritualen

endlich auf die Spur kommen? Ich weiß nicht, was jetzt passiert, aber es muss etwas geschehen. Ich kann nicht weiter in dieser Ungewissheit vor mich hinvegetieren.

Leise dringt Gesang zu mir. Trommelspiel erklingt. Ich kann das Muschelrascheln der Afoxé-Rassel hören, die den Puls der Musik vorgibt. Wahrscheinlich halten sie eine Messe ab. Der Gang führt mich tiefer in das Gebäude hinein. Dann endet der Gesang plötzlich und ich sehe Licht. Vor mir liegt ein großer Saal, der eine Schulaula sein könnte. Ist dieses Gebäude vielleicht eine Schule? Ich habe vorhin in der Straße nicht darauf geachtet. Der Raum wird von grellem Licht erhellt. Ich sehe sonnengebräunte Menschen mit eigenartig farblos wirkenden Gesichtern. Sie sitzen auf Plastikstühlen, die in losen Reihen aufgestellt worden sind. Es riecht nach geräucherten Kräutern. Einige Frauen sind dabei, die kahlen Wände des Raumes mit Masken aus Stroh zu schmücken. Ich erinnere mich, dass es der Gott *Omolu* ist, dem Popcorn geopfert wird. Er soll unfassbare Kräfte haben. Seine Berührungen sind tödlich, doch sie können auch heilen. Man weiß nie, was Omolu bringt, denn er verbirgt sich unter einem Umhang aus Stroh. Das Durcheinander deutet auf die Vorbereitung einer Zeremonie. Nirgends sind Kinder zu sehen.

Ich habe gehofft, eines der Rituale beobachten zu können, die sie auch an Yara vorgenommen haben. Ich will endlich irgendetwas in der Hand haben. Das Treiben hier sieht jedoch nicht im Geringsten beängstigend aus. Keine okkulte Messe, keine besonderen Segnungen oder sonstige Handlungen, die mein Interesse erwecken. Ich lehne mich an den Türrahmen und suche die einzelnen Stuhlreihen ab. Ich kenne niemanden. Selbst Jorge entdecke ich nicht. Das gibt's doch nicht. Wahrscheinlich bin ich schon wieder in eine Sackgasse geraten. Das passiert mir ständig. Ich denke, ich komme weiter, und dann ist es doch nur der ganz normale Voodoo, dem ich überall begegne. Vielleicht jage ich meinem eigenen Schatten hinterher. Immer im Kreis. Ich verschränke meine Arme und schließe die Augen. Ich kann einfach nicht mehr kämpfen. Yara ist mittlerweile so weit weg. Was immer ihr angetan wurde, ich werde es wohl niemals herausfinden. Ich muss jetzt an mich denken und endlich vorwärtsgehen. Sonst wird mich die Sache verbrennen. Ich kann ihr ja doch nicht helfen. Sie ist weg. Egal, was ich über ihre *Casa Candomblé* und die Verbindungen zu *United for God* herausfinde, es wird sie mir nicht zurückbringen. Warum will ich das nicht einsehen? Was heißt das schon, dass ich sie zu lieben geglaubt habe. Oder sie liebe? Was weiß ich. Alles Worte, die in meinem Kopf keine Gestalt mehr annehmen. Ihre Kraft ist verbraucht. An das Gefühl kann ich mich kaum mehr erinnern. Ich muss jetzt damit aufhören. Es muss doch möglich sein, dem ein Ende zu setzen?

Ich weiß, dass mein Körper bereit ist. Die Frage ist nur, wie ich mein Herz dazu bewegen kann, endlich Abschied zu nehmen. Ich wische mir den Schweiß vom Gesicht. Mir fällt auf, dass ich immer noch das fremde T-Shirt trage. Mit den Fingern kann ich den Mickey-Mouse-Druck vom Stoff pulen. Ich vertiefe mich in diese sinnlose Tätigkeit. Etwas anders fällt mir nicht ein. Ich könnte zurück in die Bar zu Fabi gehen und mir den letzten Rest Seele aus dem Leib vögeln, doch mir fehlt die Kraft, mich auch nur einen Schritt zu bewegen.

Oi, höre ich und fahre leicht zusammen.

Aus der Dunkelheit des Ganges schält sich eine Person. Die Stimme gehört einem Schwarzen. Er wirkt sehr jung.

Ich bin Romeo, höre ich ihn sagen.

Hm, mache ich, wie ich es öfters tue, vielleicht auch, um Zeit zu gewinnen. Offenbar kennt er mich. Vielleicht sollte ich ihn auch kennen? Unwillkürlich schüttle ich mich.

Was?, fragt er und hebt dabei seinen Kopf an, als symbolisiere er mit der Bewegung das Fragezeichen.

Nichts, sage ich und ziehe die Schultern zusammen. Irgendetwas stimmt nicht.

Geh!, befiehlt er knapp und deutet den Gang hinunter.

Wir gehen tiefer in das Gebäude hinein. Ich spüre seinen Atem in

meinem Nacken, er läuft ganz dicht hinter mir. Wir erreichen eine
Tür. Ich bleibe stehen. Er stößt sie auf und wir treten auf einen
Hinterhof. Hier draußen stehen Klapptische und ein paar Stühle. Ich
bleibe bei einem der Tische stehen und sehe mich um. Romeo mustert
mich im fahlen Licht einer Straßenlaterne.
Du nervst, sagt er schließlich.
Mir ist klar, dass er keinen Witz macht. Ich versuche mich zu
erinnern. Sein Gesicht kommt mir bekannt vor. Nur woher? Langsam
steige ich den Schacht meiner Gehirnwindungen hinab. Lasse die
Clubs und Bars Revue passieren, die zahllosen Kirchen und
Gemeindehäuser, einfach alle Orte, an denen ich gewesen bin, und
will schon aufgeben, als das Bild sich plötzlich vor meinen Augen
materialisiert. Vor dem Haus, in dem Yara wohnte und ihre Familie
jetzt noch lebt, liegt der Strand. Sie nennen diesen Abschnitt *Praia do
Futuro*. Strand der Zukunft. Ein schmaler Streifen zwischen Straße
und Sand ist abgetrennt. Dort wird trainiert. Es gibt viele dieser
Fitnessstudios unter blanker Sonne. Sie finden sich überall, doch
ausgerechnet da habe ich Romeo gesehen. Jedes Mal, wenn ich vor
Yaras Haustür stand, trainierte er dort.
Und jetzt?, frage ich in die Stille des Hinterhofes.
Wir warten, sagt er einfach, und es hört sich wie eine Drohung an.

Ich versuche, etwas Abstand zwischen mich und den Brasilianer zu
bringen. Es ist klar, dass ich meine Unruhe damit verrate, doch ich
muss die paar Schritte gehen, um die Anspannung in den Griff zu
kriegen. Dann finde ich einen guten Platz. Außerhalb des Lichtkreises,
den die Straßenlaterne auf den Hinterhof wirft, doch auch nicht zu
weit von Romeo entfernt. Ich schiebe die Hände in die Taschen
meiner Shorts. Die eine Hand findet den Wohnungsschlüssel, die
andere mein Päckchen Zigaretten. Ich gucke auf meine Füße in den
ausgelatschten Espandrillos. Da ist eine kleine brasilianische Flagge
auf den Spann genäht – dabei hat mich das Land nicht freundlich
empfangen. Ich seufze leise und blicke auf. Romeo ist noch da. Er
lehnt an der Hauswand. Seine Gelassenheit erschreckt mich mehr, als

es Aggressivität täte. In seiner Ruhe liegt ein gewisser Ehrgeiz. Und es funktioniert. Ich wünschte, ich wäre so entspannt wie er, und beschließe meine letzte Zigarette zu rauchen, weil es keinen Sinn macht, gegen die Nervosität anzukämpfen. Ob Jorge noch in der Nähe ist? Jetzt höre ich wieder die Trommeln und den Gesang. Romeo stößt sich lässig mit der Schulter von der Hauswand ab.
Venha!, ruft er mir zu.
Wir gehen den Gang zurück. Auf halber Strecke biegen wir ab und landen in einer Art Büro. Jorge lässt sich durch unser Eintreten nicht stören. Er sitzt in einem dieser quietschenden Schaukelstühle, die die Brasilianer für bequem halten. Mit dem Fuß wippt er in fließenden Bewegungen auf und ab. Auch Romeo setzt sich in einen solchen Stuhl. Ich bleibe unschlüssig stehen. Keiner spricht mit mir. Die Männer ignorieren mich.

Dann höre ich Schritte sich nähern. Die Tür zum Büro knarrt leise, ein Windzug fährt durch das Zimmer und die Ialorixá tritt ein. Ich habe sie in dem großen Raum schon gesehen, jedoch nicht erkannt. Sie trägt keine besondere Kleidung, die sie als geistige Führerin des Hauses zu erkennen gäbe. Keine Tücher um den Kopf gewickelt, oder sonst etwas Ähnliches. Ihr Gesicht ist stark geschminkt. Sie ist klein, hat eine agile Kurzhaarfrisur und läuft auf hohen Schuhen, als sei sie darin geboren. Ihr Alter ist schwer zu schätzen, die Falten um ihre Augen sind tief.
Hallo Kayame, begrüßt Jorge sie.
Er steht auf und umschließt die Frau mit einer festen Umarmung, die darauf schließen lässt, dass sich die beiden gut kennen. Die Ialorixá tritt auf Romeo zu, greift mit einer schnellen Bewegung in seinen Nacken und zieht den Kopf des Jungen zu sich. Er neigt die Stirn zu ihr herab. Es ist eine kleine, rasche Bewegung. Dann tritt sie hinter den Schreibtisch und schiebt ein paar Papiere zur Seite, als gäbe es keinerlei besondere Vorgänge. Ich beobachte sie mit zusammengekniffenen Augen.
Also, mein Sohn, was willst du?, fragt sie, als ich schon längst nicht

mehr damit gerechnet habe.

Sie lässt sich auf ihren Stuhl hinter dem Schreibtisch gleiten. In ihrem Blick liegt etwas, das gutmütig sein soll, mich aber nicht beruhigt, sondern meinen Widerwillen anstachelt. Was soll das denn heißen? Was will ich? Ich komme mir vorgeführt vor und weiß nicht, was ich sagen soll, denn ich hatte mir das Ganze anders vorgestellt. Lauter. Mit einem Schuss Aggression. Offenbar will die aufgeblasene Frau Gottesmutter einen artigen Jungen sehen, der die Hände vor der Brust faltet und seine Entschuldigung aufsagt. In meiner Körpermitte spüre ich eine Regung entstehen, die nichts Gutes verheißt. Ich atme deutlich vernehmbar ein.

Wo ist sie?

Die Ialorixá sieht mich an.

Was habt ihr mit ihr gemacht?

Jorge schnaubt. Man kann nicht mit ihm reden. Er begreift es einfach nicht.

Die Ialorixá wendet sich ihm zu.

Hast du nicht mit ihm gesprochen?

Jorge blickt sie starr an. Es gefällt ihm nicht, in meiner Anwesenheit zurechtgewiesen zu werden.

Er hat sich feige verleugnen lassen, grätsche ich dazwischen.

Jorge springt auf und funkelt mich an.

Setz dich!, befiehlt Kayame.

Er lässt sich in den Schaukelstuhl fallen. Die Autorität der Ialorixá scheint unantastbar. Ich will mich davon nicht beeindrucken lassen. Aus Jorge hätte ich wahrscheinlich nie etwas herausbekommen. Jetzt habe ich die Chance.

Also, was ist?, frage ich ungeduldig.

Ai, faucht mich Jorge an.

Er stützt die Hände auf die Stuhllehnen, als wolle er gleich wieder aufspringen. Die Ialorixá fährt mit ihrer Psychologenstimme dazwischen.

Setz auch du dich, sagt sie an mich gerichtet und deutet auf einen

Schemel in der Mitte des Raumes.

Ich will mich nicht hinsetzen, füge mich aber. Ich ziehe den dreibeinigen Hocker an den Schreibtisch und blicke ihr in die Augen. Sie hält meinem Blick stand. Wahrscheinlich wartet sie auf dem Moment, in dem ich wegsehe. Ich tue ihr den Gefallen nicht. Mein Blick verfinstert sich. Die Sekunden verstreichen, ich konzentriere mich auf meinen Atem.

Wir wissen nicht, was passiert ist, höre ich endlich die Worte aus ihrem Mund kommen. Sie hebt die Hand, als ich ansetze, sie zu unterbrechen.

Wir machen uns große Sorgen um Yara.

Ihr Blick fällt auf Jorge, der nickt.

Sie ist eines unserer Kinder. Wir lieben sie, und wüssten wir, wo sie ist, würden wir ihr zur Hilfe eilen, was auch immer sie getan haben mag.

Ich kann nicht sagen, ob sie lügt. Ihre Worte lösen nichts in mir aus. Ich schaue sie an und versuche aus ihr schlau zu werden. Sorge kann ich aus ihrem Gesicht nicht lesen. Anscheinend errät sie meinen Gedanken, denn sie greift nach meiner Hand und drückt sie.

Fahr nach Hause, rät sie mir, wir sind für Yara da.

Ich sage nichts, sondern mache ein zweifelndes Gesicht. Die Ialorixá lässt sich nicht beirren.

Wusstest du, dass Yara meine Nichte ist?

Ich schüttle den Kopf. Dann sehe ich zu Jorge, der ihre Worte mit einem Nicken bestätigt. Stolz liegt darin, als sei das Ganze eine Auszeichnung.

Ich muss aufstehen. Die Ialorixá sieht mich an, als käme ich vom Mars. Wahrscheinlich begreift sie nicht, warum mich die Verwandtschaft zwischen ihr und Yara nicht gleich ins nächste Reisebüro rennen lässt. Wo doch jetzt endlich alles gut ist. Ich schiebe die Hände in die Taschen und ertaste meinen Wohnungsschlüssel.

Setz dich doch, bittet sie mich.

Ich starre finster vor mich hin. Nachdem ich acht Monate in der Hölle hinter mir habe, werde ich mich jetzt nicht hinsetzen.

Ich weiß von euren Ritualen. Yara hat sich an euch gerächt. Was ist, wenn sie den Kindern in Deutschland goldene Bänder angelegt hat? Wie redet ihr euch dann heraus? Wütend funkle ich sie an. Ihr werdet Yara nicht wiedersehen. Sie will nicht länger euer Spielzeug, euer Voodoopüppchen sein!

Er ist komplett durchgedreht, entfährt es Jorge.

Beruhige dich, beschwichtigt Kayame mich.

Sie durchschaut mich. Ich habe für meine Behauptungen keine Beweise. Jorge hat die Hände wieder auf die Lehne aufgestützt. Er ist bereit aufzuspringen. Nur Romeo wippt weiter in seinem Stuhl, als sei das alles ein großer Spaß.

Okay, denke ich grimmig, den sollst du haben.

Ich greife nach dem Schemel, auf dem ich gesessen habe, hole mit einer einfachen, schwungvollen Bewegung aus und lasse ihn in den Schreibtisch der Ialorixá krachen. Das Holz splittert. Kayame schreit auf und springt von ihrem Stuhl. Jorge versucht mich zu packen, doch ich bin schneller und tauche unter seinen Armen durch. Romeo ist mittlerweile auf den Beinen. Ich gehe zwei Schritte auf ihn zu, in meiner Faust den Schlüssel. Ich hole aus und hoffe auf das dumpfe Geräusch knackender Knochen. Es lässt nicht auf sich warten. Blut spritzt aus Romeos Nase. Die ist hin. Mit einer federnden Bewegung springe ich zur Tür und renne den Gang hinunter. Jorge und Romeo, der lauthals flucht, laufen hinter mir her.

Am Nachmittag

4.

In der Waschküche herrscht Durchzug. Sie ist wie ein innen
liegender Balkon. Was auch besser ist, denn die pralle Sonne würde
sie sonst unbegehbar machen. Ich klebe am ganzen Körper. Das ist
mittlerweile mein Alltag, diese schweißige Hitze, die aus mir
heraussickert. Keiner beschwert sich darüber. Ich habe mir
abgewöhnt, in Klamotten zu schlafen. Schon tagsüber produziere ich
Berge von Wäsche, die ich niemals bewältigen kann. Sie liegt verstreut
auf dem gekachelten Boden. Mit hängenden Schultern blicke ich auf
die Kleidungsstücke zu meinen Füßen. Ich habe schon die ganze
Woche über nichts Frisches mehr anzuziehen und ringe mit mir.
Vielleicht bin ich wenigstens in der Lage, das stinkende Zeug ins
Waschbecken zu werfen, Seife drüberzukippen und den Wasserhahn
aufzudrehen? Den lästigen Teil mit dem Auswringen und Aufhängen
könnte ich morgen erledigen, versuche ich mit mir zu verhandeln.
Doch ich gerate in ein Starren, das nichts Gutes verheißt. Ich forsche
tiefer in mich hinein, aber auch da finde ich keine Energie. Mein Kopf
hängt zwischen den bleiernen Schultern, während ich mich der
völligen Antriebslosigkeit hingebe. Mein Blick verhakt sich in dem
dunstigen Himmel, der träge durch Fortalezas Hochhauswald wabert.
In der Ferne kann ich das Hochhaus sehen, in dem Yaras Familie
wohnt. Ich weiß nicht, wie oft ich schon so gestanden und mit ihrer
Ablehnung gehadert habe. Ob ich mich langsam daran gewöhne? Das
Gefühl von Wut und Rache, das mich sonst erfüllt, ist verschwunden.
Da ist nur Leere. Resigniert trete ich über die Wäscheberge und
verlasse die Waschküche. Zum hundertsten Mal frage ich mich,

warum ich ein Apartment ohne Waschmaschine gemietet habe? Es schien mir kein Problem, einfach den Service zu nutzen. Jeden zweiten Mittwoch kommt das Mädchen, haben sie gesagt. Kommt sie auch. Aber sie will Geld. Und das mit dem Geld ist eben so eine Sache, denn ich habe keines. Und weil mich dieser schale Gedanke automatisch zu Johanna führt, schmeiße ich den Gasherd an und setze Wasser auf. Vom Regal über dem Herd nehme ich das Milchpulver und die Filtertüten. Dann setze ich mich auf den Küchenstuhl mit Plastikbezug, der an meinen schweißigen Beinen kleben bleibt.

Der Kaffee läuft in die gelbe Thermoskanne. Ich suche den Zucker, finde ihn aber nicht auf dem Tisch. Seit mein Untermieter César eingezogen ist, bin ich ständig am Suchen. Also stehe ich auf und drehe mich in der Küche um die eigene Achse. Auf der Anrichte liegt ein T-Shirt. Es ist grau und kommt mir nicht bekannt vor. Mit zwei elastischen Schritten schnappe ich es mir. Es ist nicht meines. Wo kommt es her? Es ist ein graues, ausgewaschenes T-Shirt mit Resten einer Mickey-Mouse-Figur auf der Brust. César fällt mir ein, doch ich kann mich nicht erinnern, ihn jemals in diesem Exemplar gesehen zu haben. Ich rieche an dem Shirt. Es hat keinen Geruch, also gehört es mir. Mit der Kaffeetasse in der Hand laufe ich beschwingt ins Bad, um zu duschen. Im Vorübergehen stelle ich das Radio an. Calypso FM. *Mariah Carey* kann meine Laune nicht verderben. Das wird ein guter Tag.

Zum Abendessen bin ich mit Fabi verabredet. Er wohnt im Haus seiner Mutter, gleich über ihrem Apartment. Ich muss durch die ganze Stadt, denn sie wohnen hinter dem Flughafen, aber es gibt *frango com batata palha*. So etwas wie Hühnerfrikassee mit Kartoffelchips oben drauf. Direkt aus dem Ofen. Dafür ist kein Weg zu weit. Ich habe mir vorgenommen, Fabios Einladungen zu diesen Nächten nicht mehr anzunehmen, doch ich bin total pleite. Es ist eben der einfachste Weg, Geld zu verdienen. Inzwischen bin ich zu so einer Art Geheimtipp geworden. Fabi hasst den Gedanken, dass ich nicht exklusiv mit ihm arbeite. Aber sie reichen sich meine Nummer längst untereinander herum, und dann ruft mich jemand an, den ich überhaupt nicht kenne. Die Touristinnen zahlen gut und ich spreche nun mal fast alle Sprachen, die es braucht. Tage später schwappen die Geschichten dieser Nächte zu mir zurück, und dann höre ich mir an, was wir erlebt haben, ohne mich daran erinnern zu können.

Vaya com Deus, verabschiedet uns Fabios Mutter am späten Abend, wie sie es immer tut.

Ich hebe das fremde T-Shirt und streiche mir über den Bauch. Fabi lacht über mich.

Das ist das Frango deiner Mutter, Alter.

Ich klopfe ihm auf die Schulter, als könne er etwas dafür.

Ihr Essen ist einfach göttlich. Mein persönlicher Garten Eden. Ich liebe seine Mutter. Sie küsst mich ständig auf beide Wangen und macht dabei laute Schmatzgeräusche. Ihre Haut ist ölig und glänzt. Fabio ist das letzte Kind, das ihr geblieben ist. Alle anderen Söhne sind zum Arbeiten nach São Paulo gezogen. In den Glasschränken in ihrem Wohnzimmer stehen Fotos ihrer Kinder und Enkel, deren Namen sie immer wieder aufsagt. Fabi will in Fortaleza bleiben. Wahrscheinlich, weil er der Jüngste ist und alles leicht findet. Sein katzenhafter Charme wirkt wie Caipirinha zum Angucken. Er arbeitet mittlerweile nicht nur als Callboy, sondern auch als Personal Trainer. Von dem Sexgeschäft weiß seine Mutter natürlich nichts. Sie würde ihn vierteilen. Obgleich das Leben für Fabi oft ein Spiel ist, nimmt er diese Sache todernst. Das Geschäftliche trennt er sauber von seinem Privatleben. Niemals würde er eine der Frauen mit zu sich nach Hause nehmen und riskieren, dass sie seiner Mutter im Flur begegnet. Fabio vereint in sich die Extreme. Er kann ebenso ernst und organisiert wie übermütig und ungeduldig sein. Das gefällt mir. Und dann ist da diese Unschuld, in die er sich bei Bedarf kleiden kann. Seine Arglosigkeit liegt ihm in den braunen Augen. Vielleicht ist es auch Naivität? Wie ein Kater bewegt er sich auf sanften Pfoten. Er ist lautlos und schnell, doch auch vorsichtig und bedacht. Neigt den Kopf, bevor er spricht. Nicht, weil er groß ist und so die Distanz überwindet, sondern weil er sich des Gewichtes seiner wenigen Worte bewusst ist. Große Reden sind einfach nicht seine Stärke. Er bewegt sich lieber.

In der Bar treffen wir die beiden Touristinnen, mit denen wir verabredet sind. Sie kommen aus Argentinien. Noch bevor wir auf den Barhockern Platz nehmen, begutachten sie mich ungeniert von oben bis unten. Südamerikanerinnen kennen da keine falsche Zurückhaltung. Mein Mickey-Mouse-T-Shirt amüsiert sie.

Luca ist übrigens aus Deutschland, eröffnet Fabio mit den wenigen spanischen Worten, derer er mächtig ist, das Gespräch.

Echt? Die Vollschlanke zieht eine Braue hoch.

Hört man deinem Spanisch gar nicht an, pflichtet ihr ihre schmallippige Freundin mit einer hohen Stimme bei, die ihr dünnes Nervenkostüm offenbart.

Sie zieht eine Augenbraue hoch und mustert mich. Ich tausche einen raschen Blick mit Fabi. Normalerweise bin ich für die opulenten Exemplare Frau nicht zu erwärmen, doch hier ist der Fall eindeutig anders gelagert. Neurotische Frauen lösen Panik in mir aus, das dringende Gefühl, erbrechen zu müssen. Frauen ohne Sinnlichkeit kann ich einfach nicht ertragen, sie sind wie alkoholfreies Bier. Zeitverschwendung.

Doch, er ist aus Berlin, präzisiert Fabio stolz.

Er hat mein Zeichen verstanden und stellt sich zwischen mich und die überspannte Schmallippige, als gelte es, mich zu schützen.

Ich nicke, um seine Ausführungen zu bestätigen.

Luca ist noch nicht lange hier, hat aber schon 'ne Menge erlebt.

Ich muss immer dieselbe Geschichte erzählen. Die Frauen lieben diese Anekdote, und Fabi liebt den Moment, in dem sie zu lachen beginnen. Dann nimmt er sie bei den Händen und führt sie zur Tanzfläche. Manchmal kommt mir das Ganze wie ein Abzählreim vor. Alles fällt auf seinen Platz. Also erzähle ich, wie ich ganz am Anfang in Fortaleza am Strand war. Das war mit Lily, Yaras kleiner Schwester. Damals hat sie noch mit mir gesprochen. Den Teil mit Yara lasse ich

weg und beschreibe ihre Schwester einfach als eine
Zufallsbekanntschaft.

Wir waren an der Praia do Futuro und wollten etwas trinken. Ich
war noch ganz neu in Brasilien, und da wollte ich mit einem Mal
mitten in der Nacht im Meer baden. Lily hat sich gesträubt und ist auf
der hell erleuchteten Straße stehen geblieben. Also bin ich allein über
den warmen Sand gelaufen. Meine Klamotten fielen einfach hinter
mich. Ich weiß, dass ich mich von den Wellen habe umspülen lassen,
und dann haben sie mich mitgerissen. Mit dieser unglaublichen
Wucht, die sie haben. Ich bin in das kalte Wasser getaucht. Schwärze
überall um mich herum und eine Überdosis Salz. Das war fantastisch.
Das Meer hat auf mich immer eine reinigende Wirkung. Nach einer
Weile bin ich zurückgeschwommen. Ich weiß nicht, wie viel Zeit
vergangen war. Ich hatte es plötzlich eilig und lief im Schutz der
Dunkelheit den Strand zurück. Die Strömung hatte mich abgetrieben.
Im leichten Wind trocknete ich langsam. Als ich an die Stelle kam, in
der ich ins Wasser gelaufen war, fand ich dort nichts. Meine Kleidung
war weg. Gestohlen. Ich blickte abwechselnd an mir herunter und zur
Avenida hinauf, die auch nachts voller Menschen ist. Lily hatte
missmutig auf mich gewartet. Als sie mich so völlig nackt da stehen
sah, fand sie sofort zu ihrer guten Laune zurück. Sie war sichtlich
bemüht, mir nicht direkt vor Lachen ins Gesicht zu prusten, doch
musste sie ihren Versuch, Haltung zu wahren, schließlich aufgeben.
Aus Plastikmüll, den sie am Straßenrand auflas, bastelte sie mir einen
winzigen Rock, den ich mir um die Hüften wickeln konnte. So sind
wir die Avenida zurückgelaufen, bis zu Tallys altem Honda, den ich
mir geliehen hatte. Der Weg kam mir endlos vor. Ich fluchte lauthals,
weil der Dieb meine einzige Jeans gestohlen hatte. Lily fand das alles
königlich. Sie biss sich auf die Lippen und konnte doch nicht aufhören
zu kichern. Auf dem Weg musste ich mir allerlei anzügliche Pfiffe
und Kommentare gefallen lassen. Überall grölte es aus den Kneipen
und Bars, die sich die Straßen entlang reihen.

Auch die Touristinnen haben vor Lachen Tränen in den Augen. Sie finden mich königlich idiotisch, so als Europäer. Wahrhaft herrlich. Heute weiß ich, dass kein Südamerikaner so blöd wäre, wie ich es gewesen bin.

Du liebe Güte, rufen sie immer wieder und drücken mich an sich. Fabio strahlt. Dann greift er nach ihren Händen, um mit ihnen auf die Tanzfläche zu verschwinden. An dieser Stelle gönnt er mir immer eine Auszeit. Ich leere die Gläser unserer Kundinnen. Bedacht darauf, sie nicht einfach hinunterzustürzen, trinke ich in kleinen Schlucken. Das gehört in mein neues Programm. Ich will versuchen, mich nicht mehr jede Nacht volllaufen zu lassen. Doch heiße Nächte kitzeln die Sehnsucht wach. Es fällt mir schwer, nicht an Yara zu denken.

Ich stehe auf, um vor der Bar zu rauchen. Im Hinausgehen winke ich Fabio zu. Er ist in seinem Element. Fortaleza verändert in der Nacht seine Gestalt. Tagsüber ist die Stadt viel zu hässlich und hektisch, um Charme zu entwickeln. Erst in der Nacht entfaltet sie Atmosphäre. Dann wirkt sie wie Balsam auf meiner Haut. Nachtaktiv kriechen alle Menschen aus ihren Häusern. Sie sitzen in den Straßen, Restaurants, bilden Gruppen, bevölkern die Gassen und leben endlich diese Gelassenheit und manchmal sogar Ausgelassenheit, nach der man in Brasilien erfolglos suchen kann, wenn man dummerweise auf die Idee kommt, nachts zu schlafen. Wie immer ist es draußen wärmer als drinnen. Die meisten Bars sind in gekühlte Luft getunkt. Zumindest die Bars, in die Fabi mit seinen Kundinnen geht. Ich schmunzle über seine naive Freude. Er glaubt an einen geheimen Trick, an irgendein Rezept, das es im Umgang mit Frauen zu finden gelte. Das liegt an seiner Jugend. Über kurz oder lang wird er feststellen, dass das ein Irrglaube ist. Bei Frauen kannst du als Mann nur verlieren. Selbst wenn du Callboy bist und sie dich bezahlen. Am Ende bist du der Verlierer. So einfach ist das.

Mein Blick gleitet mit den vorbeifahrenden Lichtern der Autos die Straße hinunter. Ich kneife die Augen zusammen. Da läuft Jorge, Yaras Vater. Ich hab ja eigentlich Yara-Verbot, das ist selbstauferlegt und unumgänglich. Ich will nicht immer an sie denken. Da bin ich streng mit mir. In den letzten Wochen hat mich meine Yara-Fixiertheit fast um den Verstand gebracht, wenn nicht um mein Leben. Es hätte nicht viel gefehlt und ich wäre über den Haufen geballert worden. Ich muss versuchen, Yara zu überwinden und nach vorne zu sehen. Mein Leben kann nicht nur aus ihr bestehen. Also habe ich alle Bücher, Zeitungsartikel, Adressen und den sonstigen Scheiß, der sich auf meiner Suche nach ihr angesammelt hatte, in einen von Césars alten Umzugskartons geschmissen und nicht mehr angerührt. Bisher habe ich mich ganz gut gemacht. Ja, es hat natürlich auch einige Tiefpunkte gegeben. Da waren diese Anfälle von Angst und lähmender Furcht, und ein, zwei Mal hab ich mich völlig besoffen in der Öffentlichkeit übergeben. Ansonsten halte ich mich aber, und diese Haltung gedenke ich auf keinen Fall wieder zu verlieren. Basta.

Jetzt sehe ich, wie Jorge in eine Seitengasse einbiegt, und ohne weiter darüber nachzudenken, trete ich meine Zigarette aus und folge ihm. Vorsätze sind was für Anfänger.

5 .

Was ist passiert?

Er stand mitten in der verdammten Schießerei, wiederholt Samuel.
Seine Stimme überschlägt sich fast. Die Arme wirft er in die Luft. Ich
kann seinen Worten kaum folgen. Sie sind dumpf und gelangen nicht
richtig zu mir. Ein Pfeifen hallt in meinen Ohren nach und schließt
mich in mir ein. So klingt also die Stille nach dem Schuss.
Mein Kinn liegt auf dem Tresen. Der Kopf ist zu schwer, um ihn ohne
Hilfe auf den Schultern zu balancieren. Direkt vor meinen Augen
steht ein Drink mit Eis und herrlich bronzefarbener Flüssigkeit darin.
Sie schmiegt sich um die Eiswürfel. Mit dem Zeigefinger tauche ich
hinein und verharre so. Das Glas ist von außen leicht beschlagen,
kleine Wassertropfen haben sich gebildet und zu einem transparenten
Kleid aus kühlen Perlen verdichtet. Mein Zeigefinger spürt die
eisklare Kälte. Ich rühre darin. Mit einem hellen Klirren geraten die
Eiswürfel in Bewegung und verteilen die wunderbare Flüssigkeit in
neuer Formation. Ich betrachte mein Werk und achte nicht weiter auf
Samuel.
Verdammt, er hätte tot sein können und sitzt hier, als wäre nichts.
Entgeistert blickt Fabio zwischen mir und Samuel hin und her,
während Samuel in rasendem Tempo Worte benutzt wie noch nie
zuvor. Ich überlege kurz, ob ich ihn darauf aufmerksam machen soll,
dass er bald sein Wortkontingent für das gesamte Jahr aufgebraucht
hat. Dabei ist es erst Februar. Doch ich befasse mich lieber mit
meinem Drink. Nehme einen weiteren Schluck und spüre, wie mein
malträtierter Körper sich dankbar an meine Seele lehnt.

Samuel ist wie die meisten Männer in Brasilien. Die Frauen haben einfach alle Worte aufgebraucht, bevor du den Mund aufmachen kannst. Samuel gehört zu der absolutesten Sprachlosigkeit, die dieses System hervorgebracht hat. Er spricht in der Regel nur, wenn er besoffen ist. Heute macht er sich keine Gedanken darüber. Er, der sonst so sanftmütig und ruhig ist, kocht innerlich.

Die gesamte Straße hat bei uns angerufen. Mein scheiß Tourifreund, dabei senkt er kurz die Stimme, steht wie angewurzelt mitten im Fegefeuer. Meine Mutter ist fast wahnsinnig vor Angst geworden.

Das war bei euch in der Straße?, erkundigt sich Fabio.

Ich wusste nicht, was ich machen soll, schnappt Samuel und zeigt auf mich.

Mittlerweile ist er sauer. Ich überlege mir, mit meinem Glas einen ruhigeren Ort zu suchen. Doch es ist leer. Nur noch Eis ohne Whiskey.

Luca? Ist alles okay mit dir?, kommt es von Fabi.

Ich blicke auf und sehe ihn an, ohne meinen Kopf vom Tresen zu nehmen. Ich habe mitten in einer Schießerei gestanden, ohne etwas davon mitzubekommen, denke ich und kann kein Gefühl dazu finden. Als hätte das Ganze ohne mich stattgefunden.

Alles in Ordnung, bestätige ich knapp und deute auf mein Glas. Kann ich noch einen haben?

Okay, Leute, darauf kann ich verzichten.

Samuels Gesicht verdunkelt sich zunehmend. Er sieht mich düster aus zusammengekniffenen Augen an.

Beruhige dich, sagt Fabi beschwichtigend.

Der kann sich alleine zuschütten, zischt Samuel eingeschnappt.

Fabio hat mir derweil ein neues Glas hingestellt, hält es aber weiterhin in der Hand. Er sucht meinen Blick.

Der schüttet sich nicht zu, sagt er zu Samuel gewandt, blickt aber mich dabei an. Er ölt nur die Stimmbänder. Das Glas hält er immer noch fest umschlossen.

Ich ziehe die Stirn kraus und hebe den Kopf vom Tresen, um mich aufzusetzen. Will er mir mein Glas nicht geben?

Du trinkst jetzt noch 'nen Schluck, fährt er fort.

Ich nicke eifrig und fühle mich gleich besser.

Und dann erzählst du uns schön der Reihe nach, was passiert ist.

Ich stöhne, bekomme aber mein Glas. Kühle Flüssigkeit rinnt mir die Kehle hinunter. Ich nehme noch einen Schluck und werde nicht aufgehalten. Samuel setzt sich wieder auf seinen Barhocker und blickt mich skeptisch an.

Was trinkst du?, fragt Fabi ihn. Scotch?

Hm, nickt Samuel und lässt seinen Autoschlüssel wieder auf den Tresen fallen.

Dann mixt sich auch Fabi etwas mit Frucht drin. Er steht hinter Samuels Bar, als wäre das ganz normal. Schwungvoll greift er nach einer frischen Limette und halbiert sie. Eine Hälfte nimmt er in die Hand, um sie auszupressen. Sie rutscht ihm jedoch aus den feuchten Fingern und flitzt mit einem Affenzahn über den Tresen direkt auf Samuel zu. Bang!, knallt ihm die grüne Frucht an den Hals.

Hey!, erschrickt Samuel und springt vom Barhocker.

Er hat das Geschoss nicht kommen sehen.

Getroffen! 1:0 für Fabi!, gröle ich und lache begeistert das Lachen eines Geistesgestörten.

Fabio und Samuel starren mich an. Dann stimmt Fabi in mein Lachen ein. Schließlich grinst auch Samuel, während er sich Limettenkerne aus seinem Kragen pult.

Ich weiß einfach nicht, was ich sagen soll. Ich weiß nicht, wie ich in eine verdammte Schießerei geraten konnte, und ich weiß auch nichts von einem Schusswechsel oder gar von der Lebensgefahr, in der ich gesteckt haben soll. Als ich mitbekommen habe, dass die Idioten um sich ballerten, war schon alles vorbei. Fabi hat jetzt eine ernste Miene aufgesetzt. Die Arme verschränkt er vor der Brust.

Was?, frage ich mit dämlichem Gesichtsausdruck und hoffe, mich noch rauswinden zu können.

Alter, du bist echt nicht der Erste, der in Fortaleza gestrandet ist, erklärt er mir mit ruhiger Stimme. Es gibt zwei Fälle von euch.

Ich schaue von meinem Glas auf. Was der alles weiß …
Normalerweise bekommen wir es mit Flucht zu tun.
Unterhaltsforderungen, Korruption, Verrat, Betrug, verbrannte Erde
eben, die dich zwingt, deinen Arsch zu bewegen.
Er deutet mit einer kurzen Geste auf meine linke Hand. Ich folge
seinem Blick und sehe meinen Ehering. Samuel nickt beflissentlich.
Bei dir tippen wir auf 'ne Frauenkiste.
Hm, mache ich nur und sehe von einem zum anderen.
Das passt zu dir, fährt Fabi fort und grinst ein bisschen.
Aha, lasse ich vernehmen und bekomme von Fabio, der ein kluger
Zungenlockerer ist, ein neues Glas Whiskey gereicht. Dann erzähle ich
ihnen von Yara.

Letzten Sommer bin ihr hinterhergereist, beginne ich. Ich dachte,
wir treffen uns hier und machen zusammen weiter, aber sie ist
verschwunden. Ich kann sie nirgendwo finden, und ich habe wirklich
alles probiert. Samuel hat mir sein Fahrrad geliehen und ich habe
jeden verdammten Stein in dieser Stadt umgedreht.
Ich blicke auf. Samuel nickt. Ich kann nicht erkennen, was in ihm
vorgeht. Mein Zeigefinger taucht wieder zwischen die Eiswürfel. Ich
lasse es klirren.
Am Anfang hat mir Tally noch geholfen. Sie hat mir die Adresse von
Yaras Eltern besorgt. Aber die stecken in der Sache mit drin.
Aha?, höre ich von Samuel, der das offensichtlich für eine gewagte
Aussage hält.
Anscheinend hat deren Gemeinde Dreck am Stecken. Schwarze
Rituale an Kindern, Veruntreuung von Spendengeldern. Fragt mich
nicht, alles ziemlich verworren. Ich glaube, Yara wurde von ihren
Eltern gezwungen, an den Zeremonien teilzunehmen.
Candomblé?, vermutet Fabi.
Ich merke, dass ich total lalle. Speichel turnt mir im Mund herum und
muss mit der eiskalten Flüssigkeit entfernt werden.
Das sind alles Verrückte. Erinnert ihr euch an diese Sache mit dem
Jungen und den Nadeln? Das stand sogar in der Zeitung, sinniert

Samuel.

Ich nicke.

Alles Verrückte, wiederholt Fabi.

Die bleiben unter sich, bestätigt Samuel.

Naja, scheiße, sage ich jetzt, das lief alles total aus dem Ruder.

Fabi greift nach dem Glas mit den Zahnstochern. Ich blicke auf die spitzen Hölzchen. Yara ist längst zu einer Idee geworden, denke ich. Ein unerfüllbarer Traum nach Erfülltheit. Ich bestrafe mich nur selbst mit dieser Fessel, die nichts als Einsamkeit bedeutet. Meine Wunschgedanken verzerren die Realität. Ich nehme einen weiteren Schluck und blicke meine Freunde an.

Es macht keinen Sinn, an ihre Wiederkehr zu glauben, sie wird nicht zurückkommen, sage ich jetzt.

Meine Stimme hat den Ton verloren.

Scheiße, Alter.

Du hast keine Ahnung, wo sie sein könnte?, will Samuel wissen.

Ich schüttle den Kopf.

Und Tally?, fragt Fabi knapp.

Die dreht mir den Hals um, wenn ich sie weiter nerve. Yara ist vermisst gemeldet. Da wird aber nicht ermittelt. Keine große Sache halt.

Ich lasse den Teil mit dem Tod meiner Nachbarskinder weg. Ich bin mir längst nicht mehr sicher, dass Yara nichts damit zu tun hat, doch ich bin mir absolut sicher, dass sie sie nicht hat töten wollen. Sie hat ihnen Schlafmittel gegeben, und wahrscheinlich hat Lily recht. Sie wird ihnen goldene Bänder angelegt haben. Gold ist die Farbe der Göttin *Oxum*. Pfeil und Bogen sind ihre Erkennungszeichen, und ihr Heiligtum sind die Nadeln. Wenn das stimmt und die Kinder die Bänder trugen, dann hat Yara ein Zeichen setzen wollen. Ihren Tod hat sie bestimmt nicht gewollt. Wie hätte sie wissen sollen, dass die beiden auf dem byzantinischen Marmorboden erfrieren würden? Eine solche Kälte gibt es in Brasilien nicht. Sie konnte nicht wissen, was sie tat.

Und diese Casa Candomblé?, fragt Fabio.

Was meinst du?, frage ich.

Und dann stellt er die eine richtige Frage. Die letzte, offene Frage in einem Spiel, in dem fast alle Züge gespielt sind.

Du hast nicht überlegt, dich mit ihnen anzulegen?

Ich starre ihn an. Er wiegt den Zahnstocher im Mundwinkel. Ja, das klingt gut, denke ich. Natürlich habe ich das selbst schon überlegt. Ich habe diese Wut in mir, die endlich ausbrechen will. Sie hat ihre scharfen Krallen in meine Organe geschlagen und foltert mich. Selbst der Zustand andauernder Betäubung schützt mich nicht mehr. Yara ist von ihnen gequält worden. Sie haben Oxums Nadeln in ihre Haut gestoßen und ihr damit einen Schmerz zugefügt, der in mir brennt, als wäre ich es, der ihnen in die Hände gefallen ist. Ich will Rache. Das Gefühl bläht sich in mir und erfüllt mich. Es treibt mich an. Mir ist nichts anderes geblieben im Leben, als Yara zu rächen, doch dafür müsste ich ihre Gemeinde erst mal finden. Nach den letzten, endlosen Tagen des Suchens keine sehr rosige Aussicht.

6 .

Samuels Fahrrad ist hin, während ich völlig unversehrt geblieben
bin. Ich sehe zum x-ten Mal an mir hinunter und finde nicht mal eine
Schürfwunde. Ich habe einfach zu viel Lebenswillen, um zu sterben.
Obwohl so ein lapidarer Sturz vom Fahrrad für ein fulminantes Ende
wohl nicht ausreichend gewesen wäre. Es hätte ein Auto mit im Spiel
sein können, finde ich, doch hier in der Pampa fahren nicht viele
Autos. Schade, es wäre so leicht gewesen, mich vom Erdboden zu
wischen. Kraftlos ziehe ich mit zittrigen Händen den Stadtplan zu
Rate, den ich mitgenommen habe, denn die Suche nach Yaras
Gemeinde hat mich mal wieder in den äußersten Winkel Fortalezas
geführt. Mein Herz schlägt immer noch zu schnell in meiner Brust,
und ich hechle wie ein Windhund. Ich muss auf dem Fahrrad völlig in
Trance gewesen sein. Die Straßenecke, an der ich mich befinde, liegt
noch weiter draußen als die Casa Candomblé, die ich am Nachmittag
besucht habe. Wie bin ich hier hingekommen? Ich muss in die falsche
Richtung gefahren sein. Bis zur Lagunenstadt, in der Samuel wohnt,
wird es ein langer Fußmarsch. Das lädierte Fahrrad schiebe ich.
Zurücklassen kann ich es nicht. Ich würde es niemals wiederfinden
und habe kein Geld, um es Samuel zu ersetzen.

Irgendwann gesellen sich zwei Straßenköter zu mir. Zu dritt
meistern wir unseren Weg. Da ich keine Ablenkung habe, gerate ich
wieder in Yaras Fänge. Meine Erinnerungen schließen mich in mir ein.
Plötzlich meine ich ihren Atem auf meiner Haut zu spüren. Yaras
vollkommene Sinnlichkeit entfaltet sich vor meinem inneren Auge.
Das Selbstverständnis, mit dem sie ihren Körper hielt und ihre Lust

lebte, fesselt mich. Ich erinnere, wie sie ihre blanken Zähne in meinen
Hals bohrte. Das Rot ihrer Schamlippen stand wie in Brand. Ihr
Stöhnen, das mehr ein Gurren war. Der Geschmack von Minzblättern
auf ihrer Zunge. Ihre vollen Lippen, die sich um meinen Daumen
legten und an ihm sogen. Ich erinnere mich an das Funkeln ihrer
Augen, das mich bis in jeden Winkel meiner ruhelosen Träume
begleitet. Reste von roter Farbe auf ihren Nägeln, an schlanken
Fingern, die meinen Schwanz umschlossen hielten. In ihrem Blick lag
bebende Lust, und dann diese Herausforderung, als wolle sie mir das
Possessivpronomen streitig machen, als gehöre ich mit einer
Selbstverständlichkeit zu ihr, die mir vorher noch nie in meinem
Leben begegnet war. Mein Gehirn jagt den Einzelheiten unserer
einzigen Nacht hinterher, als wären sie ein Schatz. Sie sind ein Schatz
und ein Fluch. Ich bin in ihnen gefangen, und gleichzeitig lebe ich in
ihnen. Es ist so viel Zeit vergangen, doch sie hat die Erinnerung nicht
verblassen lassen.

Mein Körper schreit in der Hitze des späten Tages nach Erlösung. Es
ist so heiß. So heiß. So heiß, und ich weiß nicht weiter. Ich will
irgendeine Droge, die Abhilfe schafft. Die Erinnerungen an Yaras
Körper haben mich völlig in meinem Bewusstsein eingeschlossen.
Noch nie hat meinen Körper eine derartige Sehnsucht erfasst. Wie
etwas Überirdisches strahlt sie aus mir heraus. Ich spüre, wie sie mich
förmlich zerreißt. Es ist, als solle ich verbrennen. Verbrennen … und
dann auslöschen mit einem einzigen dumpfen Knall.

An einer der zahllosen Barracas am Straßenrand hole ich mir eine
kalte Flasche Wasser. Die Flüssigkeit rinnt mir die Kehle hinunter,
ohne mir Erleichterung zu verschaffen. Ich fange an zu schwitzen.
Vielleicht habe ich mir doch eine Verletzung zugezogen? Ich taste an
meinen Rippen entlang, doch da ist kein Schmerz in den Knochen, da
ist vielmehr etwas Würgendes in mir. Ich habe das Gefühl mich
übergeben zu müssen. Mein Magen verkrampft sich. Ich versuche
mich auf meine Füße zu konzentrieren. Um nicht wieder in Trance zu
fallen, zähle ich die Schritte. Dann probiere ich, nur außerhalb aller

Linien zu laufen, doch ich kollidiere immer mit den beiden Hunden, die mir mittlerweile zu treuen Begleitern geworden sind. Es lag etwas Kühnes, etwas Wagemutiges in meiner Abreise aus Berlin. Weil ich Yara nach unserer gemeinsamen Nacht nie wiedergesehen habe, ist meine Liebe zu ihr eine Theorie geworden, eine Vorstellung vom idealen Leben, die sich nicht beweisen lässt. Ich kann mein abwegiges Unterfangen, sie zu finden, nicht weitertreiben. Sie ist nicht da. Ich muss mir endlich darüber klarwerden, dass ich nicht nur scheitere. Ich habe nicht einfach neben das Tor geschossen und bekomme einen neuen Ball zugespielt, um es noch einmal zu versuchen. Das Spiel ist vorbei. Alle weiteren Versuche aussichtslos. Doch kann ich mir zugestehen, sie verloren zu haben? Was passiert mit mir, wenn ich das tue? Mein Körper ahnt das Herannahen dieser Erkenntnis voraus. Ich spüre eine Gänsehaut sich ausbreiten, und ein undeutliches Gefühl von Bedrohung erfasst mich. Da ist etwas Bodenloses, das nach mir schnappt.

Die Hunde gehen auf Distanz zu mir. Sie knurren und dann verschwinden sie in einem der Hinterhöfe, an denen wir vorbeikommen. Ich sehe ihnen hinterher – und dann kann ich sie nicht mehr aufhalten, die Welle, die mich packt. Mein ganzer Körper liegt wie im Fieber. Das kaputte Fahrrad stützt mich. An jeder zweiten Barraca auf meinem Weg kaufe ich Bier und versuche mir einzureden, dass ich nur in der Panik bleiben muss, um zu bemerken, dass sie nicht gefährlich ist, sondern abwegig und krank. Dass ich Yara finden werde. Dass sie Realität ist und keine Träumerei. Ich will mir den Verlust nicht eingestehen. Mir wird schwarz vor Augen. Kleine Flecken trüben mein Blickfeld. Ich scheine einen Teil meines Sehvermögens einzubüßen. Oder vielmehr sehe ich zwar, nehme aber nichts wahr. Die Stadt fliegt an mir vorbei, ohne wirklich zu existieren. Ein Sausen in meinem Kopf. Das Brennen in meinem Magen hat sich auf alle Sinne ausgebreitet. Ich habe kein Gefühl mehr in meinen Gliedern, sondern nur noch dumpfe Hohlheit, angefüllt von einem rasenden Pochen, das von meinem Herzen ausgeht und mir den Brustkorb in Trümmer zu schlagen droht. Mit dem Bier bekomme ich die Übelkeit nicht in den Griff.

Nach einer Weile erscheint vor meinem getrübten Blick der 15° Districto Policial. Die Lagunenstadt ist mein liebstes Viertel in Fortaleza. Gleich werde ich bei Samuel sein. Ich überlege, in welcher Verfassung ich bin. Meine Luftröhre ist immer noch geschwollen. Ich kann nicht richtig einatmen, weil mir jede Bewegung meines Brustkorbs direkt als stechender Schmerz ins Herz fährt. Meine Klamotten sind komplett durchgeschwitzt. Wahrscheinlich sollte ich erst mal nach Hause, aber den Weg schaffe ich nicht mehr. Es dämmert bereits. Also laufe ich weiter. Mir kommen Menschen mit Kindern auf dem Arm entgegen. Sie schreien mir etwas zu, doch ich kann sie nicht verstehen. Sie verschwinden in Hauseingängen, winken oder ducken sich, als gelte es sich zu verstecken. Ist das ein Spiel? Es rauscht zu laut in meinem Kopf, ich begreife einfach nicht, was sie mir sagen wollen. Sie haben rote Köpfe und sehen ungesund aus. Evakuierung, taucht es in meinem Kopf auf, ohne dass ich einen Zusammenhang herstellen kann. Ich versuche mich weiter auf meinen Herzschlag zu konzentrieren. Jetzt nicht kurz vor dem Ziel schlapp machen!

Die vielen Schlaglöcher erschweren mein Fortkommen. Merkwürdigerweise ist die Lagunenstadt völlig leer. So habe ich sie noch nie gesehen. Vor was sind die Menschen davongelaufen? Wieder sehe ich zwei Rennende, diesmal begleitet von Lärm. Es knallt. Und dann wieder. Ich sehe die beiden Männer auf mich zulaufen. Sie sind außer Atem. Ihre Flipflops prallen wie Peitschenhiebe auf den Asphalt. Sie schreien etwas. Der Erste rennt an mir vorbei. Dann knallt es wieder. Ich schiebe das Fahrrad weiter. Jetzt rennt der Zweite an mir vorbei. Er streift mich im Vorüberlaufen. Ich strauchle und fasse mir ans Herz.

Wenn ich falle, stehe ich nie wieder auf.

Das Fahrrad gleitet mir aus den Händen. Dann höre ich Hunde jaulen, wie nach einer Schießerei. Sie jaulen immer, wenn Schüsse fallen. Ich starre auf das Fahrrad zu meinen Füßen, dann drehe ich mich langsam um die eigene Achse. Die Männer, die an mir vorbeigelaufen sind, kann ich nicht mehr sehen. Donnergrollen. Ein Unwetter braut sich über meinem Kopf zusammen. Am Himmel ballen sich schwere Regenwolken. Böiger Wind zieht auf. Jetzt fallen mir die unzähligen Augenpaare hinter den gusseisernen Toren der vielen kleinen Häuser auf. Sie sind starr auf mich gerichtet. Mein Mund steht plötzlich offen. Es riecht verbrannt. Ich bemerke, dass mir etwas Spucke das Kinn herunterläuft. Mit der Hand will ich mir über den Mund wischen, doch sie gehorcht mir nicht. Die Arme hängen bewegungslos an meinen Schultern. Ich verliere die Kontrolle über meinen Körper.

Luca?, höre ich schließlich Samuels Stimme aus dem Dunkel der anbrechenden Nacht.

Er kommt die Straße hochgerannt. Auf meinen Ohren lastet mit einem Mal ein Pfeifen. Ich schwanke.

Luca!, wiederholt Samuel.

Trotz des Pfeifens vernehme ich in seiner Stimme etwas, das mich zusammenfahren lässt. Unter den Augenlidern spüre ich ein Brennen. Mein Atem flirrt.

Luca, verdammt!, ruft er wieder und ist jetzt viel näher.

Ich kann es ganz deutlich in seiner Stimme hören. Es erfasst mich direkt und ohne Vorwarnung. Ich rase auf einen Abgrund zu, dem ich nichts entgegenzusetzen habe. In meinem Kopf dreht sich alles. Meine Knie drohen unter meinem Gewicht nachzugeben. Kurz bevor Samuel mich erreicht hat, bleibt er stehen. Unsere Blicke treffen sich genau in der Mitte. Genau in der Mitte der Panik, die zwischen uns liegt. Sie lähmt uns, so stark ist sie.

Jetzt kann ich den Gedanken denken, jetzt kann ich das Gefühl entschlüsseln, das mir vorhin in die Glieder gefahren ist und mich im Verlaufe eines zweistündigen Fußmarsches vollkommen unterworfen hat. Jetzt, wo es in Samuels Stimme gelegen hat. Jetzt, wo es in seinem

Blick liegt. Es ist die Angst. Es ist die absolute Angst, Yara für immer verloren zu haben, die mich kalt und unvermittelt erwischt hat.

7.

Ich radle die Avenida Washington Soares hinunter Richtung
Messejana. Das ist wirklich am Arsch der Welt. Das äußerste Ende
Fortalezas, aber mir ist kein Weg zu weit. Ich werde Yara finden. Weil
ich noch nie dort gewesen bin, halte ich mich an den Stadtplan. Die
Adresse habe ich letzte Woche bekommen. Ich pese schon seit Tagen
von einer Casa Candomblé zur nächsten. Manchmal, wenn ich am
Stadtrand einen Schrein zwischen den Häusern sehe, klopfe ich auf
gut Glück und frage, zu welcher Gemeinde die Bewohner des Hauses
gehören. Ich greife mir in die Gesäßtasche. Doch, da ist sie, die
mittlerweile total abgerissene Kopie des Fotos von Yara. Die
Erinnerung an sie will nicht verblassen, während Yaras Bild in meiner
Hosentasche bald auseinanderbröselt. Gestern bin ich ohne das Foto
losgeradelt, und als ich dann völlig verschwitzt ankam, hatte ich es
nicht dabei. Das hat mich ziemlich deprimiert. Es ist nicht so, dass ich
mich nicht auch ohne diese Schlappe besoffen hätte, doch sinnlos
durch die Hitze zu radeln ist echt nicht meine liebste
Freizeitbeschäftigung.

Ich weiß noch, wie ich das Foto geklaut habe. Tally hatte mir Yaras
Adresse besorgt und ich bin einfach ohne Ankündigung
dahingefahren. Das Haus liegt gleich an der Praia do Futuro. Es ist
eines dieser hässlichen Hochhäuser. Vom zehnten Stock aus hat man
einen guten Blick, doch das ist schon der ganze Charme dieses
unförmigen Betonklotzes. Das Gebäude ist von einer hohen Mauer
umgeben. Am Eingang, der mit einer Stahltür gesichert ist, befindet
sich ein Wachturm. Hinter einem Fensterchen sitzt der unweigerliche

Porteiro. Jedes Wohnhaus in Brasilien, das etwas auf sich hält, hat so einen Wachmann. Meistens haben sie Zweitschlüssel, gießen in den Ferien die Topfpflanzen oder machen kleinere Reparaturen. Die Brasilianer lieben ihre Porteiros, weil sie Angst vor den ruhelosen Augen der Nacht haben. Man weiß nie, was einem droht, wenn niemand achtgibt. Es war nicht so leicht, dem Wachmann zu erklären, dass ich unbedingt Frau Almeida Tanner sprechen musste, ohne ihm die ganze Geschichte zu verklickern. Schließlich nahm er den Hausapparat in die Hand und brachte mein Anliegen so vor, dass man mich empfing.

Als ich mich wenig später in der Wohnung befand, nahm ich dort ein Foto von Yara vom Regal und schob es mir hinten in den Hosenbund. Ich weiß nicht, warum ich das getan habe. Ich hatte ja nichts von ihr als diesen verdammten Apfel, den sie im Hotelzimmer zurückgelassen hat. Ich wollte einfach etwas in den Händen haben. Ich wollte einen Beweis für ihre Existenz und habe das Foto mitgehen lassen. Jetzt begleitet es mich, wo immer ich hingehe.

Übermütig biege ich in eine kleine Seitenstraße. Ich liebe das schnelle Tempo, der Gegenwind kühlt meinen Körper. Nach einigem Vor und Zurück in Messejanas dichtem Geflecht von kleinen Gassen finde ich die Casa. Sie ist völlig unscheinbar, wie die meisten von ihnen. Lautlos steht sie zwischen zwei Häusern, als wäre nichts. Das Fahrrad schiebe ich in den Hof, weil mir Samuel kein Schloss gegeben hat. Wahrscheinlich hat er keines. Im Hof steht das Haus, das nicht wirklich eines ist, weil es keine Wände hat. Alles ist weiß verkachelt. Die Vorhänge wehen sacht in einer leichten Brise. Eine Frau kommt auf mich zu und begrüßt mich.

Oi, höre ich.

Das Fahrrad lehne ich an die Mauer. Dann ziehe ich die Fotokopie aus meiner Hosentasche.

Hallo, sage auch ich und trete auf die Frau zu.

Sie ist jünger als ich. Vielleicht Mitte dreißig und schon übergewichtig, wie fast alle Frauen in Brasilien. Ihre Oberschenkel quellen aus den Shorts, die genauso knalleng sitzen wie das pinkfarbene Oberteil. Die hauchfeinen Träger drücken sich in ihr Fleisch. Ihre Brüste liegen auf mehreren Lagen Fett. Mir ist nicht klar, warum Frauen dieses Formats zu so engen Klamotten greifen. Jetzt stemmt sie die Hände an den Stellen in die Seiten, wo ihre Hüftknochen mal gewesen sein müssen.

Ich bin auf der Suche nach einer Freundin von mir, erkläre ich ihr. Die Frau blickt mich an. Dann nimmt sie die Fotokopie. Sie studiert das Bild, als gelte es, sich jede Einzelheit einzuprägen. Schließlich schüttelt sie den Kopf.

Tut mir leid, sagt sie, ich habe sie nicht gesehen.

Ich nicke. Das habe ich jetzt schon so oft gehört.

Was ist mit der Polizei?, fragt sie mich.

Hm, mache ich, sie ist vermisst gemeldet.

Und vorne im Restaurant? Kennt sie da jemand? Wenn sie hier aus dem Viertel ist, kennt sie Bené!

Ich schüttle den Kopf.

Nein, sie ist nicht aus dem Viertel. Sie wohnt an der Praia do Futuro. Also, da wohnte sie.

Was machst du dann hier?, fragt sie irritiert.

Ich suche ihre Gemeinde, erkläre ich, aber ich weiß nicht, zu welchem Tempel sie gehört …

Ich lasse mich nicht entmutigen, sondern versuche ihr zu erklären, dass ich Yaras Kirche finden muss, da ich sicher bin, sie dort zu finden. Ich erzähle ihr, wie ich in den letzten Tagen von Casa zu Casa gefahren bin, um etwas herauszufinden, weil ich mir wirklich große Sorgen mache. Sie hört mir gut zu, doch das heißt nichts. Ich bin ein Fremder, und Fremden vertraut der Brasilianer nicht leichtfertig. Zuletzt lässt sie sich überreden und gibt mir eine neue Adresse. Liebesgeschichten machen die Frauen weich. Nun habe ich mal wieder ein neues Ziel. Wie lange geht das schon so?

Ich fahre durch die Stadt und muss mich konzentrieren, denn meine Gedanken schweifen immer wieder zu Yara ab. Ich sehe ihr

Foto tagein, tagaus in meinen Händen und spüre mit der Berührung des Papiers, das ihr Ebenbild trägt, ihre Berührungen. Die Beklemmung wächst in mir. Da ist immer noch so viel Wollen! Ich kann die Hoffnung einfach nicht aufgegeben. Ich bemerke, wie die Erkenntnis langsam, aber unaufhaltsam am Horizont emporkriecht. Was ist, wenn Yara nie mehr zurückkommt? Was bringt es mir, ihre Gemeinde zu finden? Die werden den Teufel tun, mir zu helfen! Ich hatte mich eingerichtet in meiner rastlosen Beschäftigung. Immer in Bewegung bleiben. Bloß nicht verharren und denken. Rennen, rennen, als hinge mein Leben davon ab, immer einem nächsten Ziel hinterherzujagen. Ja, denke ich jetzt, verdammt. Wie konnte ich mich nur so belügen? Ohne Vorwarnung erwache ich aus meinem Dämmerzustand grundloser Hoffnung. Plötzlich verlieren meine Nervenbahnen den Kontakt zur Realität. Mein Herz zerschellt an seinem eigenen Schlag und versagt mir den Dienst, als gäbe es keine weitere Verwendung mehr für mich. Es implodiert in mir und reißt mich mit sich. Ich habe das Gefühl, einfach aufzuhören und zu verschwinden. Nichts scheint mehr eine Rolle zu spielen. Meine Finger krampfen sich um die Griffe des Lenkers. Ich trete wie besinnungslos in die Pedale, will einfach nur weg. Egal wohin. Ich versuche Raum zwischen mich und den Ort zu bringen, an dem das Erwachen lag. Ich werde nicht mehr nach Messejana zurückkehren, bestimme ich.

Der Fahrtwind gaukelt mir Abkühlung vor. Ich muss schneller fahren. Wenn ich wieder zu Hause bin, ist das alles vergessen und ich kann weitermachen. Einfach vorwärts! Ich blinzle in die glühende Mittagssonne und presse die Lippen zusammen. Das alte Fahrrad quietscht und scheppert. Ich höre nicht hin. Schneller muss es gehen. An den Kreuzungen ignoriere ich die Autos und rase kopflos weiter. Manchmal schreien mir Passanten mit Einkaufstüten hinterher, aber auch die ignoriere ich. Die Sonne blendet mich, und ich bekomme meinen Blick nicht mehr scharfgestellt. Ich muss weiter und lasse mich von nichts abhalten, bis mich ein Bürgersteig, der mir in die

Straße hineingeraten ist, zurück in die Wirklichkeit holt. Es kracht und der Lenker bricht aus der Verankerung. Mit dem Lenker in den Händen fliege ich kopfüber vom Rad. Mein Denken setzt völlig aus, bis ich mit einem schmerzhaften Aufprall auf der Straße lande.

Jetzt sitze ich auf dem Bordstein und blicke auf meine zitternden Hände. Der Lenker liegt zwischen meinen Beinen, das Rad immer noch auf der Straße. Oder das, was von ihm übrig ist. Mir ist schummrig, als wäre ich in einen tiefen Brunnen gefallen und sähe das Tageslicht am oberen Ende nicht mehr. Da ist eine Ausweglosigkeit, die mich erfasst hat. Sie würgt mich, wie ein Strick am Galgen. Mein Hals ist trocken und kratzt. Ich lege mir die Hände auf die Stirn und lasse das Gewicht des Kopfes sinken. Mein Leben ist ein einziger Saustall. Jemand müsste dringend mal reinemachen. Einfach alles auskehren, was nicht mehr hineingehört. Die Teppiche direkt aus dem Fenster werfen, damit ich mich erst gar nicht wieder in so eine Situation hineinmanövrieren kann. Ich strample und strample, ohne Halt zu finden.

Ich will nicht denken, dass Yara ein Fehler war. Mein ganzes Leben erscheint mir falsch. Ob mit oder ohne Yara. Sie kann nichts dafür. Niemals hat sie etwas gefordert. Sie hat nichts gewollt von mir als diese eine Nacht, bevor sie verschwunden ist. Sie hat sich verabschiedet, und ich habe es als Begrüßung verstanden. Sie hat gewusst, dass sie gehen würde, und sie hat gewusst, dass sie mich niemals wiedersehen würde.

Vergiss mich!, hätte sie gesagt, wenn ich sie gefragt hätte.

Doch ich konnte sie nicht mehr fragen. Sie war ja weg. Und jetzt ist es zu spät. Zu spät für alles. Jetzt sind da all die zerschlagenen Erwartungen, die Hoffnung und die Sehnsucht, die sich in meinen Körper gefressen haben. Das lässt sich alles nicht mehr löschen. Nichts davon. Alles, was geschehen ist, ist unabänderlich. Das Leben lässt sich nicht zurückspulen. Es kennt nur eine Richtung, und die ist vorwärts.

Vielleicht wäre es möglich, das Leben quer zu führen?, überlege ich und merke, dass das Tränen sind, die mir über die Wangen laufen. Ich könnte leben, wie ein Krebs läuft. Mich immer schön seitwärts schieben und allen Gefahrenzonen entgehen, hänge ich dem Gedanken weiter nach.

Das mache ich, bis ich wieder normal denken kann. Vielleicht ist das wie bei einem Unwetter? Ich warte, bis es abgezogen ist und die Sonne wieder hervorkommt. Was für ein unsinniger Gedanke, stelle ich im selben Moment fest. Die Sonne brennt auf mich herab und verglüht mir das Gesicht. Sie fräst die salzigen Tränen in meine Haut. Ich liege auf dem Gehweg, habe mich einfach nach hinten kippen lassen. Die glühende Gottlosigkeit im Himmel, der ich schutzlos ausgeliefert bin, brät mich, als gelte es, Yara einfach aus mir herauszubrennen. Mein T-Shirt ist völlig durchgeschwitzt. Meine Knie sind weich, aber hier will ich nicht bleiben. Wenn ich noch länger verharre, stehe ich nie wieder auf, sondern sterbe hier. Verdurste. Ertrinke. Verbrenne.

8 .

An der Tür klingelt es Sturm. Ich liege im Wohnzimmer auf der Couch. Draußen ist offenbar heller Tag. Vor dem Fenster brüllt der verdammte Dreiklangvogel, dessen Namen ich immer noch nicht kenne, obwohl er mich schon monatelang quält. Gegen die Vögel in Deutschland ist dieses Exemplar ein persönlicher Anschlag auf mein Leben.

Du-mich-auuuuch, du-mich-auuuuch, du-mich-auuuuch, plärrt es jeden Morgen vor den Fenstern meines Apartments.

Wieder fährt die Klingel wie tausend Messerstiche in mein zermartertes Gehirn.

Welches Arschloch klingelt um diese Zeit an meiner Tür?, schreie ich auf der Couch liegend.

Das Geklingle setzt kurz aus, dafür wird jetzt geklopft.

Ich glaub's nicht, sage ich zu mir selbst.

Das Klopfen steigert sich zu einem Hämmern.

Was?, schreie ich gen Wohnungstür.

Luca?, höre ich es vom Hausflur zurückschreien.

Keine Ahnung, wer das sein könnte.

Okay, verdammt, ich bin jetzt eh wach!, brülle ich zur Tür und versuche aufzustehen.

Das Oben hat sich mit dem Unten verkehrt. Alles dreht sich. Ich falle wieder zurück auf die Couch und versuche mich zu konzentrieren. Ich muss ja schließlich nur aufstehen. Draußen schreit der Dreiklangvogel, als hinge sein Leben von jedem seiner drei Töne ab. Die in der Luft liegenden Alkoholausdünstungen malträtieren mein

Nervensystem und rauben mir fast den Verstand. Ich greife nach einer Flasche Wasser, die ich am Boden stehen sehe, und leere sie in einem Zug. Brand lodert in mir. Ich habe das Gefühl, meine Lunge vor mir sehen zu können, wie sie keuchend und schwitzend sich mit jedem Atemzug, den ich in sie hineinquäle, wünscht, es wäre der letzte. Meine abgekämpfte, sabbernde Leber und die blaugrau nässenden Nieren quietschen in ihren Scharnieren, als wollten sie mir die weitere Teilnahme an meinem Leben versagen. Als wollten sie sagen, okay, Alter, es ist vorbei. Klappe zu, Affe tot.

Endlich, nach fast übermenschlichen Anstrengungen, stehe ich schwankend im Wohnzimmer. Ich hab den massivsten Brummschädel des Universums. Scheiße! Was hab ich da wieder alles getrunken? Ich muss verharren. Im Kopf, den ich möglichst gar nicht zu bewegen versuche, weil ich bei jeder kleinsten Erschütterung damit rechnen muss, mir auf die eigenen Füße zu kotzen, rechne ich derweil aus, seit wie vielen Nächten ich besoffen ins Bett falle. Das Ergebnis ist nicht feststellbar. Lineares Denken scheint der Vergangenheit anzugehören. Mit offenen Augen ins bittere Ende. Woran erinnert mich das? Ich muss aufstoßen. Scheiße, saure Sauce steigt meine Kehle hoch. Dann fühle ich mich bereit, einen ersten Schritt zu gehen. Mein Blick fällt an mir hinab und findet keine Klamotten.

Scheiße, brumme ich.

Was ist los?, höre ich vom Flur schreien.

Es klopft wieder.

Ja, ja, ja, rufe ich zurück. Mach nicht so 'n Alarm!

Ich muss unbedingt diesen Typen vor der Tür so schnell wie möglich loswerden. Mit vorsichtigen Schleichschritten pirsche ich in mein Schlafzimmer und suche mit den Augen nach Klamotten. Da sind aber keine. Ich fasse mir ins Haar und überlege. Da mir die Haarwurzeln unter meinen Händen jedoch zügellos ins Hirn stechen, komme ich zu keiner Lösung. Das gibt es doch nicht. Dann greife ich – nicht etwa indem ich mich nach vorne beuge, sondern indem ich vorsichtig in die Knie gehe – nach meinem verknoteten Bettlaken und wickle es mir um die Hüfte. Ich sehe wahrscheinlich aus, als hätte ein idiotischer Spaßvogel versucht, mir einen Hochzeitsschleier um den Arsch zu wickeln. Mit der Schleppe, die hinter mir her schleift und Staub aufwühlt, stolpere ich zur Tür und reiße daran.

Vor mir steht ein Typ, den ich noch nie in meinem Leben gesehen habe. Offensichtlich hat er seinen gesamten Hausstand mitgebracht. Vor und hinter und neben ihm und überall Tüten und Koffer und Kisten und weiß der Teufel was.

Was soll das denn?, frage ich und bin jetzt echt sauer.

Der Typ lässt sich nicht verunsichern.

Alter, ich zieh heute ein. Es ist der Fünfzehnte, erklärt er, als ob seine Kalenderwissenschaften Eindruck auf mich machen könnten.

Oh, ist der Fünfzehnte, ja?, äffe ich ihn nach. Was geht mich das an?

Ich bin dein Untermieter, erwidert er, jetzt auch genervt.

Untermieter, wiederhole ich, und dann fällt es mir siedeheiß ein.

Das ist irgendein Cousin x-ten Grades von Samuel. Keine Ahnung, wie er noch mal hieß … Rafael? André?

Hey, willkommen!, versuche ich verbrannte Erde wiedergutzumachen, als wäre nichts geschehen, und trete mit meiner Lakenschleppe beiseite.

Komm doch rein, sage ich und gehe schon mal vor.

Er folgt mir, immer noch ziemlich sauer.

Wie spät ist es?, frage ich harmlos.

Der Typ zieht sein Mobiltelefon hervor. Es macht wahnsinnig hell und schneidend *bling*, so dass ich kurz versucht bin, ihm das Scheißteil aus der Hand zu reißen und aus dem Fenster zu werfen. Ich beherrsche mich aber und versuche die Aggression, die sich in meinem Magen mit Übelkeit vermischt, in den Griff zu kriegen.

Zwanzig nach neun, brummt eine rotzige Stimme hinter mir.

Hey, drei Stunden Schlaf, sinniere ich, was stelle ich mich so an?

Heute scheint mein Rechentag zu sein.

Kaffee?, frage ich.

Wir stehen in der Küche. Hier finden sich meine Klamotten am Boden verstreut. Ich schiebe sie mit den Füßen in die angrenzende Waschküche. Zwischendrin die Boxershorts. Mit den Zehen schnappe ich sie mir, hebe den Fuß und greife danach. Dann verschwinde ich hinter der Zwischenwand.

Setz dich doch, rufe ich dem Typen zu. Wie heißt du eigentlich?

César, sagt er doch tatsächlich.

Ich stöhne.

Was?, höre ich aus der Küche.

Der Eroberer, denke ich.

Als ich aus der Waschküche geschlurft komme, hat César Platz zu schaffen versucht. Mein Küchentisch ist übersät mit Zeitungsartikeln und Büchern, Adressen, Geschirr, losem Papier und Essensresten. Mein Arbeitsplatz sozusagen.

An der Wand hängt ein Stadtplan von Fortaleza. Mit Reißzwecken habe ich jede Casa markiert, die ich bisher aufgesucht habe. Zu manchen Gemeinden habe ich mir Notizen gemacht, die dort ebenfalls pinnen. Überall liegen Bücher über Brasiliens Voodoo-Religion Candomblé. Ich versuche den Nadelritualen auf die Schliche zu kommen. Sie spielen in den Zeremonien für die Göttin Oxum eine tragende Rolle. Ich glaube, sie haben dieses Messritual an Yara vorgenommen, aber ich bin mir nicht sicher. Es ist wahnsinnig schwer für mich, das Ganze zu verstehen. Fünfzig Götter, und alle haben etwas zu sagen. Die Zeremonien für sie sind jede für sich unterschiedlich. Eigentlich sind es die Schwarzen, die an den Wurzeln ihres afrikanischen Glaubens festhalten, doch in den neuen Gemeinden der weißen Oberschicht geht das Gerücht, dass weiße Kinder für ihre Rituale noch reiner und geeigneter seien. Nicht zu allen Zeremonien gehören Kinder. Ich versuche, sie voneinander zu trennen, und vermute, in ihnen auch die Erklärung für meine toten Nachbarskinder zu finden, aber ich habe nicht vor, das alles meinem neuen Untermieter vorzutragen. Der ist zum Geldsparen da, nicht um seine Nase in meine Angelegenheiten zu stecken. Abgesehen davon bin ich viel zu beschäftigt, um mich heute näher mit ihm zu befassen.

Also schaffe ich etwas Platz auf meinem Küchentisch und stelle die
gelbe Thermoskanne zwischen uns. Wir lassen Kaffee in unsere
Becher laufen. Während ich noch probiere, aus der Zuckerdose einen
Löffel voll Zucker, mit möglichst wenig Miniameisen darin, in den
Kaffee zu schütten, achtet César auf das schwarze Krabbeln nicht im
Geringsten. Er ertränkt die allseits anwesenden Gesellen ohne ein
Wimpernzucken in der schwarzen Kaffeebrühe. Wir verharren einen
Moment in Stille, um uns aneinander zu gewöhnen. Was das
Benutzen von Worten angeht, beschränken wir uns auf das Nötigste.
Dein Zimmer ist gleich hier, sage ich zu César, dem ich nicht erklärt
habe, dass ich seinen Vornamen ziemlich affig finde.
Er folgt meinem Zeigefinger mit den Augen. Das Zimmer liegt gleich
gegenüber der Küche.
Okay, cool, sagt er. Mit dem Kaffee in der Hand ist er gleich
handzahm geworden.
Ich bin ganz zufrieden. So werden wir uns gut verstehen.
Ich schaff mal mein Zeug rein, bemerkt er und verdünnisiert sich.

Ich blättere durch einen Haufen von Zeitungsartikeln. Auf den
Fotokopien sind Kaffeeränder und Fettflecken. Vor ein paar Wochen
verkündete jeder Tag neue Hoffnung und unerfüllte Sehnsucht, und
dann stand ich gelähmt von meiner Begierde und tastete nach dem
Brandherd in meiner Körpermitte. Heute macht mir das nichts mehr
aus, denn ich habe einen Plan. Ich räume das Chaos in meiner Küche
zur Seite. Ich bin mir sicher, dass ich Yaras Gemeinde finden werde,
und dann werde ich auch Yara finden. Ihre Schwester Lily kann mir
nicht helfen, das ahne ich. Sie weiß mehr, als sie sagt, aber ich nerve
sie nicht mehr.

Vielleicht rufe ich noch mal bei Tally an?, frage ich mich und lasse
mich auf einen meiner Plastikstühle fallen. Sie hat mir damals auch
geholfen, Yaras Familie zu finden. Aber sie will mich als Pferd in
ihrem Stall, und auf diese Art von Gegenleistung hab ich keine Lust.
Wahrscheinlich hat die Spanierin von mir geschwärmt, doch ich kann
darauf verzichten. Ich bin zu Masochismus in meinem Leben fähig,

ohne ihre Unterstützung dabei zu brauchen. Selbstzerstörung kann ich auf Autopilot. Da mache ich mir nichts vor. Tally steht auf die Vorstellung, mit mir den Mann für die Touristinnen am Start zu haben. Mit den ganzen Sprachen, die ich spreche, wäre ich quasi ihr Jackpot. Also rufe ich sie nicht an, weil meine Antwort ganz klar ist. Nein, ich kann nicht für Tally arbeiten. Und auch für Fabio nicht, der sich unbedingt selbstständig machen will. Mit mir! Ich weiß nicht, was die beiden mit mir haben? Das wird dein persönliches Disney Land, hat Fabio mir vorgeschwärmt und dann seltsam schief Guns n' Roses für mich intoniert.

Take me down to paradise city, where the grass is green and the girls are pretty …

Aber das wäre Wahnsinn. Das wäre wie ein Zauberbrunnen unablässig sprudelnden Alks. Das ist wie mit allen Drogen. Ich brauche Abstand, sonst endet es übel mit mir.

Ich stütze den Kopf in die Hände und blicke über die ganzen Papiere auf dem Tisch, wie ein Kapitän auf sein Meer. Das ist eine ganz schöne Arbeit, die ich mir da aufgebrummt habe. Außerdem habe ich Tally schon mindestens hundertmal wegen Yara genervt. Ich lasse den Gedanken an sie endgültig fallen und suche die Fotokopie von Yaras Bild aus meinem Papierdurcheinander. Ich habe sie unten in der Santos Dumont gemacht. Ausgerechnet im christlichen Bibelladen, der hinten zwei Farbkopierer stehen hat, die im Wechsel alle paar Tage mal funktionieren und dann wieder tagelang darauf warten, repariert zu werden. Es hätte nur gefehlt, wenn ich Pfarrer Kohnwald dort begegnet wäre.

Schluss jetzt, schimpfe ich mit mir selbst und schäle mich aus dem Küchenstuhl, um zu duschen. Ich hab 'nen vollen Tag und will keine Zeit verlieren.

Frisch geduscht und gebürstet stehe ich in der Waschküche. Ich wünschte, ich hätte noch die Jeans, aber die ist mir ja am Strand gestohlen worden. Es war meine einzige. Also ziehe ich aus dem Klamottenhaufen die Shorts, die am wenigsten nach Schweiß stinken.

Ich muss bald mal waschen, ermahne ich mich. Vor Césars Zimmertür
halte ich inne und luge in sein neues Domizil.
Aha, lasse ich mich vernehmen.
Er dreht sich zu mir. Seine Arme hängen schlapp am Körper.
Ziemlich viel Zeug, wa?, kommentiere ich das Chaos in seinem Raum.
Dummerweise hat er die Kisten direkt vor dem Fenster aufgestapelt,
weshalb jetzt kein Tageslicht mehr hereinkommt.
Uff, stöhnt er, ich glaub', ich brauch' erstmal 'ne Pause.
Ja, nicke ich und finde, wir passen ganz gut zusammen.
Sich streckend tritt er an mir vorbei in die Küche. Er scheint sich
schon ganz wie zu Hause zu fühlen.
Ich mach mich mal vom Acker, sage ich und winke ihm zu.
Im Flur steht Samuels Fahrrad. Ich schnappe es mir und verschwinde
aus meinem Apartment, das jetzt nicht mehr nur mein Apartment ist.
Heute werde ich einen Schritt weiterkommen, das spüre ich. Alles,
was du denken kannst, kannst du auch erreichen. Die Frage ist nur, ob
aus Verzweiflung oder Überzeugung.

9 .

Gedankenverloren stehe ich im Bad und schrubbe mir mit der
Zahnbürste und zu viel Zahnpasta im Mund herum. In meinem Bett
liegt eine Frau. Ich versuche mich an ihren Namen zu erinnern, doch
er will mir nicht einfallen. Mir ist klar, dass wir zu viel getrunken
haben. Daran erinnere ich mich. Ich erinnere mich auch daran, dass
ich keine Frauen in mein Apartment mitnehmen wollte. Ich bin
einfach sagenhaft disziplinlos. Warum habe ich das getan? Ich hatte
gerade angefangen, mich von der letzten Geschichte zu erholen. Ich
wollte mich nur noch auf meine Suche nach Yara konzentrieren, und
jetzt liegt da eine verdammte Blondhaarige in meinem Bett. Was
stimmt nicht mit mir? Warum kriege ich mich nicht in den Griff?

Für die Adresse von Yaras Familie habe ich einen hohen Preis
gezahlt. Die Sache mit der Spanierin hat mich ziemlich aus der Bahn
geworfen. Tally hat meine Unerfahrenheit gnadenlos ausgenutzt.
Heute ist mir das klar. Sie hat mich, ohne mit der Wimper zu zucken,
als Callboy losgeschickt. Ich weiß, dass ich das nicht persönlich
nehmen darf. Sie unterhält den exklusivsten Puff Fortalezas. In meiner
grenzenlosen Naivität habe ich gedacht, dass das Leben als Callboy
die Erfüllung sein könnte. Was könnte es Besseres geben, als mit Sex
Geld zu verdienen? Ganz ehrlich, diese Formel klingt in meinen
Ohren immer noch wie die einsteinsche Relativitätstheorie der
Alltagsgestaltung, doch in allen Dingen des Lebens findet sich
irgendein Haken. Du musst nur genau hinsehen. Ich bin um
Erfahrungen reicher, die ich nicht habe machen wollen. Ich werde
nicht weiter für Tally arbeiten. Sie hat nichts mehr in der Hand, womit

sie mich locken kann. Yaras Adresse war es wert. Ich würde es wieder
tun, schon allein wegen Lily, doch leider hat Lily mich nicht
weitergebracht. Ich weiß noch, wie ich mich erschrocken habe, als ich
sie das erste Mal gesehen habe. Das war ein paar Tage nach der
Spanierin. Ich war wie auf Droge. Voller irrationaler Hoffnungen. So
bin ich einfach los und habe Yaras Eltern aufgesucht.

Ich bin Bruna, höre ich Yaras Mutter bis heute mit diesem leiernden
Ton sagen.

Sie hat mich in ihre Wohnung gebeten, und dann geschah das
Unfassbare. Ich habe geglaubt, Yara stünde da vor mir. Einfach so.
Mein Herz zerschlug mir fast den Brustkorb. Ich war drauf und dran,
loszulaufen und sie in den Arm zu nehmen, als ich ihre Stimme hörte.
Oi, sagte sie scheu, und da begriff ich, dass es nicht Yara war.
Das ist Lily, stellte ihre Mutter sie mir vor, Yaras kleine Schwester.
Ich nickte, weil mir die Stimme wegblieb. Lily wurde in die Küche
geschickt, um mir ein Glas Wasser zu holen. Ich selbst wurde auf der
Couch im Wohnzimmer platziert. Bruna ließ mir Zeit. Sie sah mich
mit gefalteten Händen an. Lily brachte das Wasser. Ich konnte meine
Augen nicht von ihr wenden. Dann hörte ich eine Tür gehen,
irgendwo im hinteren Teil der Wohnung. Konnte das Yara sein?
Warum kam sie nicht? Mein Blick wanderte in die Richtung, aus der
ich das Geräusch vernommen hatte. Bruna folgte meinem Blick. Ich
sah einen Schatten. Es war ein Mann.
Das ist Jorge, erklärte sie, mein Mann.
Ah, sagte ich immer noch tonlos.
Er hat zu arbeiten, erklärte Bruna seine Abwesenheit.
Aha, sagte ich wie aufgezogen.
Er hätte mir ja wenigstens kurz die Hand reichen können, wunderte
ich mich. Dann versuchte ich mich zu konzentrieren. Ich atmete in
den Bauch. Mein Glas stellte ich auf den Tisch. Schließlich hatte ich
eine Mission.
Ich suche Yara, brachte ich endlich hervor.
Auf das Wohnzimmer senkte sich eine Stille herab, die meine Ohren

schmerzen ließ. Sie kreischte und ächzte wie eine alte Dampflok. Anspannung lag in der Luft.

Wir auch, sagte Bruna schließlich in diesen lautlosen Lärm hinein.

Sie ist nie angekommen?, plapperte ich die Worte des Kommissars nach, der mich in Berlin aufgesucht hatte.

Bruna schüttelte den Kopf, dann erhob sie ihre Stimme. Es kostete sie einige Mühe.

Sie ist verschwunden. Ein Beben lag in ihren Worten.

Ich zweifelte nicht. Aus ihren Worten klang die nackte Angst. Das war die Sorge, die auch ich kannte. Bruna sagte die Wahrheit, das wusste ich sofort. Ich spürte es. Yara war verschwunden. Ich schluckte schwer und versuchte mich an der Täuschung festzuhalten, die mich bis nach Fortaleza getragen hatte. Yara musste doch hier sein. Ich hatte so fest daran geglaubt, ich konnte jetzt nicht einfach davon lassen.

Bruna starrte mich an. Ich blickte von ihr zu Lily und konnte es einfach nicht fassen.

Es hat mich einige Wochen gekostet, zu begreifen, dass ich Yara auf eigene Faust finden muss. Und zwar ohne Blondinen an meiner Seite, die ungefragt morgens in meinem Bett liegen. Verdammt, wenn ich nur wüsste, wie sie heißt!

Ich spucke das Zahnputzwasser ins Becken und öffne den Wasserhahn, um meinen Kopf unter den kalten Strahl zu halten. Das wird den Tag in Schwung bringen. Ich verzichte darauf, mich abzutrocknen, und lasse mir das kalte Wasser über den Körper laufen. So stehe ich im Bad vor dem schmalen Fenster, durch das eine leichte Brise dringt, die mir Abkühlung verschafft. Meine linke Hand ruht auf meiner Brust, während ich den Farbunterschied, den mir die Sonne auf die Hüften gebrannt hat, betrachte. Die senkrechte Haarspur unterhalb des Bauchnabels ist mittlerweile ganz blond. Heute finde ich meine weißen Oberschenkel praktisch, weil so mein ungebräunter Schwanz nicht weiter auffällt. Auf einem Bein stehend, hebe ich das Knie so an, bis ich die Farbe meiner fleischgewordenen

Disziplinlosigkeit gegenüber der des Schienbeins einem direkten
Vergleich unterziehen kann. Aschfahl, ist das Ergebnis.

Ich gähne ausgiebig, während ich an die FKK-Urlaube meiner
Kindheit zurückdenke. Ich hatte mal einen Sonnenbrand auf meinem
Penis, der ihn knallrot färbte und mir fortan meine Mutter auf den
Leib hetzte, die darauf achtete, dass ich mich bis zur Eichel in
Sonnenmilch badete. Meine Mutter erzählt in alkoholseligem Zustand
gerne, dass ich mit Vorliebe am Esstisch, der ein Campingklapptisch
war, schälende Haut von meinem Schwanz pulte und sie ihr zwecks
Aufbewahrung weiterreichte. Anscheinend machte mich diese
Häutung glücklich. Ich betrachte mich im Badezimmerspiegel und
versuche mich an dieses einfache Gefühl von Glück
zurückzuerinnern. Dann lege ich die Zahnbürste auf das Bord unter
dem Spiegel. So, denke ich, ihr Name ist mir nicht eingefallen.

Ich trotte in die Küche und lasse mich missmutig auf einen der
plastikbezogenen Küchenstühle fallen, als es aus meinem
Schlafzimmer flötet.

Hallo, ich bin's, Iza, höre ich ihre Stimme. Wahrscheinlich ruft sie in
ein Mobiltelefon hinein.

Ach, genau, sage ich zu mir selbst und bin schon etwas zufriedener
mit der Welt.

In meinem Schlafzimmer geht das Telefonat weiter.

Liebes, holst du mich ab?

Ein warmes Gefühl breitet sich in meinem Magen aus. Ich begehe den
Anfang eines gnädigen Tages. Jetzt stellt sich auch die Erinnerung ein.
Es ist die Australierin, die gestern ihren letzten Abend in Fortaleza
verbracht hat. Izabel hat über Weihnachten brasilianische Verwandte
besucht, sich von Oma und Opa abknutschen lassen und konnte den
Moment der Abreise kaum erwarten. Sie war ganz klar mein Jackpot
des Abends. Auf dem Sprung. Gelangweilt. Langbeinig. Was kann
einem Besseres passieren? Erleichterung beginnt mich zu erfüllen. Sie
wird zum Flughafen fahren und mich vergessen, wie ich sie vergessen
werde. Mein Leben mag aus dem Lot geraten sein, doch für den

Moment scheint es einen glänzenden Anstrich zu gewinnen. Es hätte definitiv schlechter für mich laufen können.

Das blonde Geschöpf tritt in meine Küche und gibt sich dem Phänomen der Frauen mit Klasse hin, die morgens schöner sind als abends. Ihre Locken haben sich ineinander verhakt, weshalb sie jetzt eine wilde Mähne trägt. Um ihre Augen mit den kleinen Lachfalten haben sich Reste von Schwarz gefressen. Das lästige, aufgemalte Rosa ihrer Lippen ist verschwunden und einem vollen Rot gewichen, das von Küssen erzählt, die langsam im Sumpf meiner Erinnerung das Licht der Welt erblicken. Ihren australischen Körper zieren lediglich die Farbverläufe des Bikinis. Offensichtlich ähnlich knapp geschnittene Exemplare wie in Brasilien.

Sie lässt einen kleinen Haufen Kleidung auf einen meiner Küchenstühle fallen. Dann küsst sie mich, während ich schlapp auf meinem Stuhl sitzen bleibe und sie beobachte.

Ich muss los, summt sie, mein Flug.

Mühelos entwirrt sie den Kleiderhaufen, um sich anzuziehen.

Wie bedauerlich, erwidere ich und meine es plötzlich todernst.

Stück für Stück taucht die Erinnerung an die letzte Nacht aus der Dunkelheit empor. Ich stütze meinen Kopf in beide Hände. Sie lächelt mich an, mittlerweile mit einem pinkfarbenen Bikinioberteil bekleidet. Offenbar nimmt sie mich nicht ernst, weshalb ich mich strecke und nach einer der Schnüre in ihrem Rücken greife. Ich ziehe daran, die Schleife öffnet sich.

Ey, wehrt sie sich und schlägt nach meiner Hand.

Ich lasse mich nicht beirren, sondern ziehe sie zu mir heran, bis sie vor dem Stuhl zwischen meinen Beinen zum Stehen kommt.

Nein, gurrt sie ausgelassen und viel zu wach für meinen Geschmack.

Meine Hände umschließen ihren Hintern. Ich ziehe sie noch näher zu mir, um mit der Zunge von ihrem Bauchnabel zu kosten. Er schmeckt schön salzig. Ich schließe die Augen und umfasse ihre Hüften. Ein Gefühl von Dankbarkeit durchströmt mich. Izabel füllt mit ihrer Anwesenheit, mit ihrem Körper und meiner Lust die Windungen

meines zermarterten Gehirns aus. Ich flüchte mich in eine fragile
Sicherheit, die Erregung heißt. Mein Atem nimmt Gestalt an. Ihre
Haut ist noch klebrig von der Nacht. Sie steht vor mir und versucht
sich meiner Umarmung zu entwinden. Offensichtlich ist sie nicht
überzeugt. Ich zögere kurz und wäge meine Möglichkeiten ab. Dann
beschließe ich, nicht weiter zu insistieren, und gebe sie aus der
Umarmung frei.
Vor ihrem ersten Schritt gen Kleiderhaufen liegt ein Abwarten. Klein,
aber deutlich. Sie hat mit meiner Kapitulation nicht gerechnet. Ich
spiele das Spiel weiter und inszeniere meine Niederlage. Die Beine
schlage ich matt übereinander, senke den Kopf und fahre mir mit den
Fingern durch die immer noch feuchten Haare. Mit einem scheinbar
scheuen Seitenblick sehe ich zu ihr hinüber. Meine Hand fährt mir in
den Nacken. Noch immer steht sie am Küchentisch, das Bikinioberteil
unschlüssig in der Hand haltend. Ich lasse sie mich betrachten. Sie
legt ihre Stirn in Falten und öffnet den Mund, um geräuschvoll
einzuatmen. Ich kann nicht anders. Ein Lächeln umspielt meine
Lippen. Ich genieße den Moment meines Sieges, bevor ich aufstehe
und sie erlöse.
Komm, sage ich einfach.
Ohne ein einziges Wort der Widerrede folgt sie mir ins Schlafzimmer.
    Ich lege meine Hände um ihren schlanken Hals und ziehe sie zu
mir heran. Ihr Körper folgt der Klarheit meiner fließenden Bewegung.
Ich küsse sie nicht, sondern verharre mit meinen Lippen vor den
ihren. Dann sehe ich sie an. Sie schließt die Augen, um sich dem
Gefühl hinzugeben. Ihr Wunsch nach Erlösung hat ihren Widerstand
gebrochen.
Ich umfasse ihre Hüften. Sie legt den Kopf in den Nacken. Dann spüre
ich ihren rechten Hüftknochen an meinem Oberschenkel. Mit meiner
Zunge fahre ich über die verschlungenen Pfade ihres Ohrs. Mein Blick
gleitet über ihren Rücken, bis zu ihrem Hintern. Ich schiebe sie leicht
von mir, bis sie mir den Rücken zuwendet. Mit den Fingerspitzen
streiche ich ihre Wirbelsäule hinab, nehme das Gefühl von Haut in

mich auf. Es bringt meine Gedanken zum Versiegen. Das Leben meint es gut mit mir. Meine Stirn ruht auf ihrem Hinterkopf, wie um den Augenblick zu verlängern. Verlangen, das mich endlos wie das Meer umgibt. In Wellen zieht es mich in seinen Bann. Ich lasse mich von der Strömung erfassen.

Jetzt fühle ich, wie ihr Hintern sich bewegt, als spüre er einem lautlosen Rhythmus nach. Sie lehnt sich an mich. Meine Hände gleiten über ihre Rippen, hinauf zu den Brüsten. Sie hebt die Arme und verschlingt sie hinter meinem Nacken. Ich zeichne die Form ihrer Brustwarzen nach, bevor ich mit der Hand über ihren Bauchnabel hinweg zwischen ihre Beine gleite. Als ich in das feuchte Warm zwischen ihre Schamlippen stoße, spüre ich, wie sich ihr Rücken zum Hohlkreuz wölbt. Ich löse meinen Kopf aus der Umarmung, greife nach ihrer Hüfte und ziehe sie wieder zu mir heran. Die Hitze unserer Körper hat sich längst vermengt. Schweiß sammelt sich auf der Innenseite meiner Oberschenkel.

Sie stützt sich auf dem Messinggestell des Bettes ab. Ich lasse meine Hände über ihren Hintern gleiten. Wieder spürt sie in kleinen, kreisenden Bewegungen diesem Rhythmus nach. In meinem Kopf rauscht das Blut, das durch meine Adern strömt. Dann bringe ich etwas Abstand zwischen uns, um nach meinem Schwanz zu greifen. Ich fahre mit meinem Daumen über die Eichel und halte kurz inne. Schwer liegt mir die Lust in der Mitte des Körpers. Ein Strahlen geht von ihr aus. Mein Atem ist nicht mehr als eine flüchtige Erinnerung. Die Luft steht, wie vor Erwartung gebannt. Ich greife nach ihren Hüften, gehe ich in die Knie und dringe in sie ein. Fast gleichzeitig entweicht uns ein leises Stöhnen.

1 0 .

Was hat er?, höre ich Samuel hinter der Bar fragen.
Gestern war er noch ganz in Ordnung, pflichtet Fabi ihm bei.
Wahrscheinlich Weihnachtsblues, vermutet Samuel knapp.
Mehr höre ich nicht. Mehr will ich auch nicht hören. Ich wende mich
von meinen Freunden ab und der Tanzfläche zu. Weihnachten war
nie mein Ding. Brasilien ist ein dankbarer Ort, um dieses Fest zu
begehen. Die Supermarktverkäuferinnen tragen rote
Weihnachtsmützchen und knappe T-Shirts. So lässt sich die Sache
verkraften. Nackte Haut löscht alle Besinnlichkeit aus. Das ist auch
gut so. Ich hätte mit Samuel nicht in die Kirche gehen sollen. Es hat
die Erinnerung an Berlin geweckt und ist mir auf die Laune
geschlagen. Offenbar bin ich noch nicht wieder in der Lage, ein
normales Leben zu führen. Mir fehlt meine Familie. Mich macht der
Gedanke fertig, dass ich mich hier in Brasilien ins Aus geschossen
habe. Ich kann weder vor noch zurück. Yara ist weg und Johanna
verloren. Werde ich meine Kinder jemals wiedersehen? Ich spüre, wie
mich der Frust schon wieder packt. Ich muss unbedingt etwas
dagegen tun und wende mich der Frau zu, die am Tresen auf ihre
Bestellung wartet. Sie ist umfassend blond. Eine Touristin. Dafür habe
ich einen Blick. Flüchtig kommt mir der Gedanke, dass die Welt
besser würde, wenn es mir gelänge, sie von meinen Superkräften zu
überzeugen.
Hallo, sage ich, ich bin Luca.
Izabel, gibt sie freimütig zurück.

Wo bist du her?

Sydney.

Das fängt doch schon mal gut an, finde ich. Da ich mich zu
tiefschürfenden Themen nicht fit genug fühle, frage ich nach ihren
Plänen für Silvester. Sie wendet sich mir zu. Ein Erwachen zeichnet
sich in ihren Gesichtszügen ab. Vertraulich beugt sie sich in meine
Richtung und beginnt mit geradezu therapeutischer Ausführlichkeit
von einer anstehenden Party in ihrer Heimatstadt zu berichten. Ich
starre begeistert in ihre endlos blauen Augen und beginne darüber
nachzudenken, wie ich ihr meine Dankbarkeit beweisen kann. Mein
alkoholschwerer Kopf kann ihren Ausführungen zwar nicht folgen,
was an den Unmengen von Gin liegt, den ich in mich hineinschütte,
doch meine Augen goutieren jede Geste, jedes Lachen, jede Bewegung
ihres Kopfes mit Wohlgefallen. Ich versuche sie zu küssen, doch das
Unternehmen misslingt. Vielleicht hilft es, keinen Gin mehr zu
trinken?, überlege ich kurz und meine mich daran zu erinnern, dass
Gin auch ein höchst wirksames Depressivum ist. Da ich meinen
Gedanken aber genauso wenig folgen kann wie den Ausführungen
Izabels, lasse ich mich von ihren Fingern ablenken, die in ihre Haare
greifen. Haare von so glänzendem Blond, als käme sie direkt von
einer Shampoowerbung auf ein Feierabendgetränk vorbei. Dabei
stehe ich sonst mehr auf brünett. Mit dem Zeigefinger wickelt sie
Locken auf und ab. Anscheinend ist ihr aufgefallen, dass mein Blick
an ihrer Hand klebt, weshalb sie sie wie zufällig an ihren Mund führt,
kurz mit der Zunge über die Fingerkuppen fährt und sich dann über
die feuchten Lippen streicht. Ich werde der Manipulation gewahr und
schaue von dem rosabemalten Mund in ihre Augen. Ein Lächeln
erscheint auf ihrem Gesicht.

Ich bin gleich wieder da, flötet sie mir ins Ohr und rutscht vom
Barhocker.

Für einen Moment hüllt mich ihr Geruch ein. Mein Blick folgt ihr. Ich
will mehr von ihr, will sie mit nach Hause nehmen, doch ich bin
schon ziemlich besoffen. So wird das nichts. Vielleicht hilft Nikotin?,

denke ich und greife nach den Zigaretten. Das Feuerzeug kann ich nicht finden, weshalb ich mich an meine Freunde in meinem Rücken erinnere.

Wie läufts?, will Fabi wissen, während ich nach seinem Feuerzeug greife.

Jetzt tritt auch Samuel hinzu, der hinter der Bar herumgefuhrwerkt hat.

Neugierig blicken sie mich an.

Gut, sage ich knapp und bin zu keinen weiteren Ausführungen hinzureißen, sondern inszeniere lieber Lässigkeit. Mit dem Rücken zur Bar stütze ich die Unterarme auf der Theke ab und lasse meinen Blick über die Tanzfläche gleiten. Meine Freunde brechen plötzlich in schallendes Gelächter aus. Ich gucke irritiert. Permanent stehe ich heute unter Ironieverdacht. Dabei mache ich überhaupt keine Witze.

Also wende ich mich ihnen zu.

Was?, frage ich mit Gereiztheit in der Stimme.

Samuel greift nach meinem leeren Glas.

Noch mal dasselbe?, fragt er.

Ich nicke grimmig. Kein Wunder, dass er sich entzieht und in Geschäftigkeit flüchtet. Aggression ist nicht sein Ding. Fabi hingegen ist zu Hause in dem Geschäft, weshalb er mich zu lenken weiß. Die Psychologie ist ja auch kein Geheimnis. Besser dem Affen kein Zucker geben. Ich beruhige mich und wende mich ihm zu, während er ungefragt seine Meinung zu meiner langbeinigen Eroberung kundtut. Mitten in Fabios Erläuterungen zu ausländischen Touristinnen im Allgemeinen und meiner im Besondern greift Samuel nach meinem Arm.

Sieh mal, deutet er in Richtung Tanzfläche, da ist wieder dieser Amerikaner.

Da turnt doch tatsächlich dieser übergewichtige Tourist im Hawaiihemd um meine grazile Schönheit. Izabel versucht einigermaßen genervt, die in Brasilien allseits überfüllte Tanzfläche zu überqueren, während ihr das Schlachtschiff an den Fersen hängt. Ich

bin ziemlich baff. Der Typ hat Nerven. Was glaubt der eigentlich?
Obwohl sie seiner Erscheinung offensichtlich keine Beachtung
schenkt, versucht der Koloss, Izabel immer wieder festzuhalten und
auf die Tanzfläche zu zerren. Ihre Fluchtversuche vereitelt er ziemlich
behände. Fabio scheint dem gleichen Gedanken nachzuhängen.
Sachen gibt's, hör ich ihn sinnieren.
Wir beobachten das Schauspiel gesteigerter Selbstüberschätzung mit
einer gewissen Begeisterung. In Fortaleza schallt aus den Boxen
unweigerlich Forró, der das Zeug gehabt hätte, zum Exportschlager
zu werden. Er tanzt sich wie Lambada, was für Touristen im Regelfall
ein Problem ist. Den meisten fehlt die nötige Dosis Sinnlichkeit. Dabei
liegt Samuels Bar denkbar günstig, um selbst skandinavisches Blut
zum Kochen zu bringen. Er arbeitet seit Jahren in diesem Laden an
der Praia do Futuro, also direkt am Strand. Es gibt hier nicht so viele
Bars. Die meisten liegen an der Straße oberhalb des Sandabschnittes.
Samuels *Terra do Sol* hat es besser getroffen. Ein paar Schritte hinter
der Tanzfläche rauscht das Meer. Fabio und ich betrachten amüsiert
die peinlichen Versuche des Amerikaners, sich in den Hüften zu
wiegen, bis sich Izabels Blick in meinem verfängt und ich mich
aufgefordert fühle, das Trauerspiel zu beenden. Mit dem Ellbogen
stoße ich mich von der Theke ab und trete ihr entgegen.
Anschmiegsam gleitet sie mir in die Arme.
Hey!, poltert das Hawaiihemd ihr hinterher und funkelt mich an.
Izabel würdigt ihn keines Blickes.
Komm, raunt sie mir zu, und soweit ich ihr Drängen gen Tresen
deuten kann, glaubt sie die Sache damit zu Ende gebracht zu haben.
Doch in mir schreit es längst nach Krawall. Ich wünsche mir etwas
schön Lautes, gerne auch mit einer Portion Handgreiflichkeiten.
Ich löse mich aus den Armen der erretteten Australierin und trete
dem Hawaiihemd gegenüber. Er ist von der Tanzerei außer Atem
geraten. In mit tobt eine herrliche Zerstörungswut. Das
Einhundertzwanzig-Kilo-Exemplar von Mann sieht mir aus kleinen,
verschwitzten Augen entgegen. Ich mustere ihn von oben bis unten.

Auf seiner Wampe bleibt mein Blick hängen. Dann verschränke ich kopfschüttelnd die Arme.

Sag mal, seit wann kannst du deinen Schwanz schon nicht mehr sehen?, frage ich, als erörterte ich hochkomplexe Arithmetik.

Der übergewichtige Tourist schnappt nach Luft. Ich sehe, wie sein Körper sich verspannt.

Verzieh dich, du Arschloch!, zischt er aufgebracht.

Ich bemerke, wie Fabi hinter mich tritt, und lasse es auch den Amerikaner registrieren, bevor ich noch näher an ihn herantrete. Die Entfernung zwischen uns schmilzt dahin. In den kleinen Zwischenraum, der uns voneinander trennt, sickert Adrenalin. Mein Herzschlag ändert die Frequenz und verschafft meinem alkoholisierten Gehirn Klarheit. Sein Kopf nimmt eine rote Farbe an. Na los doch, du feige Sau, denke ich und verringere den Abstand noch weiter. Dann höre ich Samuel.

Nee, Leute!, geht er zwischen uns.

Eine Hand auf meiner Brust, die andere sinkt in das Fett des Hawaiihemdes. Er schafft Raum zwischen uns. Fabio funkelt er böse an.

Hier nicht, setzt Samuel nach, vergiss es!

Das Hawaiihemd tritt ein paar Schritte zurück. Mit der Hand greift er in sein Hemd und zerrt es aus den Speckfalten, in die es Samuel gedrückt hat. Er schnauft, während ich mich nicht beeindrucken lasse, sondern mein Opfer weiter fixiere.

Luca, echt jetzt!, flucht Samuel wütend und taucht direkt vor mir in meinem Blickfeld auf.

Ich reagiere nicht, sondern starre den Dicken wortlos an. So leicht lasse ich mich nicht von meinem Vorhaben abbringen.

Is' mal gut jetzt, befiehlt Samuel mit Unnachgiebigkeit in der Stimme. Ich will hier keine Probleme haben.

Dann tauscht er wieder Blicke mit Fabio, der mich schließlich am Arm packt und von der Tanzfläche zerrt.

Der hat nur Angst um seinen Job, knurrt Fabi, als wir wieder an der Bar stehen.

Moralist, entfährt es mir.

Immer nur entweder-oder. Nie alles auf einmal. Das ist doch scheiße.

Von wegen Autonomie, bekommt Samuel von mir zu hören, als er wieder hinter der Bar steht.

Ja, kann nicht jeder so wie du, gibt er zu und schenkt mir ein Grinsen. Das gefällt mir. Ich fühle mich bestärkt. Meine Laune hat das kleine Intermezzo beträchtlich gesteigert. Leider ist der Alkoholpegel ziemlich im Eimer, weshalb ich Samuel mein leeres Glas reiche.

Mir auch, erklingt es neben mir und ein weiteres Glas erscheint vor meinen Augen.

Mein Blick gleitet den sonnengebräunten Arm entlang, an einer sonnengebräunten Schulter empor, bis sich die Australierin vor meinen Augen materialisiert. Genau, denke ich, da war ja noch diese göttliche Erscheinung. Samuel bringt unsere Getränke, aber wir achten nicht weiter auf ihn. Da entsteht etwas zwischen uns, das vorher nicht da war. Ich lasse mich zu keiner sichtbaren Emotion hinreißen, sondern schaue sie lediglich an. Offenbar bin ich in ihrer Gunst beträchtlich gestiegen.

Ich hab da was für dich, raunt sie mir zu.

Erregung liegt in ihrer Stimme, die mehr ein raues Flüstern ist. Dann tritt sie zu mir heran, legt mir die Hand in den Nacken und zieht mich zu sich. Ich denke, es ist ein Kuss, doch dann merke ich, dass sie mir mit der Zunge etwas in den Mund schiebt. Es ist eine kleine, runde Pille, die ich auf der Zungenspitze vor- und zurückbewege, bevor ich sie schlucke. Izabel greift nach unseren Gläsern, reicht mir meines und stößt mit mir an.

Auf dich, sagt sie und lächelt diese Art von Lächeln, die mein Verlangen weckt.

Auf dich, erwidere ich und lasse sie einen Schluck trinken, bevor ich mir endlich den Kuss hole, der mir zusteht.

Ich will mehr von ihr. Sie ist genau nach meinem Geschmack.

11.

Die Kirche steht auf einem Hügel hoch über Fortaleza. Ein großes, schweres Kreuz auf dem Platz davor. Es wird von tausend Glühbirnen hell erleuchtet. Wenn ich in meiner Waschküche stehe, kann ich es als kleines Licht am Horizont sehen, doch in Wahrheit ist es gut vier Meter hoch. Fast unmöglich, einen Parkplatz im näheren Umkreis der Kirche zu finden. Ganz Fortaleza scheint auf den Beinen, um den Abend in der Kirche zu verbringen. Samuel hat seinen zerbeulten Fiat einfach irgendwo dazwischengeklemmt. Ich sitze mittlerweile unter dem Kreuz. Mein Blick ruht auf der Stadt zu meinen Füßen. Fortaleza bei Dunkelheit entbehrt nicht einer gewissen Schönheit. Oder ist es Scheinheiligkeit? Wahrscheinlich ist das allen Städten zu eigen. Das künstliche Licht verleiht ihnen allen eine gewisse Ähnlichkeit.

Ähnlichkeiten sind genau das, worauf wir getrimmt werden. Immer muss sich unser Tun mit etwas abgleichen lassen und konform mit einer Art von Leben sein, die wir uns jedenfalls nicht ausgedacht haben. Ich habe nie um diese Dressur gebeten. Ich will keines dieser durchgestylten Leben, an deren Ende Erfolg oder Burnout steht. Der schmale Grat dazwischen wird immer enger. Kaum mehr einer schafft es, dem Scheitern zu entgehen. Warum wollen dieses Leben dennoch so viele? Das ist nicht mein Bestreben, und das war es auch nie. Ich war stets immun gegen diese Gleichmacherei, doch habe ich das immer als Nachteil empfunden. Jahrelang wollte ich so sein wie die anderen. Erst in Brasilien merke ich, dass das falsch ist. Es ist gut, anders zu sein, es ist nur viel schmerzhafter, es auszuhalten. Denn plötzlich ist da keine Sicherheit mehr, kein doppelter Boden. Wenn du in der Spur bleibst, dann fangen dich die sozialen Systeme auf; wenn du ausscherst, dann bist du draußen, dann bist du der Outlaw, dann scheißen sie auf dich. Du wirst selbst als vierfacher Mörder besser behandelt als einer, der sich der steten Erhöhung des Bruttosozialproduktes entzieht. Für den gibt es keine Einzelzelle mit Häkeldeckchen und Fernsehprogramm. Für den gibt es nur die Hölle. Wie muss man sein, um sich in der Sicherheit verallgemeinernder Psychologie gut zu fühlen? Das frage ich mich. Was fehlt mir? Warum kann ich nicht so sein wie die anderen und ein stinknormales langweiliges Leben führen?

Johanna hat das immer gekonnt. Sie hat das Leben immer mit Leichtigkeit gelebt. Ich bleibe unter dem Kreuz sitzen, während alle um mich herum aufstehen und in die Messe strömen. Ich kann nicht in die Kirche gehen. Mich hat der Mut verlassen. Ich kann mich dem nicht stellen. Noch nicht oder niemals. Wer weiß das schon? Und was bedeutet es schon? Ich will mich eben nicht mit mir selbst beschäftigen. Ich bin auf der Flucht vor mir und vor Johanna, vor meiner Familie und der Ausweglosigkeit, die in unerfüllter Sehnsucht liegt. Sie macht mich krank. Sie frisst mich von innen her auf, bis alles leergeräumt ist. Meine Sehnsucht ist scharf auf ein Echo. Das habe ich längst durchschaut, doch es hilft mir nichts.

Hinter mir höre ich Geröll ins Rutschen kommen. Samuel erklimmt den Hügel, auf dem das Kreuz thront. Seit einigen Wochen trägt er einen Bart, der seinem runden Gesicht Kontur verleiht. Ich finde, das war eine gute Entscheidung. Männlichkeit wird hier viel zu oft im Keim erstickt. Das liegt an der Omnipräsenz von Müttern in allen Ecken und Winkeln. Auch Samuels Mutter ist selbstverständlich schockiert über die neue Männlichkeit und errät richtig, dass ich der schlechte Einfluss bin.

Samuel lässt sich neben mir auf den Stein fallen. Er sagt nichts. Sein Blick ruht auf der Stadt, die seine Geburtsstadt ist. Ich bin nicht so, dass Schweigen mich redend macht. Samuel weiß das und insistiert nicht. Er kennt meine Geschichte nicht, wir haben nie darüber gesprochen. Ich kann mir nicht vorstellen, jemals Lust dazu zu haben. Keiner meiner Freunde weiß von meiner Suche nach Yara. Sie wissen auch nichts von meinem Scheitern, nichts von meiner Flucht. Noch immer trage ich den Ehering. Sie werden sich wohl ihren Teil dazu denken. Wahrscheinlich strahlt das sowieso alles in Form von Verzweiflung aus mir heraus. Also verharren wir Schulter an Schulter in Sprachlosigkeit. Allmählich fange ich an mich zu entspannen. Samuels Anwesenheit setzt meinen Überlebenstrieb in Gang. Wie stotternd beginnt der Motor zu laufen. Schließlich bin ich doch der, der immer die gute Laune und die schlechten Ideen hat. Als ein dissonanter Chor aus der Kirche schallt, zieht Samuel Zigaretten aus seiner Jeans und reicht mir eine. Wir rauchen und warten auf das Ende der Messe.

Samuels Mutter tritt mit geröteten Wangen aus der Kirche. Sie strahlt. In dem Fiat fahren wir zu dritt zurück in die Lagunenstadt. Jemand hat die Lagune vor Jahren trockengelegt und stückchenweise verkauft. Die Grundstücke sind winzig, weshalb die Straßen eng an eng liegen und die Häuser sich quasi aneinanderschmiegen. Die Gegend ist dunkel und herzlich. Für mich ist es das beste Viertel Fortalezas, auch wenn das Gerücht geht, es sei gefährlich dort. Es komme immer wieder zu Schießereien. Ich glaube nicht daran. Wie kann ein Ort wie dieser kein Paradies sein? Die sogenannten Straßen sind eine Aneinanderreihung von Schlaglöchern. Samuel kommt nur im Schritttempo voran. Das gibt ihm genug Zeit, um jedem Bewohner Weihnachtswünsche zuzurufen. Sie sind alle unterwegs. Überall stehen Tür und Tor offen, überall wird gefeiert. Die Kinder der einzelnen Familien vermischen sich, genau wie die Hunde. Samuel wohnt immer noch bei seiner Mutter. Wenigstens ist sein Zimmer nicht mehr als das Jungenzimmer erkennbar, das es einmal gewesen ist. Er will ausziehen und sich eine eigene Wohnung nehmen, doch ihm fehlt das nötige Kleingeld. Seiner Mutter fehlt der nötige Anlass, denn in Brasilien ziehen die Kinder zur Hochzeit aus. Er parkt das

Auto direkt vor dem Haus. In der Garage warten schon die ersten
Verwandten. Es wird lautstark geküsst.

Feliz Natal, schallt es aus allen Mündern.

Frohe Weihnachten, antworte ich gequält.

Ich kann mich nicht beschweren über dieses Familienfest, in das ich
hier zu geraten drohe. Ich habe es selbst so gewollt. In meinem
Apartment wäre mir die Decke auf den Kopf gefallen. Ich wollte
Gesellschaft, und doch will ich nicht Weihnachten feiern. Was soll ich
also tun? Augen zu und durch.

Gut, Brüder, raune ich mir selbst zu, lasst den Alptraum beginnen.

Ich lasse mich unweit des Garagentors in ein Polster fallen. Da in
der Lagunensiedlung Platz rar ist, gibt es kaum ein Haus, das die
Garage nicht zu Wohnraum umfunktioniert hat. Jemand reicht mir ein
Bier. Die Familie verfällt routiniert dem Fotowahn. Alle Gesichter
müssen in digitalisierte Pixel gebannt werden, bevor das Essen
angerührt werden darf. Ich muss mich hier und da hinpositionieren
und bekomme den Eindruck, mitten in eine Horde Wahnsinniger
geraten zu sein. Samuel grinst mich nur an. Er nimmt Kinder auf den
Schoß und setzt mit ihnen gemeinsam sein Fotogesicht auf. In der
Toröffnung entdecke ich eine Frau in hohen Schuhen, die einen Drink
mit Eiswürfeln locker zwischen zwei Fingern hält. Sie ist in eine
Unterhaltung vertieft. Mein Blick fällt auf die Flüssigkeit in ihrem
Glas zwischen dem Eis. Sie ist golden und verheißungsvoll. Ich hätte
große Lust, mich zu betrinken, und lasse meinen Blick durch die
Küchengarage schweifen. Es muss eine Flasche zu dieser Flüssigkeit
geben. Dann stoße ich auf den Whiskey auf einem Bord unter einem
Spiegel. Neben der Flasche allerlei Schminkutensilien und eine
weitere Digitalkamera. Mit einem Glas bewaffnet pirsche ich mich
heran. Ich nehme nur wenig Eis, da es in Äquatornähe zu schnell
schmilzt. Essen wird verteilt. Auf meinen Knien landet ein
Plastikteller mit Allerlei. Jemand wirft eine DVD mit einem
Konzertmitschnitt ein. Frauenstimmen, die Liebeslieder trällern,
schallen durch den Raum. Ich schenke mir noch etwas Whiskey nach

und lasse von meinen Versuchen ab, mich meinen Erinnerungen zu verschließen. Es macht doch keinen Sinn. Ich spiele mit mir selbst Katz und Maus. Längst ist der Damm gebrochen. Die Gedanken umspülen mich unerbittlich, ich sitze fest in meinem eigenen Kopf. Es gibt es kein Entrinnen. Ich starre in mein Glas und gebe mich geschlagen. Selbst in ihrer Abwesenheit hält Johanna mich im Würgegriff.

Weihnachten ist immer ihr Fest gewesen. Kindergeburtstage hat sie gern gefeiert. Selbst den eigenen oder meinen Ehrentag hat sie mit größter Detailliebe ausgestaltet, doch das Fest aller Feste war immer Weihnachten. Daran gab es kein Vorbei. Ein falscher Schritt, ein lauter Ton und Johannas Nerven zeigten sich wie verwundete Tiere dem Tageslicht. Alles sollte perfekt sein. Auch für die Kinder. Ich habe oft einzuwenden versucht, dass meine schönsten Kindheitserinnerungen außerhalb der Familie liegen, doch sie traute meiner Meinung nicht. Woran erinnern wir uns, wenn wir an unsere Kindheit zurückdenken? An Weihnachten? Kein Kind der Welt erinnert sich auch nur an ein einziges Weihnachtsfest. Nichts an ihnen ist besonders. Du erinnerst, wie du beim ersten Mal Kippenklauen geschwitzt hast, wie du im Freibad über deine eigenen Füße gestolpert bist oder mit dem besten Kumpel die Schule geschwänzt hast. Du erinnerst, wie du den ersten Sommer deines Lebens Moped gefahren bist, und du weißt ganz genau, wie der erste Kuss geschmeckt hat. Ja, das weißt du auch dreißig Jahre später noch, aber bestimmt nicht, ob die Weihnachtsfeste gut oder schlecht waren. Du weißt nicht mal, was du geschenkt bekommen hast. Aber auf Johanna machte mein Reden keinen Eindruck. Sie erinnerte, wann sie welches Spielzeug geschenkt bekam, und beachtete mich nicht.

Jetzt ist es vorbei mit der heilen Welt. Ich weiß, dass sie den Verrat nicht entschuldigen kann. Bald kommt der Tag, an dem die verletzten Stellen heilen und Hass sich über die alten Wunden legt. So wie Moos Steine umschließt. In den Gesichtern der Kinder, die um mich herum schreien, sehe ich den Ausdruck meiner eigenen Kinder liegen. Das

Glänzen in ihren Augen ist dasselbe. Das wilde Herumtollen, als
wären sie junge Hunde und müssten Energieüberschuss bewältigen.
Sie jauchzen und toben, dann streiten sie und versöhnen sich
Sekunden später wieder. Ich spüre, wie sich mein Magen
zusammenkrampft. In dem Gedanken an meine Kinder liegt
körperlicher Schmerz, der keine Erleichterung kennt.
Erinnerungsschmerzen sind anders als alle anderen Gefühle. Sie sind
eine Qual, die der Körper nicht orten kann, weil sie aus seiner Mitte
heraus alle Glieder vergiften. Wie ein Feuerball senden sie ihre Dosis
Verderben aus. Es sind radioaktive Strahlen. Sie sind unsichtbar und
kraftraubend, bis zur totalen Agonie. Sie sind tödlich.

Ich seufze. Hat eigentlich schon mal jemand festgestellt, wie
schwierig es ist, den richtigen Alkoholpegel zu halten? Dieser schmale
Streifen, auf dem es sich zu balancieren lohnt? Der richtige Pegel ist
eine kleine Insel des Vergessens, die es zu entern gilt, weil sich dort
sogleich ein tiefes Wohlbefinden einstellt. Ja, er ist schwer zu finden,
nicht auf allen Karten verzeichnet, aber dennoch zu erreichen. Dieser
geheiligte Ort liegt unmittelbar zwischen den Klippen der
Redseligkeit, dieser idiotischen Aufgedrehtheit nach falscher
Zurückhaltung, und dem totalen Absturz in bedauernswertes Sabbern
und Lallen. Keiner macht sich über die Herausforderung des rechten
Pegels Gedanken. Einen ganzen Abend in der gelassenen Sicherheit
eines guten Schlucks allzeit cool, wortgewandt, fast schlagfertig,
charmant, manchmal gar inspirierend zu verbringen, ist die wahrhaft
hohe Kunst des Alkoholismus.

Heute Nacht probiere ich jedoch gar nicht erst, mich mit
Balanceakten zu befassen, sondern arbeite gleich mit einer gewissen
Stringenz an meinem Absturz. Man muss seine eigene Kondition auch
einzuschätzen wissen. Die heutige Nacht wird sicherlich nicht mehr in
geistreicher Konversation enden. Wozu also die falsche
Bescheidenheit?

1 2 .

Lily ist mein Allheilmittel, mein Elixier gegen den Yara-Schmerz.
Wenn ich sie lachen sehe, habe ich das Gefühl, Yara lachen zu sehen,
doch sie will mich nicht mehr sehen. Dabei ist sie meine große
Hoffnung. Sie weiß so viel. Das spüre ich. Wir wollten Yara
gemeinsam finden und wir hatten eine gute Zeit zusammen. Doch
anscheinend lässt sie mich jetzt auch im Stich, ganz ohne
Vorwarnung. Darauf war ich nicht vorbereitet. Bin ich zu weit
gegangen? Habe ich sie völlig vereinnahmt? Sie ist doch mein Halt.
Was soll ich jetzt ohne sie machen?

In den letzten Wochen stand ich fast jeden Tag vor dem Hochhaus,
in dem Yara einmal wohnte. Ich musste einfach etwas unternehmen.
Rast- oder Ruhelosigkeit, das ließ sich nicht mehr voneinander
trennen. Ich habe Bruna, Lilys Mutter, genervt, wenn sie einkaufen
gegangen ist, und Lily zur Uni begleitet, bis sie sich auf ein Getränk
mit mir verabredet hat und ich die Nacktshow auf dem Praia
Boulevard hingelegt habe. Damit habe ich ihr Herz gewonnen. Ich
habe geglaubt, wir seien Freunde. Bruna hingegen ist die Geduld
längst verloren gegangen. Letztens hat sie mit einem Apfel nach mir
geworfen. Ich habe ihn aufgehoben und geheult. Einen Apfel hat mir
Yara im Hotelzimmer hinterlassen. Halb aufgegessen. Ich habe ihn
hierher mitgenommen und Tally hat ihn weggeworfen.
Wahrscheinlich ist das auch das einzig Richtige. Ich habe mein Leben
auch weggeworfen.

Der Porteiro guckt mich seltsam traurig an. Er sitzt in dem kleinen
Wachturm, der zu dem Hochhaus gehört, in dem Lily mit ihren Eltern

wohnt.

Sie will dich nicht sehen, wiederholt er.

Ich blicke ihn an.

Tut mir leid, sagt er und ich nicke.

Er kann ja nichts dafür. Sein Gesicht lugt aus dem Fenster auf mich
herunter. Das Telefon hält er noch in der Hand. Der Turm hat was
von einem Gefängnis. Brasilianer stehen drauf. Sie haben sich einfach
zu lange Geschichten von der Gefährlichkeit ihrer Großstädte
angehört. Oder sehen sie zu viel fern? Wer weiß das schon?
Mittlerweile glauben sie selbst daran, dass jeder unbedachte Schritt
direkt in den Tod führen kann. Ausgeraubt, vermöbelt, aufgeschlitzt.
In dieser Reihenfolge oder einer anderen. Ich finde diese ständige
Sorge befremdlich und starre, wie plötzlich stehen geblieben, den
Turm hinauf. Ich weiß nicht, was ich jetzt tun soll. Ich habe Lily ein
Strandtuch mitgebracht. Als Geschenk.

Was mache ich damit?, frage ich den Turm hinauf.

Der Porteiro lässt an einer Schnur einen Plastikkorb herunter. Ich
packe die Stannioltüte hinein und sehe ihr hinterher, wie sie im
Fenster verschwindet. Der Wachmann winkt mit einer kleinen
Bewegung. Ich nicke ihm zu und ziehe ab.

Die Hässlichkeit dieses Momentes hat auf unbestimmte Art eine
magische Wirkung auf mich. Schlurfenden Schrittes trolle ich mich
Richtung Praia. Meinen Kopf halte ich zwischen den Schultern.
Nahezu automatisch falle ich in die taube Leere, die mich wie
abgestandene Luft erfüllt. Gedankenleere und Körperleere. Dazu bin
ich seit ein paar Wochen verdammt. Ich kann stundenlang durch
Fortalezas meist bürgersteiglose Straßen laufen, ohne einen Gedanken
zu haben. Auf meinem Weg die Santos Dumont hinunter lasse ich
mich treiben und kann nichts mehr lenken. Ich bin zu schlaff in der
drückenden Hitze, einfach völlig abgefuckt. All die schalen
Erinnerungen und zerschellten Erwartungen. Die Welt dreht sich
ohne mich weiter.

Unten an der Promenade gehe ich ins *Terra do Sol*. Es ist eines der Restaurants direkt am Strand. Die Tische reichen bis ans Meer. Damit killen sie das Strandgefühl schon im Keim. Es gibt keine Handtücher unter Sonnenschirmen, Strandburgen oder Volleyballspiele, weil dafür kein Platz ist. Kellner laufen im heißen Sand zwischen Tischen und Kindern umher, um Kokosnüsse und Gambas heranzubringen. Zwischen sie mischen sich Verkäufer aller Couleur, die Uhren, Sonnenbrillen, Schmuck oder Haushaltswaren feilbieten. Da sowieso Lärm herrscht, machen die Verkäufer einfach noch mehr davon, indem sie triangeln, pfeifen, klingeln oder schlicht schreien. Ein zweifelhaftes Familienvergnügen für Langweiler, das ich mir definitiv sparen würde, wenn Samuel nicht wäre. Er arbeitet im *Terra do Sol*, und ich brauche jetzt dringend Gesellschaft. Mir ist nicht danach, allein zu sein. Ich würde mich doch nur sofort betrinken.

Unter einem Sonnenschirm lasse ich mich in einen der Plastikstühle fallen und erfahre, dass Samuel heute keinen Dienst hat. Scheiße, das ist nicht mein Tag. Ich bestelle Bier und bekomme ein *Skol* im Kühlmantel. Anders geht es nicht. Ich schütte es mir die Kehle runter, als würde es schlecht, wenn es länger als zwei Minuten in der Dose bliebe. Lily hat mich gemocht. Das weiß ich. Ihre Entscheidung war es sicher nicht. Es macht mich wütend, so abgewiesen zu werden. Ich habe ihnen nichts getan. Lily hat für mich einen Geburtstagsausflug organisiert. Das ist gar nicht so lange her. Ihr Herz ist nicht weniger aus Gold als das Yaras. Sie sind aus demselben Holz geschnitzt. Je länger ich darüber nachdenke, desto klarer wird mir, dass Jorge das Problem ist. Ihr Vater.

Mit erhobener Hand mache ich auf mich aufmerksam. Ein Kellner fliegt heran und nimmt meine Bestellung auf. Ich will ein zweites Bier. Meine Füße strecke ich aus, damit die Wellen sie erreichen und kühlen können. Ich erinnere mich, wie Lily an meinem Geburtstag nach meiner Hand gegriffen hat.

Komm, hat sie gesagt, ich hab da was für dich.

Überrascht blicke ich sie an. Damit habe ich nicht gerechnet. Weder mit einem Geschenk, noch dass sie mich mit ins Haus nimmt. Werden ihre Eltern nicht ziemlich sauer werden? Sind sie nicht zu Hause? Ich kann mir keinen Reim darauf machen, während sie schnurstracks durch das Tor des Porteiros den gepflasterten Innenhof betritt und auf das Haus zugeht. Unsicher folge ich ihr. Sie kramt in ihrer Tasche. Ich bleibe hinter ihr stehen. Dann zieht sie einen kleinen Schlüssel hervor und öffnet den Briefkasten mit der Nummer 604. Darin befindet sich ein Kuvert, das sie mir reicht.

Hier, das ist für dich. Ich hoffe, es gefällt dir.

Sie lächelt, und ich sehe, dass sie rot wird.

Danke, sage ich, ohne zu wissen, was es ist.

Mach auf, sagt sie und tritt einen kleinen Schritt zurück.

Ich öffne das Kuvert und finde ein Foto darin. Yara. Ich blicke auf.

Lily lächelt schüchtern.

Sie hat es mir gemailt, erklärt sie. Vor ein paar Wochen. Das ist Berlin.

Sie deutet auf das Foto.

Hm, mache ich.

Es ist nicht zu übersehen, dass es Berlin ist – Yara steht unter dem Brandenburger Tor. Sie lächelt in die Kamera. Mit der linken Hand deutet sie ein Winken an. Wahrscheinlich hat sie sich von einem anderen Touri fotografieren lassen. Sie wirkt ein bisschen beschämt, als hätte sie Sahne von fremden Tellern gegessen. Die Kleidung, die sie trägt, ist die, in der ich sie kenne. Ich seufze und versuche die Bilder zurückzuhalten. Nicht, dass ich vor Lily direkt anfange loszuheulen.

Danke, sage ich wieder und bin etwas benommen.

Ich dachte, du hast vielleicht kein Bild von ihr und … Sie stockt.

Sie kann ja nicht wissen, dass ich damals, als ich das erste Mal bei ihr zu Hause war, ein Foto von Yara habe mitgehen lassen. Sogar samt dem Rahmen. Wir sehen uns an. Weil ich nicht weiß, was ich sagen soll, nehme ich Lily einfach in den Arm. Sie bewegt sich nicht in meiner Umarmung. Erst allmählich erwacht sie aus der Erstarrung,

und dann höre ich sie an meiner Schulter leise schluchzen. Ich bin
dankbar dafür, dass sie den Tränen Ausdruck verleiht, die ich in
meinem Herzen einschließe. Dadurch sind es auch die meinen.

Mein T-Shirt ist ganz nass an der Stelle, an der Lily in meinem Arm
lag. Jetzt hat sie sich die Tränen aus dem Gesicht gewischt und ist mit
mir um das Haus gelaufen. Hinten liegt ein kleines Gartenstück. Der
Rasen ist ausgedörrt, obwohl der Porteiro sich ziemlich viel Zeit für
ihn nimmt. Wir sitzen auf zwei Schaukeln und schauen in den
Nachthimmel.

Du sitzt auf Yaras Platz, sagt Lily und lächelt zaghaft.

Ich tausche nicht, sage ich und probiere es auch mit einem Lächeln.

Wir schweigen für einen Moment und schwingen durch die Nacht.
Die Verstrebungen quietschen leicht. Das ist unser Gespräch. All das
Ungesagte, all die Fragen und Antworten. Zeit verstreicht. So bin ich.
Ich finde nie in die richtigen Worte, doch wie soll ich Yara jemals
finden, wenn ich nicht anfange, aus den alten Mustern auszubrechen?

Lily?, frage ich und habe Mühe, meiner Stimme Festigkeit zu
verleihen.

Ja?

Wo ist sie?

Lily schüttelt den Kopf.

Ich weiß es nicht, seufzt sie mehr, als dass sie es sagt.

Ganz sicher?

Ja.

Jetzt klingt sie klarer. Sie schaut mich an.

Ja, ganz sicher, wiederholt sie. Ich wünschte, ich wüsste, wo sie ist.

Ich nicke. In diesem Wunsch sind wir einander gleich. Anscheinend
unterscheiden uns nur unsere Wege.

Aber du weißt, was passiert ist, nicht?

Sie schüttelt den Kopf.

Nein, nicht so genau. Also, die Polizei war bei uns, aber ich weiß
nicht, was von alledem etwas mit Yara zu tun hat und was nicht. Sie
haben uns erzählt, dass zwei Kinder in Deutschland gestorben sind.

Ist das wahr?

Hm, nicke ich.

Aber warum hat Yara etwas damit zu tun? Sie würde niemals …

Sie stockt und schluchzt mit tränenerstickter Stimme.

Ich glaube auch nicht, dass sie etwas damit zu tun hat.

Sie sieht mich an. Mir ist bewusst, dass ich die Situation ausnutze, aber ich will jetzt endlich ein paar Informationen.

Bei mir war auch die Polizei, und sie haben gesagt, dass es da eine katholische Gemeinde gibt. Sie nennt sich *United for God* und Yara gehörte ihr an. Die Kirche, in der meine Nachbarskinder erfroren sind, gehörte auch dazu, und ich frage mich, wie eine kleine brasilianische Casa Candomblé sich so einen großen Namen als katholische Vorzeigegemeinde aufbauen konnte? Das verstehe ich einfach nicht.

Wir sind nicht klein. Lily schüttelt den Kopf.

Aber ich habe nach ihr gesucht und finde sie nicht, erkläre ich.

Ja, das stimmt. Die Orte sind nicht öffentlich. Nur die Mitglieder kennen die Tempel.

Das macht die Sache doch noch weniger katholisch. Wie kann *United for God* ein internationales Unternehmen mit geheimen Tempeln sein? Es muss doch eine offizielle Adresse geben?

Ja, in Rio de Janeiro.

Das habe ich auch gelesen, gebe ich zu und stehe auf, um an meine Zigaretten zu gelangen. Sie sind in der Hosentasche.

Lily raucht nicht. Genau wie ihre Schwester. Ich stehe unter der Schaukel und sehe sie an. Sie braucht einen Augenblick, doch dann beginnt sie zu erzählen.

United for God war immer römisch-katholisch, und gleichzeitig doch nicht. Das lässt sich nicht mehr trennen. Als der Candomblé mit den Sklaven aus Afrika kam, kam er schon als verfolgte Religion hier an. Heute ist das anders, wir dürfen uns frei entfalten, überall findest du große und kleine Gemeinden, aber *United for God* ist der älteste Tempel. Unsere Ialoríxa fliegt jedes Jahr nach Afrika. Wir bewahren unsere Wurzeln. Damals, als die Europäer die Sklaven nach Brasilien

gebracht haben, mussten sie ihre Religion verstecken. Sie haben die Verschleierungspraxis schon gleich mit eingeführt. Sie hatten Altare mit Bildern von katholischen Heiligen. Wenn du sie umdrehtest, dann fanden sich unsere Götter dahinter. Jedem christlichen Schutzheiligen ist einer unserer Götter zugeordnet. So kam der Candomblé nach Brasilien, und so gehören die zwei Seiten der Medaille einfach dazu. Die Christen haben versucht unseren Glauben zu verbieten. Dabei gibt es das doch nicht. Also den richtigen oder falschen Gott. Warum konnten sie das tun? Warum schien ihnen das gerecht?
Keine Ahnung, gestehe ich.
In all dem, was sie sagt, steckt eine gewisse Postkolonialisierungslogik, die ich nicht von der Hand weisen kann.
Und das ist nicht ungewöhnlich? Eine weiße Candomblé-Gemeinde?
Ich meine, du sagst, eure Religion kommt aus Afrika.
Ach, Quatsch, sagt sie, das ist doch nur so ein Karnevalsklischee. Schwarze Frauen in weiße Tücher gewickelt und so. Wir sind nicht schwarz oder weiß, wir sind eine Glaubensgemeinschaft. Jeder kann dabei sein.
Das klingt für meine Ohren nach Propaganda. Ich weiß, dass es nicht stimmt, denn ihren Tempel suche ich schon seit Wochen und finde ihn nicht. Das Ganze ist längst nicht so offen und freizügig, wie sie mir weismachen will.
Und Yara?, frage ich, ohne mich aus dem Konzept bringen zu lassen.
Ich weiß nicht. Lilys Stimme bricht.
Es entsteht eine Pause. Sie blickt mich an.
Kann ich dich auch was fragen?
Klar, nicke ich.
Weißt du, ob die toten Kinder in eurer Kirche goldene Bänder getragen haben? An den Armen, den Handgelenken oder in den Haaren?
Ich schüttle den Kopf.
Keine Ahnung, sage ich. Sie haben uns keine Details genannt. Warum ist das wichtig?

Lily zieht die Beine an, umschlingt sie mit den Armen und hockt auf ihrer Schaukel wie ein kleiner verknoteter Vogel.

Ich war oft krank als Kind. Ich weiß nicht, ich … ich habe an den Zeremonien kaum teilgenommen. Yara war immer dabei. Auch als wir noch klein waren. Und die meisten Zeremonien hat sie geliebt, außer der mit den goldenen Bändern. Die hat sie gehasst.

Lily stockt. Sie steckt ihre Finger zwischen die Zehen und schweigt.

Ich habe angefangen, über Candomblé zu lesen. In den Zeremonien fährt der Gott, den sie gerade anbeten, in den Körper eines Menschen, der dann, von ihm besessen, seine Botschaften übermittelt. Diese Trance ist der heilige Mittelpunkt der spirituellen Sitzungen, doch ich habe noch nicht gehört, dass Kinder daran teilnehmen.

Meinst du, sie haben Yara als Medium gebraucht?, frage ich.

Lily blickt in die Nacht. Ich kann nicht erkennen, was sie da sieht. Es ist zu dunkel.

Vielleicht, weicht sie mir aus.

Ich versuche zu verarbeiten, was das bedeutet. Vielleicht ist sie gar nicht aus Berlin geflohen, sondern aus Fortaleza? Womöglich ist alles ganz anders, als ich bisher gedacht habe. Sind ihre Verfolger hier? In ihrer Geburtsstadt? Was, wenn ich sie am falschen Ort suche?

Eigentlich erinnerst du dich nach einer Trance an nichts mehr, beginnt Lily, doch bei Yara hat das nie geklappt. Vielleicht war sie zu empfänglich. Ich weiß nicht, Yara hat es mir nie verraten. Aber ich habe gedacht, wenn du wüsstest, dass die Kinder die Bänder nicht getragen haben, dann … keine Ahnung … ich wäre mir dann sicher, dass Yara nichts damit zu tun hat.

Eine Stille senkt sich über uns. Wir schweigen eine Weile, und wahrscheinlich hängt jeder von uns seinen Gedanken nach. Die Erinnerungen an Yara nähern uns einander an. Sie machen uns zu zweien, die sie vermissen. Ich setze mich wieder auf die Schaukel und greife nach Lilys Hand. Ich kann mir einfach nicht vorstellen, dass Yara das tun könnte. Das hätte sie niemals getan.

Glaubst du, sie hätte das gekonnt?, flüstere ich.

Lily blickt mich an.

Die Kinder töten?

Ich nicke atemlos. Wie kann sie das so leicht aussprechen?

Sie schüttelt den Kopf.

Ja, du hast recht, sagt sie und hüpft von ihrer Schaukel, es ist absurd, das auch nur zu denken. Lass uns nicht mehr davon reden, ja?

Es liegt eine bange Furcht in ihrer Stimme, als könnten wir mit Worten unsere schlimmsten Befürchtungen wahr machen. Ich nicke.

Versprochen?, insistiert sie.

Versprochen, bekräftige ich.

Ich geh jetzt hoch. Meine Eltern rufen sonst die Bullen.

Wenn du mal Abstand von zu Hause brauchst, komm zu mir.

Das geht nicht, flüstert sie. Ich kann meine Eltern jetzt nicht allein lassen. Das ist alles schwer genug für sie.

Ich bin froh, dass du da bist, sage ich.

Sie blickt mich an.

Wir finden sie bestimmt, sagt sie, ohne die Stimme zu heben.

Nach unserem Gespräch bin ich mir nicht mehr so sicher, ob das gut wäre. Vielleicht will Yara ja gar nicht gefunden werden? Schon gar nicht von ihrer Gemeinde. Doch bin ich wenigstens nicht allein. Lily nimmt mich kurz in den Arm und dann winkt sie mir. Ich hebe einfach die Hand.

Ciao, Luca.

Gute Nacht, Lily.

1 3 .

Ford Del Rey. Kantig, verchromt, höher gelegt, breite Reifen und Ledersitze. Ein Prachtexemplar aus den frühen Achtzigern. Da soll noch mal einer behaupten, die Achtziger hätten nichts hervorgebracht. Sonderanfertigung á la Brasilien. Stufenheck und klare Linien ohne Schnickschnack. Das ist kein Auto, sondern ein Statement. Wie eisgekühlter Wodka und Kaviar. Ich bin begeistert. Lily und ich steigen hinten ein. Sie küsst Bea, die sich auf dem Beifahrersitz räkelt und die große Sonnenbrille auch zur Begrüßung nicht abnimmt. Jacó hat sich die Musikanlage etwas kosten lassen. Und da man in Brasilien über Anschaffungskosten und alles, was dazu gehört, ausführlich berichtet, lässt er das selbstverständlich nicht unerwähnt. Jacó und Bea sind beide übergewichtig, aber herzlich. Das Auto ist eine Perle. So oder so. Ich lasse mich in den Sitz sinken und denke an die Zeiten, in denen die Clubs noch Discos hießen und Namen trugen wie *The Beat* oder *Baby Boo*.
Da Lilys Freundin Bea vorlaut ist, fällt sie mit der Tür ins Haus.
Also, Luca, erzähl doch mal!
Ich lächle unverbindlich und schiebe mir ebenfalls meine Sonnenbrille vor die Augen.
Seit wann bist du in Fortaleza?, insistiert sie unnachgiebig, während Jacó den Motor aufheulen lässt.
Seit Ende Juli, antworte ich schließlich.
Und du kennst Yara?
Ja, nicke ich und bin dankbar für den Fahrtwind.
Bist du verknallt in sie?

Lily rollt mit den Augen, während Bea kichert.

Warum hast du sie nicht mitgebracht? Wäre das nicht toll, wenn wir alle hier zusammensitzen würden?

Ich bin sprachlos. Das klingt einfach. Wie sie das so leichthin sagt. Warum ist das Leben nicht so unkompliziert?

Bea lacht. Lily versucht ebenfalls zu lachen, doch sie klingt ein bisschen gestaucht. Bea scheint davon nichts mitzubekommen, sondern plappert munter weiter von Yara, die sich den Flug nach Deutschland leisten konnte, für den sie selbst noch immer spart.

Mir ist klar, dass Lily mehr weiß, als sie sagt. Warum gibt sie nicht zu, dass Yara vermisst wird? Offenbar wird ihre Abwesenheit unter den Teppich gekehrt. Sie ist aus Berlin geflohen, und obgleich ihr Flug nach Fortaleza ging, ist sie nie bei ihrer Familie angekommen. Es ist etwas passiert, doch niemand spricht darüber. Ich blicke wieder zu Lily.

Alles in Ordnung?, flüstert sie.

Offensichtlich ist ihr die Situation peinlich.

Manchmal wünschte ich, ich wäre tot, raune ich und sehe sie an.

Es geht vorbei, sagt sie, als kenne sie sich damit aus.

Ich weiß, dass es nicht so ist, reiße mich aber zusammen.

Nach einer endlosen Strecke kommen wir endlich in *Porto das Dunas* an. Das ist der exklusivste Villenvorort Fortalezas. Endlose Palmenstrände, herrschaftliche Domizile und bunte Ferienhäuschen hinter hohen Mauern. Im Hinterland stehen langbeinige Reiher, die im Fluss nach Fischen jagen. Teure Clubs, Badeanlagen mit Wasserrutschen, Whirlpools, Spa und vor der Tür der Strand samt seinen berühmten Wanderdünen. Es ist das reinste Paradies. Lily hat auf meine Geburtstagsüberraschung bestanden. Eigentlich bin ich schon mit der Tatsache, dass ich Geburtstag habe, überfordert, da brauche ich nicht noch eine Überraschung, doch sie wollte es unbedingt. Sie ist wie ein Rehkitz auf Ecstasy immer auf und ab gesprungen, als ich ihr zusagte. An einer Tankstelle lässt uns Jacó aussteigen. Er parkt den Wagen und geht auf einen knallroten

Strandbuggy zu. Das Ding muss ihm gehören. Er steigt ein und fährt
damit zu der Tankstelle. Bea und Lily gehen in einen Laden, um
Getränke zu holen. Ich bitte um ein Bier. Jacó prüft derweil den
Luftdruck der großprofiligen Reifen Marke ultrafett. Irgendwoher
sollten Bässe dröhnen, um das Bild abzurunden, aber da ist keine
Musik. Also warten wir auf die Frauen. Bevor ich in der sengenden
Hitze das Gefühl bekomme, von den Sonnenstrahlen bald erschlagen
zu werden, geht es endlich los. In meinem Bauch macht sich so etwas
wie eine Vorfreude breit. Ich kann nichts dagegen tun. Wir steigen in
einen verdammten Strandbuggy, und wenn es so kommt, wie ich es
mir vorstelle, dann werden wir mit dem Ding die Dünen unsicher
machen. Lily und ich sitzen auf der Lehne des Rücksitzes und halten
uns am Bügel des Daches fest.

Hinter einem der Strandclubs biegt Jacó links ab. Es ist ein kleiner
Sandweg, der rappelvoll ist mit Jeeps. Hauptsächlich X5-Karossen, die
mit ihren riesigen Hinterteilen den Weg versperren. Anscheinend ist
das Dünenvergnügen kein Geheimtipp. Der erste Abschnitt des
Weges gleicht einem Slalom zwischen den festsitzenden Jeeps,
weshalb wir kein Tempo draufkriegen. Trotz Jacós wildem Gehupe
fressen auch wir uns ständig in den Sand hinein. Jedes Mal springen
jugendliche brasilianische Touris, um die zwanzig, aus Brasilia oder
Belo Horizonte aus den Jeeps und schieben uns schuldbewusst an.
Und zwar in Windeseile, denn der Scheißsand ist so heiß, dass du
selbst in Schuhen nach zwei Minuten das Gefühl hast, angekokelt zu
werden. Die Frauen jaulen bei jedem unfreiwilligen Stopp
aufgebracht. Jacó schimpft auf die Touristen, und die Touristen
schimpfen auf die Autovermietungen, die ihnen das Schnellfahren
verboten haben. Nach dem zweiten oder dritten Mal Fluchen,
Einfressen, Anschieben bin ich schweißgebadet und habe mein Elend
völlig vergessen. Ob Lily das geahnt hat?

Nach einer Weile verlassen wir den Strandabschnitt um *das Dunas*
und nehmen Tempo auf. Jacó scheint mit dem Buggy verheiratet. Er
kennt jede Kurve der Dünen, jede Schwierigkeit des Parcours und

verlangt dem Wagen Höchstgeschwindigkeit ab. Lily und Bea jauchzen bei jeder Abfahrt. Uns weht der Fahrtwind ins Gesicht, und ich komme mir vor wie neunzehn, als ich noch jeder Herausforderung, die sich am Horizont abzeichnete, hinterhergerannt bin. Ich fühle mich plötzlich wieder echt an. So echt wie nach der ersten Zigarette, die ich meiner Mutter geklaut und mir mitten in der Nacht mit Mattis hinterm Rathaus geteilt habe. Oder während der Interrailtour, als wir über die hügeligen Berge der Normandie rannten und Mattis plötzlich senkrecht nach hinten kippte, weil er die gespannten Wäscheleinen nicht gesehen hatte. Über seinen Stunt haben wir bestimmt noch zehn Jahre lang gelacht. Oder wie beim Fußballspielen, wenn du das Tor aus einer vermeintlich völlig aussichtslosen Position triffst. Ein Grinsen fällt auf mein Gesicht und ich beginne mich zu entspannen. Da ist doch noch Leben in mir. Der Strand hinter *das Dunas* ist endlos. Wogende Palmen und rauschendes Meer umgeben uns. Ab und an düsen wir an wahrscheinlich idyllischen Fischerbooten vorbei, die wie vergessen im Sand schlummern.

Hinter *Prainha* halten wir, weil wir baden müssen. Mir ist der aufgewirbelte Sand selbst zwischen die Zähne geraten. Das Zeug ist einfach überall. Wir springen vom Buggy und reißen uns die Klamotten vom Leib. Während ich auf das Meer zurenne, laufen die anderen in die entgegengesetzte Richtung. Zwischen den Palmen, die an das Hinterland grenzen, und dem Strandabschnitt ist eine kleine Meerwasserbadewanne entstanden, die wie ein Tümpel malerisch vor sich hin wogt. Der kühle Atlantik speist sie mit frischem Wasser. Keine Brandung, keine starke Strömung stört das Badevergnügen. Der Wind ist stark genug, um allerhand Kitesurfer anzulocken, die die Seen für ihre Zwecke großflächig ausnutzen. Aber ich will das raue Meer und kein Badeparadies für Feiglinge.
Luca, sei vorsichtig!, höre ich Lily hinter mir herrufen, doch ich winke ab.
Es ist ein Abstecher ins Meer und kein Kriegsmanöver. Was soll schon

passieren? Ich kenne den Atlantik. Seine unbezähmbare Kraft lässt
mich die Nervenbahnen meines Körpers fühlen und mich eins werden
mit meinem Herzschlag. Sie erdet mich. Ich merke, wie mir die
Strömung die Beine wegzieht, und genieße es, mich lebendig zu
fühlen. Mit dem Kopf voran tauche ich in die bauschigen, meterhohen
Schaumwellen, um der Brandung ein Schnippchen zu schlagen. Eine
Überdosis Salz peitscht mir ins Gesicht. Ich lecke mir das Wasser von
den Lippen und tauche in die nächste Welle. Niemand sonst ist im
Meer. Ich bin allein mit den Wellen, die sich meterhoch vor mir
aufbauen, mich überrollen und mir Adrenalin durch die Blutbahn
pumpen, wie es sonst nur Ephedrin könnte. Ich sauge mich voll mit
der Droge und kann nicht genug davon bekommen. Die Strömung ist
reißend, trägt mich mit jeder Welle mit sich. Ich stemme mich gegen
den Sog, der mich in die Weite des Meeres hinauszuziehen sucht. Es
ist wie ein Spiel. Du weißt, dass das Meer dir überlegen ist. Seine
salzigen Tentakel greifen nach mir. Ich weiche aus, tauche durch sie
hindurch und lache in die Schaumkronen der Wellen wie ein
tollwütiges Tier.

Schließlich bin ich völlig fertig. Außer Atem setze ich mich ins
flache Wasser und lasse mich von kleinen Ausläufern mutiger
Landwellen umspülen. Der Kopf fällt mir in den Nacken. Langsam
beruhigt sich mein Herzschlag. Ich lasse mich nach hinten kippen, den
Hinterkopf im warmen Wasser. Unablässig umspülen mich die
Wellen. Nach und nach werden meine Beine von dem Sog in den
Sand gegraben. Ich schaue in den wolkenlosen, blauen Himmel.
Meine Ohren absorbieren das Glucksen und Rauschen des Meeres. Es
ist, als würde ich mit der salzigen Flüssigkeit verschmelzen. Die
Wellen wiegen mich, sie gaukeln mir eine Idylle vor, dabei wollten sie
meinen Körper mit sich nehmen. Kraftlos sind meine Glieder der
Bewegung ausgeliefert, ich atme ganz flach und schließe die Augen.
Die Zeit steht still. Ich lausche in mich hinein und finde mit einem Mal
Frieden. Dann bemerke ich eine weiße Muschel in meiner Hand. Es ist
eine Kaurimuschel, mit der die Candomblé-Priesterinnen ihr Orakel

lesen. Ich starre auf das weiße Perlmutt und begreife, dass ich es nicht
mehr will. Es ist an der Zeit, mein altes Leben zu verabschieden.

Den Berliner Komponisten Luca Till gibt es nicht mehr. Er hat sich
aufgelöst oder ist zurückgeblieben. Vielleicht existiert er ja noch,
vertont täglich seine Telenovela und trinkt zu viel Kaffee. Wer weiß.
Mir hat dieses Leben nicht mehr gepasst. Es war längst zu eng
geworden, wie eine alte Hose, war es aus der Mode geraten. Ich
musste den oberen Knopf schon offen stehen lassen und bin trotzdem
noch darin umhergelaufen, weil ich dachte, dass es noch gut sei. Aber
es war nicht gut. Ich will es nicht mehr. Es steckt voller vergifteter
Erinnerungen. Das Meer hat mein pechschwarzes Herz rein
gewaschen. Die klammen Glieder sind von der Strömung und dem
reißenden Sog auferweckt worden, von dem Sog, der gut und gerne
auch mein Leben hätte fordern können, wenn ich mich ihm nicht
entgegengestemmt hätte. Durch meine Adern spüre ich frisches,
pulsierendes Leben rinnen. Ich muss mich verabschieden, von all der
falschen Rücksicht, all den unhaltbaren Versprechen. All das Ja und
Amen, nur um Ruhe zu haben. All die an mich gerichteten
Forderungen und Wünsche, die ich nie erfüllen konnte und niemals
werde erfüllen können. Ich will die Freiheit, und ich will sie jetzt!
Zwar habe ich keine Ahnung, was ich mit ihr anfangen werde, da sich
meine Freiheit offensichtlich nicht viel leichter gestaltet als meine
Vergangenheit, doch zumindest werde ich nicht zurückgehen. Ab
jetzt geht es nur noch vorwärts. Mir ist egal, was das bedeutet. Ich
weiß nur eines: ich werde mich nicht umdrehen. Ich springe auf und
blinzle. Meerwasser ist mir in die Ohren geraten. Die Muschel halte
ich immer noch in der Hand. Ich blicke sie an, und da ist die deutliche
Erkenntnis: Hauptsache, ich führe ein Leben, in dem ich die
Entscheidungen treffe, so schlecht oder falsch sie auch sein mögen.
Also hole ich mit einer weiten Bewegung meines rechten Armes aus
und schleudere die Kaurimuschel zurück ins Meer.

Nachdem wir in *Prainha* in einer der Barracas zu Mittag gegessen
haben, bekomme ich das Lenkrad zugewiesen. Jacó scheint Vertrauen

zu mir gefasst zu haben. Ich kann die Begeisterung schwer
unterdrücken. Lily schaut mir in die wahrscheinlich glänzenden
Augen und lacht. Gemeinsam mit Bea springt sie auf den Rücksitz des
Buggys. Ich nehme vorne Platz. Jacó wird mein Streckenwart, weil er
den Weg kennt. Bevor wir losbrausen, sieht er mich kurz an.
Schön auf dem Gas bleiben, Alter.
Ich grinse und nicke.
Kein Problem, verspreche ich und drücke das Gaspedal voll durch.

1 4 .

Die Welt verändert sich. Wir ändern uns nicht. Ich kann nicht mehr
zurück. Ich muss den Weg, den ich eingeschlagen habe, jetzt gehen. Es
gibt keine andere Möglichkeit. Johanna zerrt immer noch an mir,
dabei ist so viel Zeit vergangen.
Ich begreife es nicht, wiederholt sie unablässig.
Begreifen heißt sich abhängig machen. Ich finde, es geht nicht um
Verstehen. Ich erfasse die Welt und unser Tun in ihr doch auch nicht.
Die Komplexität unserer Gefühle. Was gibt es da zu begreifen? Wenn
ich wüsste, warum ich bleiben muss und nicht nach Hause
zurückkehren kann, dann würde ich es für Johanna in Worte fassen.
Ich würde ihre Sehnsucht nach Logik befriedigen. Ich wüsste es doch
selbst gern, denn ich vermisse meine Familie. Diese Leere in mir hat
sich in Brasilien nicht gelöst. Ich habe so viel erwartet und weiß nicht,
ob ich noch auf Erfüllung hoffen darf. Was hält mich hier an diesem
Ort, an dem ich Yara nicht finden kann? Manchmal habe ich das
Gefühl, ich stolpere durch mein Leben, als wäre es noch ganz neu und
ich den ersten Tag in ihm. Dabei werde ich heute achtunddreißig. Ich
verschiebe den Gedanken auf später. Graue Haare sind jetzt nicht
mein dringlichstes Problem.

Johanna hasst mich. Ich bin schließlich einfach abgehauen.
Mittlerweile ist der Sommer in Deutschland vorbei. Mein Job ist
gekündigt. Johanna hat das eingefädelt. Ich habe nicht so genau
nachgefragt, was sie denen erzählt hat. Es ist auch nicht wichtig. Sie
hat geglaubt, dass sie mich mit der drohenden Kündigung
zurückbekommt, aber das hat nicht geklappt. Ich habe mich hinter

vagen Ausflüchten verkrochen, denn ich kann mit Johanna unmöglich über Yara sprechen. Nicht mal ihr Name käme mir über die Lippen. Meine Sprachlosigkeit quittiert sie mit Tränen und fragt sich wahrscheinlich gar nicht, wie es mir dabei geht. Ihre Gefühle nehmen zwischen uns so viel Raum ein, dass ich unmöglich dazwischenkomme. Aber das war schon immer so. Johanna hat geglaubt, sie müsse für mich mit fühlen. Emotional hat sie mich immer für wenig behände gehalten. Als bräuchten bei mir alle Gefühle Anlauf, bis sie endlich funktionstüchtig seien. Dabei stimmt das überhaupt nicht. Johanna war einfach immer nur mit ihrer Idealvorstellung von Familie beschäftigt, und da war eben kein Platz für mich. Sie droht mir, unsere Konten sperren zu lassen. Was heißt unsere Konten, es sind ja alles ihre. Sie hat das Geld. Deshalb musste ich schnell handeln. Ich bin mit der Visakarte in der Jeans und einer Maklerin, die Tally mir vermittelt hat, an die Praia do Futuro gefahren. Das hat mich ganz kribbelig gemacht, denn ich hatte das Gefühl, Yara nahe zu sein, auch wenn sie nicht mehr in der Wohnung ihrer Eltern lebt. Immerhin ist sie an diesem Strandabschnitt aufgewachsen. Sie hat jeden Morgen in die Brandung geschaut, die zukünftig mich wecken wird. Das Apartment, das mir die Maklerin gezeigt hat, liegt auf einem Hügel. Achter Stock. Vom Wohnzimmerfenster sehe ich den Strand. Aus dem Küchenfenster, das mehr ein Mauerdurchbruch ist, blicke ich auf Yaras Haus. Ich habe das Apartment genommen, obwohl es keine Waschmaschine hat. Die Maklerin wiegelte geschickt ab und erläuterte die Vorteile des Wäschemädchens, das alle zwei Wochen komme und dann auch gleich die Wohnung putzen könne. Die Miete habe ich für ein Jahr im Voraus gezahlt. Mit der Visakarte, die bald nicht mehr gültig sein wird. Nach der Abbuchung der Jahresmiete sicherlich ziemlich bald nicht mehr.

Jetzt sitze ich in meinem Apartment und sehe die Türen zu meinem alten Leben zuschlagen. Krachend fallen sie ins Schloss. Mit der Schere, die ich im Küchenschrank gefunden habe, schneide ich meine

Kreditkarte in kleine Stücke. Möblierte Apartments sind so praktisch.
Auf der Couch sitzend betrachte ich mein Werk. Dann reißt mich das
Klingeln des Mobiltelefons aus meiner blöden Freude über die
Zerstörung, die ich angerichtet habe. Ich greife nach dem Gerät. Es
zeigt den Namen meiner Frau an. Wie immer hat Johanna ein gutes
Gespür für mich. Ich stelle etwas an, und sie ist sofort zur Stelle, um
mich zurechtzuweisen. Das muss aufhören, ich muss mich endlich
befreien.
Hallo, sage ich müde in das Telefon.
Luca?
Ja.
Ah … Johanna ist hörbar irritiert.
Ihre Stimme kommt von weither. Ich kleide mich in die gewohnte
Wortkargheit. Dann erklingt ihr Gesang in der Leitung. Johanna
scheint den Hörer zu halten. Sie singt, Joshi brüllt und Tinkas Stimme
vermischt sich mit der meiner Frau.
*Happy Birthday to you, Happy Birthday to you, Happy Birthday, lieber
Papa,* hier vermengt sich das *Papa* mit *Luca,* das von Johanna kommt,
Happy Birthday to you!
Danke, sage ich und erwarte, Johanna wieder am Apparat zu haben,
doch stattdessen gibt es ein Krachen, als würde der Hörer zu Boden
fallen.
Papi, wann kommst du wieder?, fragt meine Tochter, die das
Telefonat übernimmt.
Obgleich ich genau dieses Gespräch schon ein paar Mal geführt habe,
kann ich nicht antworten, weil mir schon wieder nicht gut ist. Meine
Stimme ist wie erstickt. Es gefällt mir nicht, sie so zu enttäuschen.
Bald …, bringe ich schließlich hervor.
Dann höre ich Aljosha im Hintergrund. Er streitet sich mit seiner
Schwester. Tinka hält ihn sich vom Leib.
Wir wollen aber, dass du gleich zurückkommst, fordert sie.
Ja. Ich nicke tonlos.
Papa?

Ja, ich bin da.

Also, insistiert Tinka, kommst du?

Das kann ich nicht versprechen, sage ich, um Ehrlichkeit bemüht.

Zu meinen Geburtstag bist du aber wieder da, ja?

Das wird sich einrichten lassen, versuche ich es mit fester Stimme.

Papi, du …, höre ich, und dann gibt es wieder einen Krach in der Leitung und Kinderlärm, und dann ist Aljosha am Apparat.

Aber Papa, erklärt mir mein Sohn tadelnd, du musst jetzt gleich nach Hause kommen. Wir sind traurig, weil du nicht da bist.

Ich weiß, Joshi, bestätige ich, das ist totaler Mist.

Mit meinem Sohn kann ich das alles wesentlich einfacher besprechen.

Ich kann gerade nicht weg hier. Das ist eine komplizierte Sache. Ihr müsst eben zu mir zu Besuch kommen. Ich habe jetzt ein Apartment.

Wann?, fragt Joshi direkt nach.

Sobald ihr alleine im Flugzeug reisen könnt.

Ah, sagt Joshi und bewegt den Gedanken im Kopf. Ich bin froh, ihn am Apparat zu haben.

Wie geht's dir so?, frage ich.

Gut, sagt er.

Was macht der Kindergarten?

Welcher?, will er wissen.

Mit dieser Gegenfrage bin ich direkt überfordert.

Du hast doch nur einen, erwidere ich verblüfft.

Reingelegt, lacht mein Sohn und kann sich gar nicht halten vor Freude.

Ich muss nun auch lachen. Er hat es echt drauf. Keiner kann mich so gut verarschen wie Aljosha. Ein Vierjähriger. Unfassbar.

Tobi hat sich den Arm gebrochen. Er war im Krankenhaus und hat jetzt einen Verband.

Joshi verfällt in sein Geplapper, das mit angenehmem Gleichmaß meine Gehörgänge anfüllt, ohne in die Nähe der Gehirnwindungen zu geraten, wo die Informationen, die er abspult, abgespeichert werden könnten. Wie immer lausche ich dem Klang seiner Stimme,

seinem Atem und dem nasalen Verschlucken, weil er vor lauter
Aufregung die Worte nicht genau genug formuliert. Ich lehne mich
auf der Couch meines neuen Apartments zurück. Schlage die Beine
übereinander und streue meine gewohnten Interessenbekundungen
für ihn ein. Ein Wohlgefühl überkommt mich. Ich liebe meine Kinder.
Joshi kann stundenlang in einen Telefonhörer hineinreden. Das macht
er auch so, wenn Johannas Mutter aus Hamburg anruft. Katinka
dagegen ist keine Geschichtenerzählerin. Sie will sich lieber
unterhalten, und da es dafür Nachfragen oder Kommentare braucht,
bin ich einfach nicht der richtige Ansprechpartner. Johanna muss
Katinka auf dem Schoß haben, denn ich höre sie im Hintergrund leise
schluchzen. Joshi hingegen scheint ganz zufrieden mit der Aussicht,
mich beizeiten zu besuchen.
Es tut mir leid mit den Konten, höre ich jetzt Johanna, ich wusste
einfach nicht weiter.
Hm, mache ich.
Ich habe das nicht so gemeint. Sie sind nicht gesperrt. Es tut mir leid,
wiederholt sie sich.
Ich sage nichts, sondern starre auf das Kartenkonfetti vor mir.
Tja, denke ich. Zu spät.
Ich wünschte, du wärst hier bei uns. Bei mir und den Kindern, höre
ich sie weiter.
Ich unterbreche sie nicht.
Wir vermissen dich. Ich vermisse dich. Ich will nicht ohne dich leben.
Das macht doch alles keinen Sinn so.
Was soll ich darauf antworten?
Luca?
Hm.
Hast du mal mit Mattis oder Dari telefoniert?, will sie wissen.
Nein, habe ich nicht.
Könntest du?
Hm, überlege ich.
Sie kommen hier vorbei und fragen mich, was los ist, und ich weiß

einfach nicht mehr, was ich sagen soll.
Du sollst zurückkommen!, ruft Tinka wie auf Kommando.
Sie spürt die Tränen ihrer Mutter. Johanna schickt sie in ihr Zimmer.
Ich höre sie kurz diskutieren, dann ist es still in der Leitung.
Johanna?
Ja.
Ich will eigentlich gar nichts sagen.
Es tut mir leid, sage ich deshalb.
Hm, macht jetzt Johanna.
Es knackt in der Leitung.
Ich habe dich zu einem Leben überredet, das du nie gewollt hast. Die
Familie, unsere Kinder.
Hör auf darüber nachzudenken. Es ist, wie es ist.
Es ist nicht gut so.
Ja, damit hat sie recht.
Keinem von uns tut das gut.
Auch das stimmt. Wie soll ich ihr widersprechen?
Ich wünschte, du könntest einfach zurückkommen.
Das geht nicht. Ich muss das jetzt zu Ende bringen.
Worum handelt es sich?
Ja, denke ich, das ist eine ziemlich gute Frage.
Das ist nicht so leicht, weiche ich aus.
Aha, macht sie.
Sie gibt sich Mühe, mich nicht zu reizen. Ich fülle die Pause, die
entsteht, nicht mit Worten.
Rufst du zu Tinkas Geburtstag an?
Hm, mache ich nur, weil mir Tränen in den Augen stehen, die mir die
Kehle verschließen. Was mache ich nur? Es ist doch alles falsch.
Ja, ich rufe an, bringe ich schließlich hervor, doch da ist die Leitung
längst tot.

    Ich weiß, es gab eine Zeit vor dem Später. Doch dahin können wir
nicht zurück. Ich bin zu stolz, um Johanna um neue Karten für unsere
Konten zu bitten. Ich kann mich nicht weiter von ihr abhängig

machen. Ich kann sie einfach nicht mehr ertragen, diese Diskrepanz zwischen Wollen und Können. Johanna löst das in mir aus. Ständig habe ich das Gefühl, an Grenzen zu stoßen, die sie setzt. Also warum hadere ich? Es gibt kein Zurück. Johanna und Luca. Das existiert nicht mehr. Wir haben zu lange aneinander festgehalten. Das Gefühl war längst in Sicherheit und Abhängigkeit erstickt. Wir waren doch nur noch zusammen, weil uns die Inspiration für etwas Neues fehlte. Oder zumindest trifft das auf mich zu. Da ist keine Geborgenheit mehr gewesen, sondern nur noch Gewohnheit. Es gibt kein Zuhause mehr in Berlin und auch kein Zurück. Es wird den Moment nicht geben, an dem ich sagen werde, oh, ich habe es mir anders überlegt, da bin ich wieder. Es gibt keine Garantie. Da ist niemand, der mir sagt, dass ich das Richtige tue. Wenn ich an meine Kinder denke, weiß ich, dass ich ein besserer Vater hätte sein können und sein sollte. Ich weiß nicht, ob sie damit klarkommen? Ich habe sie im Stich gelassen. Es fällt mir schwer darüber nachzudenken, weil alles in Gefühl verschwimmt und ich plötzlich keine Entscheidung mehr treffen kann. Ich weiß, dass sie bei Johanna gut aufgehoben sind. Keiner kann sie so lieben, wie Johanna sie liebt. Auch ich nicht.

Es gibt nur ein einziges Indiz, das mir Rückhalt gibt – ein Gefühl, das mich ausfüllt, wenn ich an Johanna denke. Es ist das Versagen. Die Enttäuschung, die ich in ihr ausgelöst habe. All die Erwartungen und Träume, die sie hatte, habe ich pulverisiert. Es ist die Scham, die mir unter der Haut lodert. Ich kann Johanna nicht wiedersehen und mich selbst in ihren Augen spiegeln. Das würde ich nicht aushalten, denn darin läge das Bild eines Mannes, der ich nicht sein will. Anklage läge in ihrem Ausdruck, und sie hätte recht damit. Sie würde einen Menschen aus mir machen wollen, der ich nicht sein kann und nicht sein will. Das Gefühl, unzureichend zu sein, würde mich zerfressen, mir den Körper von innen her aushöhlen. Ich gehe nicht zurück in dieses Leben. Das schale Bewusstsein, nicht gut genug zu sein, gräbt tiefe Wunden in mich, wie Maulwürfe mit spitzen

Schaufelkrallen, bis nichts weiter bleibt als eine leere Hülle namens
Luca.

174

1 5 .

Ich stehe unter einer Palme und bin immer noch ergriffen von der Erkenntnis, unter Palmen zu stehen. Palme. Ich nehme das Wort immer wieder in den Mund. Bewege es mit der Zunge vor und zurück, bis es sich kugelrund anfühlt. Es liegt so eine Art Glückseligkeit darin. Vielleicht auch, weil es einfach anders ist. In Deutschland gibt es keine Palmen, die am Straßenrand stehen. Ich bin seltsam ergriffen von ihrer Anwesenheit. Als gingen schon alle Wünsche nur durch die Betrachtung einer Palme in Erfüllung. Wie bei Ali Baba. Es öffnet sich das Tor, und ein unvorstellbarer Goldschatz erscheint. Palme. Ich erinnere mich nicht mehr daran, was Ali Babas Codewort zum Goldschatz war. Wahrscheinlich nicht *Palme*. Müßig stromere ich durch meine Gedankenschleifen. Auf der Suche nach völlig neuen Idealen für meine Zukunft unter Palmen. Da ist es wieder. Palme. Ich halte inne, um mich umzusehen. Ich bin in Fortaleza. Das Meer liegt zu meinen Füßen, mit einer Selbstverständlichkeit, die mir immer noch den Atem zu rauben im Stande ist. Hier ist es Winter, und trotzdem stehe ich im T-Shirt, das nur dank einer leichten Brise nicht völlig durchgeschwitzt ist. Ich setze mich auf eine Steinmauer und blicke aufs Meer. Die Wellen sind bekrönt von weißem Schaum. Kraftvoll türmen sie sich meterhoch empor, bevor sie vornüberkippen und den Sand verschlucken. Das Meer beruhigt mich immer. Ich versinke im Ozean, als hätte er hypnotische Kräfte. Ich kann es nicht erwarten, Yara zu finden. Seit Wochen liege ich Tally damit in den Ohren. Jetzt ist es endlich so weit. Ich mache diesen Job und dann gibt sie mir Yaras Adresse.

In der Hand halte ich eine Visitenkarte des Beira-Mar-Hotels in
Meireles, dem Hotelviertel Fortalezas. Sie stehen hier Seite an Seite
und blicken aus tausend Augen auf den atlantischen Ozean. Auf die
Rückseite der Karte hat Tally mit Tinte *Chambre 434* geschrieben.
Seitdem ich ihr Haus verlassen habe, quält mich überhaupt nichts
mehr außer einer flirrenden Aufregung, die nichts mit Yara oder
Johanna zu tun hat, sondern vielmehr eine Art Kribbeln unter meiner
Haut erzeugt. Nervenbahnen, die plötzlich spürbar werden. Ein
Gefühl zwischen Achterbahn und Abiprüfung. Eigentlich gar nicht so
unangenehm. Ich betrete das klimatisierte Hotel. Meine Schritte
werden von dicken Teppichen verschluckt. Es ist ein eigenartiges
Gefühl, den langen Flur hinabzugehen. Ich fühle mich an den Traum
erinnert, den ich einmal im Flugzeug hatte. Ein langer Gang mit lauter
Türen. Aus einer von ihnen trat meine Mutter. Nackt. Ich lehne den
Kopf an den Türrahmen von Zimmer 434 und lausche meinem
flachen Atem. Tally sagte, ich müsse nicht sprechen. Wenn mir
danach wäre, dann Spanisch, denn meine erste Kundin sei Spanierin.
Fabios Ausführungen haben sie amüsiert. Das waren die Profi-Infos,
mehr für Neuzugänge aus anderen Häusern, nicht für Anfänger.
Gemessen hat sie auch nicht, sondern sich in ein wissendes Lächeln
gewandet, das mir zu denken gibt. Frauen vertrauen meiner Wahl,
erklärte sie mir und schickte mich los.

Schließlich atme ich ein letztes Mal tief ein und klopfe. Die Tür ist
nur angelehnt. Durch meine Berührung in Bewegung versetzt, öffnet
sie sich mit einem leisen Quietschen. Die Vorhänge vor dem Fenster
sind zugezogen. Meine Augen gewöhnen sich langsam an das im
Zimmer herrschende Dämmerlicht. Es liegt kein besonderer Geruch
im Raum. Irgendwoher kommt eine Brise. Ich schließe die Tür hinter
mir und ersticke damit die Bewegung der Luft. Dann sehe ich sie, und
ein Brennen erfasst meine Haut. Es beginnt an den Handinnenflächen
und arbeitet sich durch den gesamten Körper vor. Sie liegt
ausgestreckt auf dem Bett, das in der Mitte des Zimmers steht. Sie ist
nackt, ihr Rücken mir zugewandt.

Olá, sage ich in die Stille hinein und trete näher an das Bett heran.
Sie sagt nichts, sondern greift nach einer kleinen Uhr, die auf dem
Nachttisch steht. Sie bewegt den Kopf mit einer Geste, in der
Schwerfälligkeit liegt. Langsam kommt das schwarze Haar, das auf
ihrem Rücken ruht, in Bewegung. Die schweren Locken fallen auf ihr
Kreuz herab. Dann blickt sie mich an, und nun sehe auch ich es. Jetzt
verstehe ich, warum Tally mich in die Dunkelheit dieses Raumes
geschickt hat. Ich sehe in meine Augen. Ich sehe in den tiefen
Abgrund der Melancholie. Mein Blick gleitet ihren Körper entlang. Da
ist ein Schimmern auf ihrer nackten Haut, als trüge sie ein aus ihr
gestricktes Kleid.
Ich setze mich auf den Rand des Bettes und folge mit den Fingern den
unsichtbaren Nähten der Schwermut. Sie überziehen ihren gesamten
Körper. Ihre Silhouette umhüllt der matte Abglanz eines fernen
Funkelns. Ich wittere dieser leisen Spur nach. Zwischen ihren
Schulterblättern halte ich inne, lege meine flache Hand auf ihren
Rücken und bemerke, dass ich den Atem anhalte. Das Brennen auf
meiner Haut hat aufgehört. Es ist einem dumpfen, schweren Gefühl
von Seele gewichen. Als ich wieder atme, spüre ich, wie ein Zucken
durch ihre Muskeln fährt. In der Berührung unserer Körper liegt der
Verlust. Ich gebe mich der Sehnsucht hin, die mir in den letzten
Wochen den Leib vergiftet hat, und werde plötzlich eins mit der
Verzweiflung, die in ihrer Unerfüllbarkeit liegt. Schmerz wütet in
unserer beider Körpern. In seinem Zerstörungswerk finden wir uns
wie zwei erschöpfte Flüchtlinge wieder. Ich gleite aus meinen
Kleidern. Die Spanierin dreht sich auf den Rücken und blickt mich an.
In ihrer Trauer finde ich Trost. Ich reiche ihr meine Hand und sie setzt
sich auf. Ohne Hast greife ich nach ihrem Becken und ziehe sie zu mir
heran, denn ich will sie nicht mit dem Gewicht meines Körpers
beschweren. Ich will die ganze Macht des Gefühls auf ihrer nackten
Haut liegen sehen. Ihre Ohnmacht, die sie umgibt. Sie setzt sich auf
meine Oberschenkel. Dann verschlingen sich unsere Blicke
ineinander. Sie hat mich in sich erkannt, so wie ich sie erkannt habe.

Ich kann nicht genug bekommen von der Schwere ihres Körpers. In der unendlichen Zartheit ihrer Glieder wiegt das Gewicht des Leids doppelt. Unser Atem vermischt sich langsam. Ich streiche ihr das schwarze Haar von der Schulter, um von ihrer Haut zu kosten. Das Salz des Schweißes auf ihrem Hals erzählt mir von der Lust, die mittlerweile auch Besitz von mir ergriffen hat. Jetzt halte ich inne und spüre tiefe Dankbarkeit, weil ich mich für einen Moment werde vergessen können.

Gierig umschließe ich ihren Hintern und spüre, wie sie in meinem Rücken ihre Beine um mich schließt. Ihr Körper stemmt sich gegen meinen. Ihre Lippen auf meiner Brust. Sie bringt meine Gedanken zum Verstummen. Ich kenne den Schmerz nicht mehr, bin nur noch Herzschlag. In meinen Händen ihr Körper, der sich mir hingibt. So wie ich mich ihr hingebe, in einem Erkennen, das uns beide erfüllt. Und ich verstehe plötzlich die Gestalt ihrer Melancholie, die sich mit Lust betäuben lässt. Sie taucht völlig in ihr ab. Sie geht auf in diesem Meer aus Gefühl, das sich über unsere Poren legt und in uns dringt. Ich spüre ihre Hände. Wir verfallen einander und löschen uns gegenseitig aus. Ihre Berührung dringt durch meine Haut hindurch, als wäre sie porös und transparent. Ich weiß nicht mehr, wo ich aufhöre und wo sie anfängt. Meine Sinne gehorchen ihr. Mit den Augen folge ich ihrer Hand, die meine Rippen hinabgleitet. Ohne auch nur einen Moment innezuhalten, erreicht sie meinen Schwanz. Sie umschließt ihn nicht. Es sind ihre Finger, die ich spüre und in denen ein unnachgiebiges Fordern liegt, kein Zögern. Ich spüre, wie die Muskeln in meinem Rücken nachgeben, und stütze mich mit den Händen ab.

Ihr Blick fällt auf mich, doch es ist nicht mehr derselbe. In ihren Augen leuchtet ein Glanz, den ich vorhin nicht wahrgenommen habe. Seele erscheint in ihnen und breitet sich langsam auch in mir aus. Sie greift mir in den Nacken und ins Haar. Zieht mich zu sich heran. Wie in einer einzigen fließenden Bewegung legt sie ihre Lippen auf die meinen und verharrt einen Moment, ohne ihre Augen, in denen jetzt die ganze Tiefe ihres Seins liegt, von mir zu nehmen. Dann erlebe ich ihre Zunge. Sie erobert mich. Ich schließe meine Augen für einen Wimpernschlag. Sie legt ihre Stirn auf meine. Nun höre ich sie atmen, ein Stöhnen entweicht ihr, bevor sie meinen Schwanz umfasst, ihre Hüfte hebt und ich in sie eindringe.

Sie lässt ihren Kopf in den Nacken fallen, das schwere Haar folgt ihren Bewegungen. Meine Zunge fährt über ihren Hals, leise höre ich sie etwas flüstern. Ich greife in ihre dichten Locken. Sie hebt den Kopf. In der leisen Bewegung ihrer Hüften liegt ein drängendes Fordern. Sie ändert den Rhythmus. Eine Heftigkeit fährt in ihre Glieder, die ihr Körper zuvor nicht gekannt hat. Meine Hände auf ihrem Rücken. Wie zwei Ertrinkende, die sich aneinander festzuhalten suchen, auf schweißnasser Haut den Halt zu verlieren drohen. Jetzt höre ich sie wieder flüstern.

Fóllame. Nimm mich.

Ihr Blick fällt auf mich, es ist wieder ein gänzlich neuer Ausdruck, der sich ihrer bemächtigt hat. Der helle Glanz ist jetzt einem Funkeln gewichen, in dem kein Erkennen mehr liegt. Die Schwere ist aus ihren Gliedern gewichen. Ein wildes Verlangen bebt in ihren Worten.

Fóllame!

Sie beißt sich auf die Unterlippe und hebt die Arme über ihren Kopf. Wir vibrieren in dem Rausch, der sich aufbäumt, um uns mit sich zu reißen. Begierde füllt das Zimmer. Dann spüre ich unsere Zähne aufeinanderschlagen, während unser Atem sich verschränkt. Ihr Stöhnen zwischen Küssen, die mehr und mehr ein tollkühnes Verschlingen werden. Uns erfasst eine dämonische, blinde Leidenschaft, deren Lust im puren Verlangen liegt.

Der Rhythmus ihres Beckens gleitet nahtlos in meine Bewegungen über. Ohne dem Gewicht meines Körpers Beachtung zu schenken, halte ich mich an ihren Hüften fest. Ich spüre, wie sie wechselseitig meinen Bewegungen nachspürt oder sich ihnen entgegenwirft, als läge Erlösung darin. Vergessen. Vergeben. Doch es ist Erinnerung, die sie lenkt, die sie ausfüllt und in ihrem Stöhnen aus ihr herausfährt.

Ihre Stimme erfüllt den Raum, doch ich erkenne die Worte erst nach
und nach. Sie nehmen Gestalt in meinem Kopf an. Es sind ihre Worte,
doch sie sind nicht an mich gerichtet.
Manuél, sagt sie immer wieder an meinem Ohr.
Ihre Augen sind nach innen gerichtet. Ich spüre eine Gänsehaut in
meinem Nacken, dann schließe ich die Poren meines Körpers vor der
Außenwelt, in der eine drohende Verletzung liegt, und lasse mich
ebenfalls fallen. In ein fernes Ich, das Sicherheit verspricht, die es in
meinem Leben nicht mehr gibt.

1 6 .

Das Böse ist Ansichtssache. Johanna hält mich für eine Reinkarnation. Ich finde das albern. Ihr Leben ist dasselbe, nur ohne mich. Ich hingegen habe alles verloren. Ein schwerer, öliger Film hat sich über mein Leben gelegt. Meine Enttäuschung raubt mir die letzte Kraft. Obwohl ich hätte wissen müssen, dass mit meiner Abreise aus Berlin das ersehnte Glück nicht frei Haus geliefert würde, bin ich der irrationalen Hoffnung erlegen, in Fortaleza anzukommen, das Telefonbuch aufzuschlagen und Yara zu finden. Einfach so. Als wäre es das Leichteste der Welt. Mit vorsichtigen Schritten, als könne die Erschütterung meines Körpers weiteres Unheil in mein Leben tragen, schleiche ich durch Tallys Haus. Ihre Schwester Maureen ist vor Wochen zurück nach Hong Kong geflogen, um sich um das Hotel zu kümmern, das ihr Vater ihr hinterlassen hat. Tally stört das nicht. Maureen war eben sein Lieblingskind.

Im Garten treffe ich auf meine Gastgeberin. Tally faulenzt im Schatten auf einer Sonnenliege. Als sie mich erblickt, schiebt sie die Sonnenbrille ins Haar und zieht eine Augenbraue hoch. Ich lasse mich neben sie auf die freie Liege fallen und stöhne.

Oh la la, lässt sie verlauten.

Hm, bestätige ich.

Sie gießt mir ein Glas Wasser ein und reicht es mir.

Willst du arbeiten?, fragt sie leichthin.

Ich schüttle den Kopf.

Das bringt dich auf andere Gedanken, versucht sie mich zu überzeugen.

Ich will keine Frauen sehen. Sie haben sich mir verdorben, seufze ich.
Sie lacht.
Nimm einen Mann, schlägt sie vor.
Ich werfe ihr einen Blick zu, den sie zu deuten weiß. Ich habe mich
bisher geweigert mitzumachen und werde es auch weiterhin so
halten.
Dann wird es laut im Garten und ich verfluche mein Schicksal. Von
der Terrasse laufen zwei junge Männer auf uns zu, die ins Klischee
passen. Sie sprechen so laut, als gelte es ihre Ankunft in die Annalen
der guten Laune einzuschreiben. Es sind Exemplare von Typen, die
Frauen klassisch schön finden, während Männer in Kneipen oder Bars
sich bierselig genötigt fühlen, ihnen Beleidigungen zuzugrölen oder
sie sogar tätlich anzugreifen. Sie sind eine Zumutung für ihr
Geschlecht. Ich pflege ihre Existenz zu negieren. Es hilft auch sich
einzureden, dass sie schwul seien. Davon gibt es viele, die in dieses
Haus kommen. Anscheinend hat Tally das gesamte
Schönlingspersonal der Stadt abgeschöpft. Ich will aufstehen, doch sie
hält mich zurück.
Das sind Fabio und Nicolas, stellt sie mir die beiden vor.
Ich nicke ihnen zu.
Oi, sagt Fabio und winkt.
Von Nicolas höre ich nichts.
Schätzchen, sagt Tally zu Fabio, weise unseren Freund hier ein.
Sie zeigt auf mich und steht auf.
Nein, Tally, ich … Weiter komme ich nicht, sie tritt zu mir, der ich
immer noch auf der Liege lümmle, beugt sich herunter und legt die
Hand auf meine Brust.
Du tust es und erhältst eine Adresse von mir, raunt sie mir zu.
Was?, springe ich alarmiert auf.
Ja, nickt sie.
Du hast Yaras Adresse?
Du wirst mich davon überzeugen müssen, dass du sie wert bist,
schließt Tally und schnappt sich Nicolas, mit dem sie ins Haus

verschwindet.

Ich fasse es nicht. Jetzt kommt endlich Bewegung in mein verfahrenes
Leben. Sie hat Yaras Adresse und sie wird sie mir geben. Sie muss sie
mir einfach geben. So herzlos kann sie nicht sein. Was hat sie davon,
dass ich ihr das Geschäft mit einer Kundin vermassle? Ich kann mich
jetzt nicht mit Frauen beschäftigen. Ich will Yara. Ich bin versucht,
Tally nachzugehen, doch ich weiß, dass sie unnachgiebig wäre. Wenn
sie sich etwas in den Kopf gesetzt hat, dann verfolgt sie stur ihr Ziel.
Offenbar ist sie dem Gedanken verfallen, dass ich mir Yaras Adresse
zu verdienen habe. Aber da hat sie nicht mit meinem Widerwillen
gerechnet. Ich kann genauso dickköpfig sein wie sie, und da mache
ich auf keinen Fall mit.

Fabio ist vor mir stehen geblieben. Ich mustere ihn, als wäre er vom
Mars kommend auf Stippvisite. Er trägt das volle Haar vorne lang.
Mit einer Geste, die er sicherlich vor dem Spiegel eingeübt hat, schiebt
er die wilden Strähnen auf die linke Seite. Am Hinterkopf fallen sie
ihm in den Nacken. In Jeans und T-Shirt sieht er normal aus. Ganz
unauffällig. Offenbar verändert Sex die Persönlichkeit nicht. Da liegt
nichts Grelles in ihm, das Aufschluss darüber gäbe, dass er als
Callboy arbeitet. Anscheinend fügt sich sein Job ganz
selbstverständlich in sein Leben.

Er lässt sich in Tallys Sonnenliege fallen und spricht nicht. Ich beäuge
ihn nicht weiter. Langsam wird er mir sympathischer. Er trägt keine
Unmengen von Schmuck, wie es Nicolas getan hat, mit dem er
gekommen ist. Er plappert kein dummes Zeug, sondern schlägt
gelassen die Beine übereinander und legt die Hände in den Nacken,
als gelte es, einen entspannten Nachmittag in Untätigkeit zu
verbringen. Ich halte es spontan ebenso und lasse mich zurück in die
Liege gleiten, von der ich vorhin aufgesprungen bin. Mein Blick
verharrt auf dem Nachmittagshimmel Fortalezas, und dann werde ich
mir plötzlich der Unmöglichkeit bewusst. Wie macht der Typ das
nur? Ich entspanne mich tatsächlich. Oder ist das die Aussicht auf
Yara? Mein Kopf ist leer. Ich lehne mich zurück und schließe die

Augen. Dann entweicht mir ein Seufzen. Das genieße ich jetzt einfach.
Der Zustand ist zu schön, um ihn mit Gedanken zu beschweren.
Bereit?, höre ich Fabio neben mir fragen.
Ich hatte ihn schon völlig vergessen. Mittlerweile dämmert es. Ich
bleibe schlapp liegen, hebe träge meine Augenlider und sehe ihn an.
Er hat eine ernste Miene aufgesetzt. Ich weiß nicht, was ich erwidern
soll.
Keine Ahnung, sage ich ehrlich.
Fabio grinst.
Wird schon, ermutigt er mich.
Dann steht er auf.
Komm, sagt er und läuft einfach los.
Ich schäle mich aus der Sonnenliege und spüre meinen Körper
nicht mehr. Die Anspannung ist weg. Mit der Hand fahre ich mir
durch die Haare und höre in mich hinein. Nein, da ist keine bange
Furcht mehr. Weder vor mir selbst und meinen saublöden Ideen, die
mich in aussichtslose Situationen bringen, noch vor äußeren
Katastrophen, wie sie mich in den letzten Monaten regelmäßig
heimsuchen, als konkurrierte mein Schicksal mit den zehn göttlichen
Plagen und stünde gerade mitten im Froschregen. Selbst meine Birne
dröhnt nicht mehr.
Seltsam, denke ich, ich bin lethargisch, wie postkoital. Fabio ist in
einiger Entfernung stehen geblieben und schaut mich an. Er legt den
Kopf schief und kneift die Augen zusammen.
Alles okay?, ruft er.
Ja, sage ich und lasse mich sogar zu einem Lächeln hinreißen, alles
okay.
Offenbar bekommt mir die Aussicht auf zügellosen Sex. Gut, dann
lass' ich mich eben verkaufen. Scheiß drauf. Hauptsache, ich finde
Yara.
Er führt mich in die zweite Etage. Ich erinnere mich, dass ich mich
anfangs darüber wunderte, warum Tally so viele Gästezimmer
benötigt. Ich muss grinsen. Jetzt amüsiert mich das Ganze.

Hier ist das Bad, klärt mich Fabio auf.

Weiß ich, entgegne ich.

Aha, lässt er verlauten und mustert mich.

Ich wohne hier, erläutere ich.

Quatsch, entfährt es ihm.

Doch, sogar schon ziemlich lange.

Unmöglich, schüttelt Fabio den Kopf. Seit wann?

Hm, überlege ich, seit zwei Monaten ungefähr.

Ich hab dich nie gesehen, stellt er überflüssigerweise fest.

Ja, sage ich, ich weiß.

Geduscht und gekämmt stehe ich mit einem Handtuch umwickelt in meinem Zimmer. Fabio sieht sich um. Mittlerweile bemächtigt sich meiner eine gewisse Aufregung. Draußen ist es jetzt dunkel. Wie jede Nacht, außer montags, füllt sich das Haus allmählich.

Ha, lacht er, du wohnst hier seit zwei Monaten und weißt nichts?

Nein, wiederhole ich mich.

Dann wird sie dich schicken, sinniert er, du wirst 'nen Hoteljob kriegen. Oder 'ne Bar.

Ich nicke nur. Alles zu kompliziert für mich. Dafür habe ich ein passendes Hemd gefunden. Fabio lehnt sich aus dem Fenster, um zu rauchen. Ich werfe mein nasses Handtuch aufs Bett. Mein Zimmer ist nicht sehr groß.

Gehen wir davon aus, dass du ins Hotel gehst, sagt er zwischen zwei Zügen seiner Zigarette.

Okay, sage ich und suche nach meiner Jeans.

Es gibt zwei Varianten, fährt er fort, entweder du bekommst einen Namen und verbringst den Abend an der Bar. Die Klienten zahlen.

Sex ist immer inklusive, auch wenn sie keinen Gebrauch davon machen.

Klar, nicke ich. Klingt einfach.

Oder du bekommst eine Zimmernummer, was wahrscheinlicher ist.

Hier gibt es wieder zwei Varianten. Volle Nächte oder Sex und hopp.

In der Regel buchen sie nur den Sex, das sagt dir Tally aber vorher.

Wenn sie dich nicht eh gleich die Nacht durchtaktet. Aber das siehst
du dann einfach.
Hm, nicke ich und kleide mich in Gelassenheit.
Und merk dir immer, wie viele Kunden du auf einer Buchung hast.
Manchmal verlangen sie erst 'ne Solonummer und dann sind sie zu
dritt. Dann ruf Tally am besten gleich an. Das geht gar nicht. Sie
berechnet immer pro Person, nicht pro Anfahrt. Aber das ist klar,
nicht? Im Nachhinein kannst du bei ihr nichts mehr ausrichten. Da ist
sie streng.
Aha, sage ich schwach.
Fabio nimmt einen tiefen Zug von seiner Zigarette.
Hat sie schon gemessen?, fragt er und dreht sich zu mir um.
Was?, frage ich.
Deinen Schwanz, Spaßvogel, lacht Fabio.
Nein, sage ich und versuche normal zu klingen.
Macht sie noch, erklärt er altklug, die Kunden fragen vor der Buchung
nach der Länge.
Ach so, sage ich und lasse meinen Kopf auf die Brust fallen, als müsse
ich mich mit mir besprechen.
Keine Drogen und keine Besäufnisse. Tally kriegt 'nen Fön, wenn du
vollgekokst bist oder so. Sie macht jeden Monat 'nen Test, und wer
nicht clean ist, fliegt raus.
Fabio schnippt seine Zigarette in den Garten.
Pillen kannst du dir von Tally geben lassen. Aber du kennst die
Dinger. Wenn du die Nacht durcharbeiten musst, kannst du pro
Buchung nicht so lange machen. Klar, die Klienten stehen drauf. Aber
das Scheißzeug verplempert einfach zu viel Zeit und du ackerst bis in
den Morgengrauen.
Ich spare mir meinen Kommentar. Was soll ich dazu noch sagen?
Dann dreht sich Fabio zu mir und verschränkt die Arme. Er runzelt
die Stirn. Ich stehe verloren mitten im Raum und starre ihn an.
Erzähl mir nicht, dass das dein erstes Mal ist?
Äh, naja, gebe ich zu, also … ja, doch.

Während Fabio noch damit beschäftigt ist, sich vor Lachen den Bauch
zu halten, mache ich mich auf den Weg, Tally zu suchen. Vielleicht
kann ich sie erweichen, mir Yaras Adresse zu geben, ohne dass sie
mich in diese Hölle zwingt. Ich glaube nicht, dass ich das kann. Das
klingt alles brachial, aussichtslos, auch wenn ich nicht verhehlen
kann, dass mir diese neue Leichtigkeit gefällt, eine Leichtigkeit, die
mir die Aussicht auf körperliche Lust gespendet hat.

1 7 .

Tally wohnt in Iracema, einem Bohemeviertel, nicht weit von der Ponte Metálica entfernt. Ausladende Palmen stehen in den Alleen, die hier den sonst so seltenen Schatten spenden. In einer der wenigen alleinstehenden Villen findet sich ihr Nachtclub. Die wohl berüchtigtste Adresse Fortalezas. Selbstverständlich umgibt sie eine dunkle, schwarze Steinmauer, und dann ist da noch ein Porteiro in nachtschwarzem Anzug. Der ist unabwendbar, eben brasilianisch. Eine Kiesauffahrt und eine geschwungene Freitreppe schmücken das Haus von vorne. Hinten liegt ein schattiger Garten. Eine Idylle, die eigentlich nicht nach Fortaleza passt. Vielleicht läuft das Geschäft deshalb so gut?

Ich sitze schwitzend in Tallys Honda, den sie mir geliehen hat, und betrachte die Heiligenbilder am Haupteingang. Mir fehlt die Kraft auszusteigen, obgleich der Wagen keine Klimaanlage hat. Meine erfolglose Suche nach Yara macht mich kaputt. Ich bleibe einfach schlapp im Autositz hängen und hoffe auf eine Inspiration, doch in meinem Kopf herrscht absolute Leere. Also lasse ich die Minuten verstreichen und verspanne mich dabei vollkommen. Meine Hände sind so fest um das Lenkrad gekrallt, dass ich die weißen Knöchel mir geradezu entgegenspringen sehe. Dann steige ich endlich aus und fühle mich alt. Alle Glieder schmerzen. Mein Kopf dröhnt zwischen den Ohren, als wolle er zerspringen. Ich brauche eine kalte Dusche, um unter all dem Schweiß mich selbst herauszuschälen. Doch noch bevor ich das rettende Haus mit seiner verlässlich schnurrenden Klimatisierung erreichen kann, surrt es in meiner Hosentasche. Es ist das Mobiltelefon. Ich ziehe es aus der Tasche und werfe einen Blick

auf das Display. Es zeigt den Namen meiner Mutter. Mit schweren
Gliedern lasse ich mich auf die Treppe vor dem Hauseingang sinken.
Die Heiligen blicken über mich hinweg. Sie haben schon über so
einiges hinweggesehen. Als ich Tally danach fragte, erklärte sie
zwinkernd, dass sich Religion und Sex in Brasilien eben nicht
ausschlössen. Da hat sie also Glück gehabt. Wann habe ich eigentlich
mal Glück?
Hallo?, melde ich mich, um Normalität bemüht.
Luca?, ruft meine Mutter mit der hohen, aufgeregten Stimme eines
kleinen Vogels.
Hey, Mama, erwidere ich und freue mich ein bisschen. Wie geht's?
Wo bist du?, kommt sie direkt zur Sache.
Schade, ich hätte gerne eines dieser normalen Gespräche geführt. Die
fehlen mir seit einiger Zeit. Das liegt wohl an der Situation.
In bin in Brasilien.
Und wann fliegst du nach Hause? Ich habe mit Johanna telefoniert.
Hm, mache ich gewohnheitsmäßig.
Sie sagt, du bist abgehauen. So ein Quatsch!, entrüstet sie sich. Du
fliegst doch wieder nach Hause, nicht?
Also, Mama …, setze ich an, doch sie unterbricht mich.
Luca, du kannst nicht in Brasilien bleiben!, herrscht sie mich
aufgebracht an, als sei es Bagdad und ich stünde unter Feuerbeschuss.
Mama, ich kann aber gerade nicht weg.
Warum?, fragt sie unverschnörkelt. Deine Frau und deine Kinder sind
in Berlin, und da solltest du auch sein.
Ja, sage ich einfach. Auf „sollte" kann ich mich einlassen.
Also, was soll das Ganze?
Es geht gerade nicht anders.
Luca, jetzt sei nicht so störrisch. Was gibt es da so Wichtiges?
Ich suche jemanden, erkläre ich vage.
Aha, macht meine Mutter. Hast du eine Affäre?
Mama, ich …
Luca, ich finde nicht, dass du sehr verantwortungsbewusst bist. Du

kannst umherreisen, wenn die Kinder aus dem Haus sind.

Mama, ich kann das nicht aufschieben. Jetzt kollidiere ich doch mit meinen Nerven.

So ein Unsinn!, fährt sie dazwischen.

Ich weiß, was ich tue, gebe ich eingeschnappt zurück.

Mir läuft der Schweiß den Rücken runter. Mein Hemd klebt an mir.

Was soll dieses Rebellieren?

Meine Mutter atmet aufgebracht in den Hörer. Sie ist sauer.

Ich rebelliere nicht!, meckere ich, ich versuche die Kontrolle über mein Leben zurückzubekommen.

Endlich kehrt Ruhe ein. Ich höre nur noch Rauschen, wie es bei Ferngesprächen immer rauscht.

Was war falsch an deinem Leben?

Ich glaub', es war nicht mehr meines, gebe ich zu.

Wir beruhigen uns langsam.

Hast du das Johanna gesagt?

Ja, ich habe es versucht.

Was hält sie davon?

Sie sagt, ich wäre ja immer dabei gewesen. Ich könne ihr jetzt nicht vorwerfen, dass unser Leben nicht mehr meines, sondern nur ihres sei. Das hätte mir schließlich auffallen müssen. Es ist ja nicht so, dass sie mir Fesseln angelegt hat. Aber sie hat immer alles dominiert. Ich hätte früher etwas sagen sollen, meint sie, und ihr eine Chance geben müssen, auf mich zu reagieren.

Hm, macht meine Mutter, wie ich es sonst tue.

Aber weißt du, sage ich weiter, ich habe keine Ahnung, wann diese Zeitpunkte waren, an denen ich etwas hätte sagen müssen. Ich weiß nur, dass ich mit meinem Leben nichts mehr zu tun hatte. Ich war fremd darin. Klingt doof, ist aber so.

Und was machst du jetzt?

Meine Mutter bemüht sich um Ruhe und Gelassenheit in ihrer Stimme.

Ich weiß es nicht, gebe ich offen zu, weil ich mich nicht mehr provoziert fühle.

Du suchst jemanden, hast du gesagt.

Ja, stimmt.

Und was erhoffst du dir, wenn du die Person gefunden hast?

Ich schlucke. Da ist sie wieder. Die Hoffnung.

Liebe, glaube ich.

Meine Mutter atmet in kleinen, geräuschvollen Zügen.

Okay, höre ich sie sagen, wahrscheinlich musst du das tun?

Ich kann nicht anders.

Lässt du dich scheiden?

Ich rücke in den Schatten. Die Sonne brät mich sonst. Johanna fragt
das auch. Sie war immer gerne verheiratet. Ich betrachte meinen
Ehering.

Nein, sage ich.

Du kannst zurück, höre ich meine Mutter sagen. Das weißt du, nicht?

Nein, ich will, dass …

Warte, Luca, fällt sie mir ins Wort. Ich will dich nicht umstimmen
oder so. Ich will dir etwas anderes sagen.

Aha, erwidere ich nur.

Es ist deine Suche. Wenn du die Frau liebst, die du suchst, sollst du sie
suchen. Und ich wünsche dir, dass du sie findest. Aber Luca, sagt sie
jetzt, bitte mach keine Religion draus, ja?

Ich entgegne nichts, sondern schlucke angestrengt.

Hörst du mich?

Ja, Mama, ich höre dich.

Ich meine, vergiss uns nicht, ja?

Ja, sage ich erneut und schlucke schon wieder schwer.

Mama …

Ja?

Ich denke an meine Mutter, wie sie im Flur steht. Während des
Telefonierens läuft sie gerne auf und ab. Sie hat ein Telefon, das an
der Wand befestigt ist, wie in amerikanischen Filmen. Das liegt aber
nicht daran, dass sie zu viel fernsieht, sondern an ihrem Umherlaufen.

Früher ist das Gerät während eines jeden Telefonates unweigerlich von dem Tischchen im Flur gefallen. Kein Gespräch, das man mit meiner Mutter führen konnte, ohne dass es plötzlich krachte und die Leitung unterbrochen war. Also hat mein Vater ihr ein Telefon gekauft, das er an der Wand anbringen konnte. Jetzt hängt es dort, meine Mutter leiert mit ihrer Lauferei die Strippe zum Hörer endlos aus und wird wahrscheinlich irgendwann eine Furche in den Flur gelaufen haben. Ich schmunzle in mich hinein.
Danke, sage ich schließlich und bin glücklich über meine Mutter.
Ich liebe dich, Luca, sagt sie.
Hm, mache ich.
Ruf mich mal an, ja?
Ja, verspreche ich ihr, und dann legen wir auf.
    Mit Yara wird das alles ganz anders. Da bin ich mir sicher. Ich habe eine zweite Chance verdient und werde alles richtig machen. Gut, erst mal muss ich sie überhaupt finden. Und dann weiß ich ja noch gar nicht, ob sie mich überhaupt will. Wenn sie mich will, dann möchte ich mit dieser Vorsicht vorgehen, die es zu wahren gilt, wenn zwei Menschen sich kennenlernen. Ich will dieses zarte Tasten erleben, dieses leise Einander-Schätzen und -Respektieren, ohne diffizile Zwischentöne interpretieren zu müssen. Ich will uns ehrlich und offen. Und ich möchte, dass wir uns wie einen Schatz aufbewahren. Weil in einer Liebe, die wir mit Behutsamkeit leben, endloses Gefühl liegt, das sich niemals verbrauchen wird. Der Gedanke an uns hüllt mich ein und lässt mich ganz weich werden. Ich sehe uns im Amazonas. Oder anderswo im Landesinneren. An einem der zahllosen Flüsse. Da ist dann ein Haus, das im Fluss steht, vielleicht auf Stehlen. Bötchen schippern morgens an uns vorbei und wir stehen auf der Terrasse, jeder eine Tasse frischen Kaffee in der Hand.
Ich löse mich von den Steinstufen und stehe auf. Die Heiligen blicken mich jetzt an. Ich wünsche mir, dass sie mir verraten, wie es weitergeht.
Und jetzt?, frage ich todesmutig und hoffe auf ein Wunder.

TEIL DREI

MATO GROSSO. PANTANAL. BRASILIENS HINTERLAND

1.

Unter dem Mangobaum steht mein Huhn und starrt mich feindselig an. Es sieht zerfleddert aus, weil es mir schon zweimal entwischt ist. Ich gehe federnd in die Knie, meine Hände ruhen auf den Oberschenkeln. Schweiß tropft mir von der Stirn in die Augen. Ich wische ihn mit einer kurzen Bewegung am T-Shirt-Ärmel ab. Dann kneife ich die Augen zusammen. Kampfeslustig fixiere ich mein Huhn, das ein verärgertes Beschwerdegackern in meine Richtung ausstößt, und greife an. Aufgeregt mit den Flügeln flatternd springt das Tier wie kopflos von rechts nach links. Sekundenlang scheint es, als müsse ich nur zupacken, doch als ich endlich in Greifnähe bin, rennt es kreischend los und ich ihm hinterher. Mit panisch geweiteten, mittlerweile vom Kampf deutlich zerrupften Flügeln schießt es über den ausgedörrten Erdboden direkt auf den mächtigen Stamm des Mangobaums zu. Angesichts der nahenden Katastrophe versucht es sein Tempo zu drosseln, doch bin ich weiterhin auf unnachgiebigem Verfolgungskurs und mache dem Huhn gnadenlos Beine. Schließlich prallt es mit einem dumpfen Klatschen gegen den Baum, und damit habe ich es. Triumphierend halte ich das strampelnde Tier fest umklammert. Ich presse es mir an die völlig verschwitzte Brust. Meins!

Grinsend trete ich zu Max. Er steht in der Küche. Wobei es hier genau genommen kein Innen gibt, sondern lediglich Betonpfeiler, über denen eine Dachkonstruktion aus Palmenblättern liegt. Anders ließe sich die Hitze nicht ertragen. Die offenen Räume sind unterschiedlichen Arbeiten gewidmet. Küche mit Feuerstelle, Esszimmer mit einem großen Holztisch, Garage mit Motorrädern oder Schuppen mit Werkzeug. Lediglich das Schlafzimmer, in dem wir nachts unsere Hängematten installieren, hat Wände. Max würdigt meinen Fang nur mit einem kurzen Blick und wendet sich dann wieder seinem gelben Kürbis zu, den er mit einem überdimensionierten Messer in kleine Stücke teilt und in einen zerbeulten Topf wirft. Ich verweile mit dem zeternden Huhn an seiner Seite. Schließlich blickt er zu mir auf.

Was?

Ich zucke mit den Schultern.

Wohin mit dem Huhn?, frage ich noch ein bisschen atemlos. Laufen lasse ich es nicht mehr, das ist mal klar.

Drüben, lässt Max gewohnt wortkarg verlauten und wendet sich wieder seinem Kürbis zu. Ich folge seinem Nicken in Richtung der Kuhhäute, die im Hof auf Wäscheleinen hängen. Demnächst werden sie Lassos und Zaumzeug aus dem getrockneten Leder machen. Auch die Trockenstelle ist durch Palmenblätter geschützt, denn es regnet viel im Pantanal. Ohne weiter nachzufragen, laufe ich mit meinem aufgebrachten Huhn unter den Häuten durch und stoße auf einen blutigen Baumstumpf, in dem eine Axt steckt.

Aha, denke ich und überlege, ob es im Bereich des Möglichen liegt, ein Huhn festzuhalten und gleichzeitig die Axt zu schwingen. Mein Blick fällt auf das wütende Tier in meinem Arm. Es strampelt und gackert. Ich lasse mich nicht irritieren, sondern zerre die Axt aus dem Baumstumpf und versuche das Huhn zu positionieren, was mir jedoch nicht gelingt, da es partout nicht stillzuhalten gedenkt.

Wie kann man eigentlich vierzig werden und noch kein Tier geschlachtet haben?, frage ich mich, während ich mit dem angewinkelten Knie halb über dem Federvieh hocke, um es auf dem Baumstumpf zu fixieren. Ist das die magische Grenze, die man einmal überschritten haben muss? Der Gedanke lässt mich grinsend innehalten. Das Huhn krönt den Moment mit Gegacker und dann entwischt es mir beinahe, als ich mit der Axt ausholen will. Ich verlagere mein Gewicht auf das Knie und hänge jetzt halb über dem Baumstamm, als hinter mir schallendes Gelächter ertönt.

Hey, Ballerina.

Ich drehe mich um und sehe, wie Max und sein Bruder Naor sich die Bäuche halten. Von vornehmer Zurückhaltung keine Spur. Aber das bin ich gewohnt. So halten sie es immer, wenn sie mich in die Untiefen des Landlebens einweisen. Ein tiefer rotfarbener Sumpf, in dem ich für gewöhnlich stecken bleibe. Dann quietscht und schmatzt es, aber meistens komme ich doch durch, weshalb ich mich noch nicht geschlagen geben will, sondern allenfalls einen Hinweis akzeptiere.

Pack es an den Flügeln, empfiehlt Naor, obwohl ihm meine Knie-auf-den-Bauch-Methode angeblich gut gefällt.

Sehr elegant, stimmt Max zu und kichert in seinen Cowboyhut hinein.

Ballettös, albert Naor.

Nicht dass die beiden jemals in der Oper gewesen wären – so etwas gibt es in diesem Dschungel gar nicht –, aber blöde Sprüche gehen den beiden locker von der Hüfte. Seit meiner Ankunft im Pantanal scheine ich in meiner städtischen Behäbigkeit ihr liebstes Hobby geworden zu sein. Ich lege Überzeugungskraft in meinen Griff um die Hühnerflügel, und das Tier erstarrt, als wäre es eine Katze, der man in den Nacken greift. Ohne weiter nachzudenken, hole ich mit der Axt aus und schlage dem Huhn den Kopf ab. Tosender Applaus tönt mir von den Brüdern entgegen, während mir das Blut ins Gesicht spritzt.

Am Abend hängt mir der Geruch von rohen Gedärmen noch in der Nase. Das Fleisch des Huhns haben wir verputzt. Es hat wie jedes Huhn geschmeckt. Kein Beigeschmack von großen Heldentaten oder Wagemut. Einfach Hühnchenfleisch mit Kürbis und Kochbananen in einer schweren Biersauce, die für die Arbeit des Tages belohnt. Wir reiten zweimal die Woche raus auf das Weideland der Farm, für die wir arbeiten. *Rodeo*, sagen die Pantaneiros, ohne ein sportliches Vergnügen zu meinen. Wir treiben die Rinder zusammen, um sie an den Salztrögen zu versammeln. Mit meiner Hilfe, denn mittlerweile halte ich mich mühelos im Sattel, sprengen wir im Galopp über das weite Sumpfland und halten die ausbrechenden Bullen im Zaum. Sie gewöhnen sich schnell an die Herrschaft der Pferde. Es sind wendige

Geschöpfe, die dem Eigenwillen der Rinder gelassen gegenübertreten. Immer enger ziehen wir unsere Kreise, bis wir nach zwei Stunden knapp dreihundert Tiere zusammengetrieben haben. Wie beiläufig spähen die Brüder nach Wurmkrankheiten oder sonstigen Verletzungen. Mit Kennerblick finden sie die befallenen Tiere. Vom Pferd aus fangen sie sie mit dem Lasso, führen die Leine um einen Baum oder eine Palme und besprühen dann die infizierten Rinder mit einem grell lilafarbenen Fluidum aus einer der Satteltaschen, das Heilung bei Wurmkrankheit verspricht. Meine Kunstfertigkeit am Lasso lässt zu wünschen übrig. Ich habe stundenlang geübt, ohne nennenswerte Fortschritte zu machen. Bewegte Ziele sind nicht meine Sache. Die mutterlosen Kälbchen treiben wir zusammen, um sie im LKW zum Schlachter zu fahren. *Frigorifico,* heißt es bei den Vaqueiros salopp. Damit meinen sie das Kühlhaus, in dem die Tiere enden. Der Tod liegt im Pantanal nie weiter als einen Wimpernschlag entfernt. Wenig später löst sich die Rinderversammlung um die Tröge langsam wieder auf. Die Tiere verteilen sich in der Nachmittagssonne auf dem riesigen Weideland um die Fazenda *Quatro Santos.*

Ich schlage einen Moskito tot und beneide die Brüder um ihre Resistenz. Ihre lederne, schwarze Haut beachtet die Plage nicht. Was gäbe ich dafür, mit ihnen tauschen zu können. Mir verschafft einzig der Regen Abhilfe. Den überlebt die vielzählige Plage nicht. Sie verkriecht sich, sobald die Luft dick und schwül wird. Doch heute Abend sieht es nicht nach Regen aus. Die Wolken haben sich aufgelöst. Nur noch wenige Schleier hinter den Palmenwipfeln erinnern an ihren Besuch. Das goldene Rot der Abendsonne taucht den Himmel in weithin strahlenden Glanz. Ich presse die Handfläche auf die Mückenstiche, um das Gift zu verteilen. Max werkelt in der Küche vor sich hin, während Naor die dicken Satteldecken von den Wäscheleinen nimmt. Sie kennen beide keine Hektik. Keine Eile. Ich lege den Kopf in den Nacken und lausche in das Zilpen und Schnarren der anbrechenden Nacht. In der Ferne sehe ich die Rinder. Sie schlafen gemeinsam, um ihre Kälber zu schützen. Hier im Süden des Pantanals streifen Pumas durch die trügerische Dunkelheit. Brasiliens Hinterland sinkt in die Arme der Nacht. Das letzte Licht des Feuerballs verlöscht. Eine leichte Brise verwischt die Konturen der Palmen um uns herum. Ich entzünde die Petroleumlampen. Naor und Max setzen sich zu mir. Auch Augosto stößt zu uns. Es entspinnt sich eine leise Unterhaltung zwischen den Männern. Sie bewegen mit der Zunge die Zahnstocher im Mund. Ich kann dem Nikotin nicht abschwören. Tião hat seine Gitarre mitgebracht, um mit Max und Naor im seligen Einklang vom Pantanal zu singen. Es sind Lieder von Fährmännern des nahen Cuiabá-Flusses und liebestrunkenen Farmerfrauen. Ich lasse die Klänge mich in die Nacht tragen.

Wie selbstverständlich kommt mein wunderschönes Allzweckmädchen, das noch den Titel *Reinha da Cavalhada* trägt, vom fernen backsteinernen Herrenhaus auf uns zugelaufen. Sie legt die Hand auf meinen Schenkel und stimmt in die Lieder der schwarzen Arbeiter auf ihres Vaters Farm ein. Im Sommer wird sie ihren Titel an ein anderes Mädchen von einer anderen Fazenda weiterreichen. So machen sie es jedes Jahr im Juni, wenn sie das *Cavalhada*-Fest feiern. Von den katholischen Portugiesen einst ins Land gebracht, haben die alten Bekehrungsgeschichten in den Festen der einfachen Landbevölkerung überlebt. Dann wird die frisch gekürte Königin der gottlosen Mohren in ein wallendes Kleid gehüllt. Dunkelrot strahlt es im dunstigen Staub der endlosen Prärie. Zwölf Mohren begleiten ihre Königin in eine extra für das Fest erbaute Burg, aus der sie schließlich die frommen Christen retten. Winkend und jubelnd setzen die Christen ihren erbeuteten Schatz auf den Rücken eines Pferdes. Hinter ihnen steht die Burg in ein Flammenmeer getaucht, während die heilbringenden Eroberer mit der geraubten Mohrenkönigin von dannen reiten. Auf ihren leichtfüßigen Pferden messen sich die Pantaneiros spielerisch miteinander, und doch steckt hinter jeder Übung das ewig gleiche Christianisierungsgeschäft. Im Wettbewerb um die größte Geschicklichkeit ist der Kopf des heuchlerischen Verräters Judas mit der Lanze zu treffen. So feiern die Menschen des

Sumpflandes im Herzen Brasiliens reich geschmückte Feste, die sie an eine alte Vergangenheit erinnern, als es noch nicht umzäunte Indianergebiete im Pantanal gegeben hat. Jedes Jahr wird eine der Farmertöchter gewählt, um die einzige Frauenrolle zu mimen, die die *Cavalhada* zu bieten hat. Und so tragen weiße Töchter reicher Fazendeiros den Titel der Mohrenkönigin mit dem Stolz, der in der Tradition liegt.

Fast sieben Monate sind vergangen, seit mich das Schicksal nach Poconé geführt hat. Der mächtige Amazonas hat mich in die alte Goldgräberstadt am nördlichen Eingang des Pantanals gespült. Ich habe Fortaleza verlassen, wie ich es vorfand. Grußlos. Unüberlegt. Getrieben. Die Wohnung hat César übernommen, mein dankbarer Untermieter. Ich hatte sowieso keinen Wohnungsschlüssel mehr. Warum also bleiben? Mit meinem Rollkoffer bin ich nach Manaus geflogen und habe auf dem erstbesten Schiff angeheuert, das meinen Weg kreuzte. Eine schmale Chalana, in Gelb und Blau gestrichen. Sie war voll beladen mit Lebensmitteln, die das Boot auf dem breiten Amazonas von Hof zu Hof transportierte. Eine Plane schützte die Waren vor der unerbittlichen Sonne. Die Holzkisten, mit Früchten, Gemüse, Reis, Mehl, Öl, Essig, Gewürzen, Nudeln oder was das Herz sonst noch begehren mag, wurden bis zu einer waghalsigen Höhe gestapelt. Im hinteren Teil beherbergte das Schiff eine Kabine, die meinen Rollkoffer und nachts mich mit meinem Fieber verschluckte. Einige meiner Rippen waren gebrochen, den Knöchel hatte ich mir nicht nur verstaucht, sondern die ganze Ferse war von einem Schnitt großflächig entzündet und machte mir jeden Schritt zur Hölle. Bei meinem Sturz vom Parkhaus hatte ich mir die Schulter ausgerenkt und wahrscheinlich den Schädel geprellt, denn mein Kopf dröhnte wochenlang im Takt des Dieselmotors der Chalana. Ich vegetierte im Fieber vor mich hin. Mal lag ich auf der einen Seite, mal auf der anderen und konnte Tage und Wochen nicht mehr voneinander unterscheiden. Mein Zeitempfinden verlor sich in Schmerzen. Wie lange hatte ich mich nach der einfachen Klarheit körperlichen

Schmerzes gesehnt. Ich hatte es darauf angelegt. Ich hatte mein Leben
in die Hände genommen und alles falsch gemacht. Erst im Fieber
wurde mir klar, dass ich langsam, aber sicher den Bach runterging.
Dabei wollte ich nicht sterben. Ich wollte leben. Doch wie? Ich war am
Ende meiner Kräfte.

Mein Zustand besserte sich erst, als inmitten des Dschungels eine alte
schwarze Frau an Bord stieg. Um den Hals trug sie Glasperlenketten
in Grün und strahlendem Rosa. Ich weiß, wie sie sich über mich
beugte und ihre knochigen Hände schnell aneinander rieb, als wollte
sie mit ihnen ein Feuer entzünden. Dann ließ sie ihre
Handinnenflächen über mir schweben und murmelte undeutliche
Worte in ihr faltiges Kinn.

Ossâim, Ossâim, verstand ich und wusste, dass sie den Gott des
Waldes anrief.

Er ist der Hüter der Kräuter und der Medizin. Sie gab mir heiße Säfte
und kühle Tinkturen zu trinken. Sie rieb meinen Knöchel mit einer
kühlen Salbe ein, und dann sah ich ihn, *Ossâim*, wie er in Gestalt eines
flinken Ziegenbocks am Ufer des Dschungels unsere kleine Chalana
begleitete. Ich sah, wie er die Energien des Waldes in sich aufsog.
Manchmal stand er groß und nah, mit mächtigem Geweih, fast direkt
vor mir, und dann wieder verlor er sich zwischen den flatternden
Bewegungen der Palmenfächer, als wäre er nur eine Erscheinung.
Irgendwann erblickte ich das Gesicht der alten Frau ganz dicht über
meinem. Ihre Augen hielt sie geschlossen. Da war ein leichter
Kräutergeruch, der von ihr ausging. Dann öffnete sie die Augen und
ich sah Ossâim in ihnen, wie er sich herausschälte aus ihr. Sie blies
mir ins Ohr, und auch aus mir stieg Ossâim empor, als wäre mein
kranker Körper sein Zuhause gewesen. Er nahm die gebrochenen
Knochen und Entzündungen mit sich, als wären es Opfergaben. Ich
blieb zurück und vermochte plötzlich wieder auf eigenen Beinen zu
stehen. Die alte Frau war weg. Lediglich in meinen Träumen sehe ich
sie manchmal wieder.

Als ich im Juni in Poconé von Bord ging, war die *Cavalhada* in vollem

Gange. Die Stadt lag wie ausgestorben, da der gesamte Ort vor den
Toren der Stadtmauer an dem Spektakel teilnahm. Ich folgte den
Massen und genoss die überhitzte Menge um mich herum. Ich war
wieder Mensch, wollte wieder leben. Die Sonne hatte meiner Haut
längst die letzten seichten Schatten ihrer europäischen Vergangenheit
aus den Poren gebrannt. Ich verschmolz mit den Zuschauern, tauchte
in ihren Applaus ein und ließ mich von meiner Neugier bis in die
erste Reihe leiten. Dort stand sie, die Königin der Mohren, in ihrer
wallend roten Robe. Sie gefiel mir. Ihre Wangen glühten. Sie lachte in
die jubelnde Menge, griff nach meiner Hand und ließ sich von mir zur
christlichen Krönung führen. Meinen Rollkoffer verlor ich fast
zwischen den Leibern, die sich um uns drängten. Wir sahen aus wie
zwei, die sich aufmachten, eine Reise anzutreten. Dabei sollte das
Reisen vorbei sein. Endlich kam ich einmal an.

Wir sitzen neben den Petroleumlampen. Naor singt von den
Prüfungen der Liebe, und ich denke an Yara, ohne den alten Schmerz,
den ich in Fortaleza gelassen habe. Ich habe ihn in einem Kuvert
versiegelt und Lily vermacht. Sie kann die Vergangenheit nicht hinter
sich lassen, und eines Tages werden sich die Schwestern sicherlich
wiedersehen. In einem Später, an dem ich nicht teilhaben werde und
nicht teilhaben will, denn mein Leben findet jetzt ohne Yara statt. Und
ohne die Sehnsucht, die ihre Krallen von meinem Herz genommen
hat. Jetzt hallt ein fernes Erinnern in meinen Gliedern nach, wenn ich
an sie denke. Ein leises Vibrieren. Manchmal erscheint sie mir in
meinen Träumen. Dann sehe ich sie auf dem Hotelbett liegen. Ich
genieße ihren Anblick und strecke meine Hand aus, um meine Finger
mit ihren zu verschränken. So verharre ich in meiner baumwollenen
Hängematte in stillem Schlaf, um die sachte Erinnerung nicht
aufzuwecken. Sie umschließt mich, wie es die sanfte Luft nach dem
Regen tut. Eine Zartheit liegt in ihr, die meine Reue auszulöschen
vermag.

Als ich ankam, war er noch trügerisch, dieser Frieden, wie die
Dunkelheit im Pantanal. Das Bedauern hatte mich in Poconé erwischt.

In der zeitlosen Freiheit des weiten Landes war ich meiner
heimtückischen Rastlosigkeit beraubt worden. Lange Monate hat es
mich gekostet, das hohe Tempo aus meinem Gehirn zu wischen. Das
ruhelose Hadern, das irre Begehren, das mich in Fortaleza gequält
hatte, hielt sich in meiner Brust wie ein dunkler Schatten.
Die Zeit heilt alle Wunden, hatte die alte Frau geflüstert, und sie sollte
recht behalten.
Ich floh in die harte Arbeit der Vaqueiros, und sie erschien mir wie
Balsam und Seelenheil. Den dumpfen Schmerz in den Gliedern
verwandelte mein Schuften in prachtvoll pulsierende Sehnen, die mit
der Zeit der Arbeit standhielten. Ein Tun, das meinen Körper zu
einem neuen Selbst formte, das ihn mit einem gestärkten Muskelkleid
umgab und um die Seele tagein, tagaus einen Kokon webt, der mich
vor mir selbst schützt.

2 .

Unauflöslich ist der Weckvogel mit dem Sonnenaufgang
verschwägert. Sie tauchen immer zu zweit auf und verkünden den
Tag mit einer Stimmengewalt, die dich ansatzlos aus deiner
Hängematte fliegen lässt. Da ist an Müßiggang oder Ausschlafen nicht
zu denken. An einem guten Morgen hält der lärmende Vogel
Abstand, doch heute scheint er besonders mitteilungsbedürftig. Ich
öffne ein Auge, ziehe die Hängematte ein bisschen herunter, und
dann sehe ich den Gesellen wenige Meter entfernt auf der feuchten
Wiese umherstaksen. Hätte ich ein Gewehr, würde ich ihn abknallen.
Seinen dicken, schwarzen Bauch fixiere ich mit zusammengekniffenen
Augen. Dann höre ich Max, der schon wieder in der Küche steht, und
ergebe mich in mein Schicksal.
Zum Frühstück gibt es, wie immer, Maria Isabel. So heißt die
Leibspeise der Vaqueiros. Auch ich bekomme einen heißen,
dampfenden Teller mit dem Reis-Fleisch-Gemisch, um den Tag zu
beginnen. Wobei Maria Isabel dem Pantaneiro zu jeder Tageszeit
mundet. Ich mische etwas Kochbanane unter das getrocknete
Rindfleisch. Tião reicht mir schwarze Bohnen, die in ihrer schweren
Sauce das Ganze zu einem Gemansche werden lassen, und so essen
wir schweigend. Während ich noch mit dem Zahnstocher die Reste
des Fleisches aus den Zähnen zu entfernen suche, tritt meine Königin
an unseren Tisch.
Könntest du mir etwas mitbringen?
Natürlich, sage ich.
Sie gibt mir Geld. Ich besehe die bunten Scheine und bekomme einige
abgerissene Etiketten ihrer Kosmetikartikel dazu gereicht. Im Herzen
des Pantanals gibt es keine Einkaufsmöglichkeiten. Hier und da

finden sich ein paar versprengte Barracas, an denen es das Nötigste
gibt. Wasser und Zigaretten. Sonst gibt es nur das Vieh und den
Sumpf. Sie küsst mich vorsichtig auf die Wange. Sie ahnt, dass ich
ihren Auftrag wohl vergessen werde. Aber das stört sie nicht. Sie lässt
sich neben mir auf die Holzbank fallen.
Wann kommst du wieder?, fragt sie wie beiläufig und errötet doch
dabei.
In ihren langen Wimpern fängt sich schon das Licht der Sonne. Die
Hitze des Tages droht hinter den nahen Palmen, die uns noch einen
letzten Moment Schatten gönnen. Ich greife nach ihrer Hand und
verharre, ohne ihr zu antworten. Seit ihrer Krönung hat sie sich zu
einer Schwärmerei für mich hinreißen lassen, die ich nicht erwidern
kann. Ich mag sie um mich herum. Sie ist mein Allzweckmädchen,
ohne dass ich das böse meine. Ich reite gerne mit ihr aus, liege im
kühlen Baumhaus neben ihr oder verjage die Schlangen aus dem
Vorgarten, während sie die blütenweiße Wäsche aufhängt. Sie
bedroht mich nicht. In ihrer Anwesenheit fühle ich mich sicher. Ihre
Liebe fordert nicht. Sie nimmt sie hin, wie sie mich nimmt. Sie ist
geduldig, wie die Weite des Landes.
Mal sehen, sage ich schließlich und lächle sie an.
Sie nickt und dann schlägt sie die Augen wieder nieder. Sie blickt auf
ihre Hand in der meinen. Wir lassen dem Augenblick seine Zeit. Sie
lässt mich kommen und gehen, wie den Regen. Wahrscheinlich ist sie
die erste Frau in meinem Leben, die mich wirklich ernst nimmt, die
mich nicht für einen verspielten Jungen hält. Ich fühle die Schwielen
zwischen ihren Fingern und überlege, wie sie wohl nackt aussieht. Sie
wird vom Reiten feste Schenkel haben, ihre schmale Taille bleibt meist
von weiten Hemden verborgen. Wie oft schon habe ich sie in meinen
Armen gehalten und nichts gespürt außer einem säuselnden
Wohlwollen. In ihrem Körper hallt das Landleben wider. Auf der
Innenseite ihrer Arme sehe ich die blauen Adern sich abzeichnen. Es
ist das Blut einer Königin, gespeist aus ihrem reinen Herzen. Ich weiß,
warum ich mich so von ihr fernhalte. Meine Feigheit hat mich fest im

Griff. Ich will mich nicht mehr an eine Frau binden und bin dankbar
für ihre Gelassenheit. Zu oft habe ich verloren. Was ich mir von ihr
nehme, ist ein stilles Einverständnis. Würde ich sie von mir befreien
wollen, müsste ich wohl nur mit ihr schlafen. Sie würde meine wahre,
verdorbene Seele sogleich erkennen. Wenn wir nackt sind, sind wir
uns selbst am nächsten. Ich seufze. Auf ihren Wangen zeichnen sich
sanfte Grübchen ab, die ein Lächeln ankündigen. Es umspielt ganz
zart ihre Lippen, als wäre sie sich nicht sicher, ob es schon die rechte
Zeit für einen guten Gedanken sei. Eines Tages wird sie sich von mir
verabschieden müssen. Ihr Vater wird sie verheiraten, und dann wird
sie mich vergessen.

Zwischen Corumbá und Porto Jofre liegt unsere Fazenda *Quatro
Santos*, von der wir mit unseren eintausendeinhundert Rindern
aufbrechen. Es ist immer noch früher Morgen, als wir aufsitzen.
Unsere Hängematten und Regenjacken sind in den Satteltaschen
verstaut. In weiten Kreisen sammeln wir das Vieh von den Weiden.
Ein Teil ist für den Schlachter, ein anderer zum Weiterverkauf
bestimmt. Wir werden zwei Tage unterwegs sein, bis wir mit den
Tieren in der alten Goldgräberstadt Poconé ankommen. Das Land um
uns herum hat sich in einen heißen Riesentümpel verwandelt. Jetzt im
Januar ist Regenzeit im Pantanal. Die Pferde waten durch überflutete
Wiesen, in den Senken reicht uns das Wasser bald bis zu den Knien.
Schnell sind Stiefel und Jeans durchnässt. In der Hitze des Tages stört
das heiße Nass nicht. Es verdunstet so schnell, wie es gekommen ist.
So geht es den ganzen Tag. Wir wechseln von trocken zu nass, ohne es
zu bemerken. Mit Tião reite ich an der Spitze unseres Trecks. Die
Herde auf der matschigen Geröllstraße zusammenzuhalten bedeutet
ständige Bewegung. Keine Minute Ruhe gönnen uns die Rinder auf
ihrer ständigen Suche nach Futterpflanzen. Sie können schnell und
listig sein, doch mit den Pferden halten wir sie im Zaum. Der
roterdige Pfad ist gesäumt von jungen Weiden, die durch den starken
Regen in kräftigem Grün prangen. Ein Festmahl für die Tiere. Je
weiter wir gen Norden vordringen, desto feuchter wird das Land. Das

Wasser kommt aus dem Amazonas und überflutet den Pantanal Tag
für Tag, bis schließlich auch die Straße versinkt. Bis es so weit ist,
müssen wir mit der Herde angekommen sein.

Wir halten die Tiere zusammen, während Augosto die Brücken
sichert. Er stellt sein Pferd quer vor die hölzernen Erhebungen, denn
den Hufen der massigen Bullen halten sie nicht stand und so bleibt
der Herde dieser Weg verschlossen. Es würde auf der Verengung der
schmalen Holzbrücken sofort zu Gedränge und Panik kommen. Das
sind die Nadelöhre auf unserem Treck. Wir müssen um sie herum,
doch auch dieser Weg ist nicht ohne Gefahren, denn mit dem
Ansteigen der Flüsse bringt der Amazonas nicht nur sein Wasser,
sondern auch die Alligatoren in den Pantanal. Oft sind die Kaimane
schon bis an den Straßenrand gerückt. Träge brüten sie in der Sonne.
Die Pferde scheuen, wenn die Reptilien sich plötzlich bewegen. Das
ist kaum vermeidbar, hier in der Nähe der Flussläufe, doch wir sitzen
sicher in den Sätteln. Das Wasser hat hier im Norden überall Augen.
Daran sind wir gewöhnt. Genau wie das Vieh, das leidenschaftslos
durch die Flüsse watet. Auch mit den Reitpferden bevorzugen wir die
Flussläufe. Es sind in der Vergangenheit schon einige Brücken
zusammengebrochen und wir wollen unser Schicksal nicht
herausfordern.

Mittags verteilt Max Sandwiches, die er am Morgen vorbereitet hat.
Wir vertilgen sie auf dem Pferderücken. Die monotone Arbeit, das
gleichmäßige Schaukeln meines Reittieres, die ewig gleichen Büsche,
die unseren Weg säumen, wiegen mich in Sicherheit. Manchmal,
wenn ich in die dichten Palmen am Wegesrand blicke, meine ich
Ossâim in Gestalt des Ziegenbocks zu sehen. Er begleitet mich auf
meinem Weg der Heilung. Seine ruhigen Bewegungen, seine
wissenden Augen geben mir Kraft. Er wacht über mich. Dann fährt
ein Blätterrauschen durch die Bäume, als kündigten sich kreischend
Aras an, und er verschwindet in der Undurchdringlichkeit des
Waldes. Ich habe das Gefühl, meinem Leben einen Sinn zu geben, der
nicht mehr Yara heißt. Das geduldige Land weiß meine

Unzufriedenheit zu zügeln. Nur in seltenen Momenten erblickt sie die Oberfläche, doch dann gibt es immer etwas zu tun und ich schaffe es, ihr zu entkommen. Ich bin in einem Leben gelandet, das mir manchmal noch fremd und falsch erscheint. Es ruht in sich, aber ich noch nicht in mir. Doch ich weiß, dass ich den richtigen Weg gehe, denn die Leere in mir füllt sich langsam mit Wohlsein. Es ist ein vorsichtiges Genesen, in der Unendlichkeit dieser weiten Steppe. Vielleicht brauche ich diese Weite? Die Schönheit des Landes legt ihre Schwingen auf meine wunde Seele und reinigt mich von all dem Schmerz, der in meiner Suche gelegen hat. Die Weichheit der Luft und die Klarheit des Wassers sind meine Medizin. Manchmal sinkt mir der Kopf auf die Brust und mein Blick gleitet nach innen. Ohne die Allwissenheit meines Pferdes würde ich in der Steppe verloren gehen. Tião und die Brüder lachen über meine Anfälle von völliger Abwesenheit. Das einfache Glück der Pantaneiros liegt ihnen auf den Lippen. Sie macht der Sonnenaufgang glücklich und die Nacht zufrieden, sie erheben die Stimme nicht, außer zu den Klängen einer Gitarre; sie sind gelassen, gesegnet mit der lautlosen Eleganz der Jaguare, die durch das Unterholz streifen.

In der späten Nachmittagssonne entfernen wir uns von den bolivianischen Mooren im Westen des Pantanals und ziehen tiefer in das Land gen Porto Jofre, wo wir die Nacht verbringen werden. Tião erzählt mir von seiner bevorstehenden Ausbildung zum örtlichen Tierarztassistenten, doch ich kann ihm nicht richtig folgen. Die drückende Luft kündigt Regen an. Ich spüre, wie mir die harte Arbeit die Glieder schwer macht und meine Konzentration nachlässt. Immer wieder fällt mein Blick auf den roten Schlamm, auf den aufgeweichten Weg, dem wir Stunde um Stunde folgen. Die Hufen meines Pferdes versinken darin. Wie hypnotisiert starre ich in den Matsch, bis meine Augen an etwas haften bleiben, das aussieht wie ein Gewehr. Ich stutze, dann drehe ich mich zu Tião.

War das ein Gewehr?

Was? Tião sieht mich irritiert an.

Was für ein Gewehr?

Da auf dem Weg, erwidere ich und bin mir nicht sicher, ob ich es wirklich gesehen habe.

Im Pantanal ist die Jagd verboten. Die Fazendas haben Gewehre zum Schutz ihrer Rinder gegen die Raubkatzen, aber sie dürfen damit nicht jagen, weshalb die Wahrscheinlichkeit, ein Schießeisen im Sumpf zu finden, relativ gering ist.

Ich hab da was gesehen, sage ich und drehe kurzerhand mein Pferd um die eigene Achse.

Es folgt den Anweisungen meines Körpers in einer nahtlosen Bewegung. Den Druck meiner Schenkel setzt es sofort um, obgleich es Sekunden vorher genauso versunken war wie ich. Wir sind wie miteinander verwachsen. Die Rinder hinter mir springen zur Seite. Die Herrschaft des Pferdes stellen sie nicht in Frage, sondern bilden einen Gang für mich. Ich trabe inmitten der blökenden Herde zurück, bis ich vor dem schwarzen Lauf stehe, der aus dem Matsch ragt. Tatsächlich, es ist ein Gewehr. Ich steige vom Pferd ab, meine müden Knie geben dem Gewicht meines Körpers für einen Moment nach, dann schiebe ich mit dem Stiefel den roten Morast von meinem Fund. Das Pferd schnaubt. Ich greife nach dem Schießwerkzeug, wische es grobflächig an meiner Satteldecke ab und sitze wieder auf. Tião ist an der Spitze der Herde geblieben. Er staunt nicht schlecht über meinen spektakulären Neubesitz.

Was willst du damit machen?, fragt er.

Ich grinse nur.

Dann stecke ich das Gewehr in meine Satteltasche und sprenge im Galopp unsere Seitenflügel entlang, um die Rinder, die ich mit meiner Kehrtwendung aufgescheucht habe, wieder in die Gruppe zurückzudrängen.

Am Abend halten wir vor Porto Jofre. Die Rinder sammeln sich in der feuchten Steppe, auf einer erhöhten Seitenstraße, um auf dem heißen Sand die Nacht zu verbringen. Wir reiten in die Stadt. In einem einfachen Motel gibt es *Maria Isabel* und Rum, den wir mit Wasser

verdünnen. Ich brauche den Vollrausch schon lange nicht mehr.
Betäubung finde ich in der Arbeit. Im Gespräch kommen wir auf das
Gewehr, das ich gefunden habe und das nun stumm in meiner
Satteltasche ruht.
Es gehört den Bandeiros, will Naor wissen.
Ich nicke. Wahrscheinlich hat er recht. Nahe der Grenze verlaufen
Schmuggelpfade durch den Pantanal, die niemand bewachen kann.
Zu dicht und undurchdringlich ist der Urwald hier. Bolivianer nutzen
das Dickicht, um Drogen und Waffen nach Rio de Janeiro und São
Paulo zu transportieren. Ein florierender Handel. In die andere
Richtung geht Hehlerware. Jeeps und Werkzeug sind in Bolivien
begehrt. Das dichte Hinterland bietet diesen Unternehmungen Schutz
und Sicherheit. Die Moore und Sümpfe sind unkontrollierbar.
Was machst du jetzt damit?, will Tião wieder wissen.
Ich habe meine Entscheidung längst getroffen.
Ich behalte es, sage ich und winke dem Barkeeper, um mir einen
Zahnstocher bringen zu lassen.
Wofür?
Ich denke, ich werde Hokkushühner jagen, raune ich.
Das ist streng verboten, doch die Männer um mich herum nicken
wissend. Manchmal werden die Tiere, die die Leibspeise des Jaguars
sind, von den Indianern erlegt. Das Fleisch der Kokkushühner ist zart
und wohlschmeckend. Wir haben alle schon einmal davon gekostet,
in einer abgelegenen Hütte hinter vorgeschobenen Moskitonetzen.
Verstehe, lässt Naor verlauten.
Ich sehe Neid in seinen Augen aufblitzen.
Ihr seid eingeladen, sage ich lachend und stoße mit allen an.
Sie grinsen mich verschwörerisch an. Der Fund beflügelt ihre
Fantasie. Wir gönnen uns noch ein Glas verdünnten Rum und
schnappen uns dann unsere Satteltaschen, in denen wir die
Hängematten mitgebracht haben. In einem alten Stall spannen wir sie
auf.

Die seichte Bewegung im baumwollenen Schlafmantel umfängt
mich. Ich lasse mich auf das Schwingen der Hängematte ein und
spüre, wie meine müden Glieder nach Schlaf verlangen. Mein Kopf
summt leicht vom Alkohol, den ich kaum mehr konsumiere. Von dem
ich mich entwöhne wie ein verstoßenes Kind. Mein Körper erinnert
sich an das Vergessen, das in jedem Schluck lag, doch heute kann ich
mit meinen Gedanken leben, auch wenn sie schmerzliche
Erinnerungen bringen. Sie sind wie alte Bekannte, die mich zwar nicht
mehr zu erschrecken vermögen, aber dennoch nicht gänzlich
verschwinden wollen. Warum kann ich nicht vergessen? Warum
reißen die alten Verbindungen nicht endgültig ab? Ich lasse ein tiefes
Brummen erklingen. Meine Genesung ist wie ein vages Klappern. Ein
leises Brausen, wie aufkommender Sturm. Als säßen Brüllaffen in
fernen Palmenwipfeln und palaverten über ihren Nachwuchs. Ich
finde zurück in den Hafen, der Luca heißt. Das weiß ich, weil ich es
spüre. Eines Tages werde ich Yara vergessen. Mit geschlossenen
Augen kann ich die alte Frau neben meiner Hängematte stehen sehen.
Sie lässt die Glasperlen ihrer Ketten durch ihre knochigen Finger
gleiten und summt Beschwörungsformeln, die mich langsam in den
Schlaf wiegen.

3.

Schließlich gelangen wir am Abend vor die Tore Poconés. Der
Himmel ist unsichtbar vor tiefhängenden Wolken, die immer weiteren
Regen versprechen. Die schwüle Luft drückt unsere Körper in die
Sättel, und die Pferde sinken im tiefen Matsch ein. Das schmatzende
Geräusch ihrer schweren Schritte begleitet uns seit Stunden. Durch
den andauernden Regen hat sich die alte Straße in einen einzigen
Sumpf verwandelt. Sie ist eigentlich nicht mehr als eine unbefestigte
Fahrrinne, die rechts und links von kniehohen Steinen markiert wird.
Die Pantaneiros haben die Brocken einst aus den Gruben geholt, in
denen Gold geschürft wurde. Auch ihre Häuser bauten sie aus
Goldgräbergeröll. Das ist lange her. Es ist kaum mehr jemand da, der
sich an diese Zeit erinnern kann. Die weit verzweigten Minen sind
längst erschöpft. Die Stollen sind zugeschüttet oder werden in der
Nähe der Grenze zu Bolivien zum Schmuggel benutzt. Niemand
interessiert sich mehr für diese trostlose Gegend. Einzig die Verlierer
und Bandidos sind im Pantanal geblieben. Und vielleicht ist das auch
gut so. Unsere Pferde sind nach dem Gewaltmarsch ebenso erschöpft
wie wir. Sie stehen vor Dreck. Tier und Mensch teilen denselben
Geruch. Das ist das Schicksal des Vaqueiro. Immerhin hat der Regen
die Fliegen und Mücken vertrieben. Einen Teil der Rinder, die sich
schwerfällig von unseren Pferden treiben lassen, führen wir auf die
Ranch, die den Verkauf übernehmen wird. Den Rest der Herde
treiben wir zum Schlachter. Damit ist nach Anbruch der Dunkelheit
unsere Arbeit getan. Ich steige vom Pferd ab. Meine müden Knie
geben dem Gewicht meines Körpers für einen Moment nach. Das
Pferd schnaubt.

Die Brüder werden am nächsten Morgen mit den Pferden zurück nach *Quatro Santos* reiten. Ich lasse mein Reittier bei ihnen, schultere den Inhalt meiner Satteltasche und winke am Straßenrand bei Poconé einem Mototaxi. Es wird mich nach Hause bringen.

Ich habe zwischen den verlassenen Goldgräbergruben und der Stadt eine Chácara gekauft. Mein Grundstück umfasst einen winzigen Hof samt baufälliger Backsteinhütte. Trotz der Tristesse bin ich stolz auf mein Heim. Es ist alles mein Besitz, von dem Geld erworben, das ich als Callboy verdient habe. Ein ervögeltes Stück Heimat. Man sieht dem Land die ruchlose Finanzierung nicht an. So ist es gutes Geld geworden, das mich glücklich macht. Dass dieser blutleere Sex zu mehr als meiner Vernichtung zu gebrauchen sein würde, hätte ich in Fortaleza nicht zu ahnen gewagt. War ich nicht auserkoren, unterzugehen? Der Regen des Pantanals hat meine törichten Sehnsüchte ertränkt. Mein Garten, meine Pflanzen, die schweren Früchte an den Bäumen sind jetzt meine Leidenschaft, obwohl ich der Natur um mich herum früher nie etwas abgewinnen konnte. Nun jedoch erfüllt mich die Gartenarbeit mit innerem Frieden. Ich habe die ewige Enttäuschung hinter mir gelassen. Sie irrt in Fortaleza um die Häuser selbstgewählter Gefangenschaft. Heute erfüllt mich eine neue Blüte, eine reife Mango oder ein sprießender Setzling mit ungeahnter Freude, denn ich habe die Freiheit gefunden. Mein Herz schlägt in Erwartung der herrlichen Idylle, die mein Refugium mir verspricht. Auf dem Mototaxi schlägt mir erneuter Regen erbarmungslos ins Gesicht. Das Zweirad kämpft sich in dunkler, sternenloser Nacht durch die tiefen Pfützen, die sich in den Schlaglöchern der Geröllpisten gebildet haben. Alle paar Meter springen riesige Käfer ins Licht des Scheinwerfers und finden ihren frühen Tod unter den Reifen unseres schlitternden Gefährtes. Trotz dem flatternden Regenponcho bin ich mittlerweile völlig durchnässt. Am Ende der Straße nähern wir uns meinem Domizil. Im Lärm des Regens und des Motors hört mich der Führer meines Mototaxis nicht. Ich deute auf das Tor zu meinem Hof. Er hält rutschend und schlitternd im Matsch.

Aus meinem Sack, den ich in der Satteltasche mitgeführt habe, ziehe
ich das Geld, das mir meine Königin gegeben hat. Dann reiche ich den
Helm zurück und gehe durch den Regen den schlammigen Weg zu
meinem Haus hinauf. Da ich keine Wertgegenstände besitze, schließe
ich manchmal nicht ab. Nicht so dieses Mal. Fluchend stehe im
strömenden Nass und suche nach dem Haustürschlüssel. Ein
Klimpern leitet mich bis in die Tiefen des Sacks, und schließlich stoße
ich mit den Fingerspitzen auf Metall und ziehe den Schlüssel hervor.

Im Haus schüttle ich mich wie ein Hund. Von jeder Haarspitze
fliegen Wassertropfen, die im Flur an die Wände klatschen. Ich reiße
mir die nassen Klamotten vom Leib, lasse sie achtlos im Flur liegen
und trete nackt in die Küche, um Wasser aufzusetzen. In der Hitze der
schwülen Nacht trocknet mein Körper nicht. Die Luftfeuchtigkeit
vermengt sich mit dem Regen auf meiner Haut zu einem feuchten
Film, der sich anfühlt, als würde ich in seichtem Brackwasser stehen.
Es stinkt. Das bin ich. Der Kessel auf dem Gasherd pfeift. Ich gieße
das heiße Wasser in eine Tasse und verlasse die Küche, um ein
Handtuch zu suchen. Das Haus liegt im Dunkeln. Ich entzünde kein
Licht, um die wasserscheuen Moskitos nicht in meine trockene Höhle
zu locken. Mit meiner dampfenden Tasse in der Hand beobachte ich
den Regen, wie er monoton gegen die Scheiben prasselt, als fahnde er
nach einem Weg hinein. Die Nacht ist mondlos. Gedankenverloren
lehne ich mich gegen den Holzpfosten, der die Mitte meines Hauses
bildet, und verharre in dankbarem Sein. Dankbar für meine neue
Unabhängigkeit und die köstliche Ruhe, die mich umgibt.
Da bewegt sich plötzlich ein Schatten in meinem alten Korbsessel. Das
Geflecht knarrt, als säße jemand in dem Stuhl.
Oi, höre ich eine leise Stimme aus dem Sessel kommen.
Meine Finger verkrampfen sich um die Tasse Tee, die ich halte. Eine
feine Gänsehaut läuft mir über den Nacken. Ich ziehe die Schultern
hoch, als müsste ich mich wappnen, als gelte es sich zu verteidigen.
Mein Herz pumpt das Blut durch meinen Körper und peitscht Leben
in mich, das ich nicht haben will. Wie ein Puma starre ich in die

Nachtschwärze des Hauses. In der fahlen Dunkelheit kann ich die Silhouette einer Frau ausmachen, die im Korbstuhl ihre Beine übereinanderschlägt, als wäre sie zu Hause und genieße die Aussicht. Ihre Arme ruhen auf den Lehnen. Dann höre ich den alten Sessel unter ihrem Gewicht wieder stöhnen. Sie setzt sich auf, um mir ihr Gesicht zuzuwenden. Meine Augen begreifen, was für mein Gehör längst zur Realität geworden ist: Sie ist es. Es ist Yara.

Aus meinem Körper weicht alles Gefühl. Ich verliere die Kontrolle über meine Muskeln und höre die Tasse mit einem lauten Klirren auf dem Steinboden aufschlagen. Sie zerspringt in tausend Teile.
Yara ..., dringt meine eigene Stimme zu mir, als gehöre sie mir nicht.
Es war offen, sagt sie, als interessiere mich, wie sie ins Haus gekommen ist.
Yara ..., wiederhole ich atemlos und fühle mich nicht fähig, weitere Worte hervorzubringen.
In meinem Kopf überschlagen sich die Gedanken, ohne dass ich wirklich zu denken in der Lage wäre. In meinen Ohren tost es, als wäre der Ozean in mir eingeschlossen und brandete gegen meine Schädelwände.
Yara ..., höre ich mich wieder und höre meine eigene Fassungslosigkeit.
Ja, ja, ich bin es.
Vollkommen unbeeindruckt von meiner Erregung lehnt sie sich im Korbsessel zurück. Sie ist es, hallt es durch meinen Kopf. Sie ist hier. Ich sehe sie und kann es doch nicht fassen. Es ist einfach unmöglich.
Musst du unbedingt am Ende der Welt wohnen?, höre ich sie wie eingeschnappt fragen, und dann zieht sie ihre Beine zu sich heran und umschlingt sie mit den Armen.
Das Kinn lässt sie auf die Knie gleiten.
Es ist ziemlich nass hier, höre ich sie sich weiter beklagen und habe plötzlich das Gefühl, mich an dem Pfosten, bei dem ich stehe, festhalten zu müssen.
Ich schwanke. Es ist ein Schwindel, der mich erfasst, wie im völligen

Rausch. Die Scherben unter meinen Füßen stören mich nicht, denn
meine Sinne überflutet eine übermächtige Welle von Glück. Jede Faser
meines Seins entledigt sich der Schwerkraft und gleitet in eine Form
von Enthusiasmus. Ich spüre die Anspannung aus meinen Gliedern
weichen und einem haltlosen Taumel Platz machen.
Yara, sage ich wieder.
Ein Strahlen erscheint auf meinem Gesicht. Ich muss vollkommen
bescheuert aussehen.
Kannst du auch noch was anderes sagen?, höre ich von ihr und fühle
mich bestätigt.
Sie hat die Stimme erhoben. Offenbar ist sie genervt. Ich lasse mich
davon nicht entmutigen, sondern steige über die knirschenden
Scherben und greife nach ihrer Hand. Sie sieht zu mir auf. Ihr Blick
gleitet ohne die geringste Scheu über die Nacktheit meines Körpers.
Schon in Berlin hat mich ihre unerschütterliche Selbstsicherheit
erstaunt. Sie steht über den Dingen und über mir, obgleich sie sitzt
und ich stehe. Ich sehe sie die Stirn in Falten legen. Nach alter
Gewohnheit will sie den Ton angeben, doch dem komme ich zuvor.
Steh auf, sage ich, weil ich sie in der Dunkelheit des Korbsessels kaum
sehen kann.
Nein, erwidert sie störrisch, ich muss mich erholen. Ich war drei Tage,
hörst du, drei Tage im Bus unterwegs, um hierherzukommen, und
dann warst du nicht mal da.
Sie ist anscheinend wirklich sauer auf mich.
Jetzt bin ich ja da, beruhige ich sie und kann gleichzeitig nicht genug
von ihren Vorwürfen bekommen.
Dass sie mich in der Abgeschiedenheit meiner Hütte so vermisst hat,
verschafft mir Befriedigung. Ich will, dass es genau so ist. Ohne weiter
auf ihren Widerwillen zu achten, ziehe ich sie aus dem Korbsessel
und trete einen Schritt zurück, um sie betrachten zu können. Ihr
rotbraunes Haar ist heller geworden. Blonde Strähnen fallen ihr ins
Gesicht. Sie streicht sie sich aus der Stirn. In der nachlässigen
Bewegung ihrer Hand liegt diese betörende Sinnlichkeit, die mich fast

besinnungslos macht. Ihre blasse Haut ist der brasilianischen Bräune gewichen, die unvermeidlich erst den Nacken und dann den ganzen Körper erfasst. Noch immer steckt sie in zu engen Röhrenjeans, als gäbe es keine anderen Größen. Ich ziehe sie zu mir heran, um ihre Haut auf der meinen zu spüren, doch sie entwindet sich meinem Griff.

Cowboy, du stinkst!

Sie rümpft die Nase und sieht mich herausfordernd an. Ich schnappe sie mir. Mit einem schnellen Griff lege ich ihr die Arme auf den Rücken und halte sie fest.

Luca!

Halt den Mund, Yara!

Sie schaut mich überrascht an. So kennt sie mich nicht, denn ich habe mich in der Zwischenzeit verändert. Ihr Protest verhallt ungehört. Damit hat sie nicht gerechnet. Ich gebe ihr Zeit, mein neues Ich zu verarbeiten. Sie bemerkt die Muskeln meiner Oberarme, die sie halten. Sie sieht die neuen Dimensionen meines Körpers, den die schwere Farmarbeit geformt hat, und beginnt zu begreifen, dass sie es heute mit etwas anderem zu tun bekommt als mit meiner alten Existenz, die ihrem ganzen Sein und Wesen verfallen war. Ich war schwach und dumm. Endlich lasse ich ihre Arme los, um ihren Kopf in meine Hände zu nehmen.

Du gehst also nicht duschen?

Nein, sage ich tonlos und weiß, dass sie die neuen Machtverhältnisse verstanden hat.

Ich brauche sie nicht mehr, als sie mich braucht. In den Sekunden, die verstreichen, fügt das Schicksal unserer Vernichtung ein neues Kapitel hinzu. Mit dem Daumen zeichne ich die Konturen ihres zornigen Schmollmundes nach. Ich betrachte die helle Linie oberhalb ihrer Lippen und bin fast besinnungslos vor Lust. Das vage Wissen um den Untergang wird von meiner Begierde ausgelöscht. Sie macht mich zu Fleisch. Das morsche Brummen meines Verstandes verstummt. Yara sagt etwas, doch ich verstehe nichts mehr. Meine Glieder vibrieren.

Die Sehnsucht der letzten Monate erfüllt mich vollkommen. Ich beuge mich zu ihr und lege meine Lippen auf ihre. Sie schmecken nach Stadt. Das sind die unsichtbaren Spuren eines Lippenstifts, der auf der langen Busreise seine Farbe verloren hat. Jetzt stoße ich auf ihre Zähne und werde ihrer Zunge gewahr, wie sie mir über die Lippen fährt. Dann schwappt die Erregung in sie, die mir längst aus allen Poren strahlt. Ich werde mir ihres Atems bewusst. Meine Hände greifen nach ihrem T-Shirt, weshalb sie ihre Hände von meiner Brust nimmt und so mühelos aus ihren Klamotten gleitet, als wären sie nur aufgemalt.

Sie zieht mich zu meinem Bett, steigt selbst hinein und bleibt auf ihren Unterschenkeln sitzen. Ich folge ihr mit den Augen, als sähe ich den ersten Menschen meines Lebens. Yara wechselt fliegend durch die Tempi ihrer Bewegungen und übernimmt mühelos die Zügel, von denen ich dachte, dass ich sie in den Händen hielte. Ich bleibe vor dem Bett stehen, sehe sie und kann doch nicht begreifen. Noch bevor ich wirklich das Gefühl habe, schon genug vom Bild ihrer Anwesenheit, ihres Sein, ihres Körpers in mich aufgesogen zu haben, nimmt sie meinen Schwanz in ihren Mund. Meine Gedanken stocken, als hätte ihnen jemand den Strom abgestellt. Unwillkürlich schließe ich die Augen, obgleich ich keine Sekunde entbehren kann. Ich will sie sehen, doch dann spüre ich, wie sie mit ihrer Zungenspitze über meine Eichel leckt, als koste sie von einer seltenen Sorte Eis. Ich kämpfe gegen den Rausch des Blutes in meinem Kopf, und dann schaffe ich es endlich, die Augen wieder zu öffnen. Anscheinend hat sie mich völlig vergessen. Ich höre sie leise stöhnen, und spüre, wie sie an meinem Schwanz saugt, fasse ihr in den Nacken und nehme ihren Kopf in die Hand. Sie lässt sich nicht von mir stören.

Yara, ich … Der Rest geht in einem Stöhnen unter, das ihr Zungenspiel zu verantworten hat.

Dann hat sie Erbarmen mit mir und blickt auf. Sie fährt sich mit den Fingern über das feuchte Kinn und setzt dieses fordernde Lächeln auf, von dem ich weiß, dass es mich in meine Träume begleiten wird.

Schließlich lässt sie sich auf ihren Hintern zurückfallen, legt den Kopf
in den Nacken und fährt mit den feuchten Fingern zwischen ihren
Brüsten und den Rippenbögen hinab. Mein Blick klebt an ihrer Hand,
wie sie über ihren Bauch fährt und zwischen ihren Schamlippen
verschwindet. Ihr kehliges Stöhnen fährt mir in die Glieder. Ich gleite
zu ihr auf das Bett. Sie spreizt die Beine und streicht mit dem
Mittelfinger über ihre kobaltrote Klitoris, als gäbe es mich nicht. Ich
beobachte sie und weiß, dass sie mich beobachtet. Sie saugt meine
Begierde in sich auf wie ein Schwamm. Dann greife ich nach ihrer
Hand, nehme ihre Finger in den Mund und spüre dem Geschmack
ihrer Schamlippen auf meiner Zunge nach. Ihr Blick liegt auf mir, als
wolle sie mir soufflieren. So lenkt sie mich durch die Register meines
Begehrens. Durch den wolkenverhangenen Himmel bricht der Mond,
und plötzlich sehe ich in seinem silbernen Licht das goldene Funkeln
ihrer bernsteinfarbenen Augen. Die endlose Sehnsucht meines
Körpers spiegelt sich glitzernd auf ihrer zarten Haut. Ich reiße mich
von ihren Augen los und lasse meine Stirn auf Yaras Bauch sinken.
Ihre Finger verschränken sich in meinem Haar. Ein leichter Druck
führt mich zwischen ihre Beine. Ich schiebe meine Hände unter ihren
Hintern und spüre, wie die Hitze zu einer klebrigen Wärme wird, die
sich auf meiner Zunge ausbreitet. Begierig lecke ich über die zarte
Haut zwischen Yaras Schamlippen. Ihr Stöhnen leitet mich durch ihre
Lust. Sie greift nach meinem Kopf, zieht mich zu sich und legt diesen
Blick auf mich, der keine Widerrede duldet.
Schlaf mit mir, bestimmt sie.
Ich halte mich an ihr fest, wie um zu verhindern, dass ich einem
Trugbild aufsitze. Einer dieser unwirklichen Erscheinungen, dieser
Phantome, denen ich nachgerannt bin. Ich dringe in sie ein und weiß,
dass ich verloren bin. Ich fühle diesen leichten Widerstand, dringe
tiefer in sie ein, vermenge mein Stöhnen mit dem ihren und wünsche
mir, wir würden niemals gefunden werden. Ich will mich mit ihr in
einem tiefen Erdloch vergraben und für immer von der Erdoberfläche
verschwinden. Yara sieht mich an und ich fühle mich mit ihr zu einem

anderen Menschen werden. Die Bewegung meines Beckens fließt in ihren Körper, der Schweiß auf unserer Haut vermischt sich. Ich falle in die Seelentiefe ihrer Augen, unsere Lippen berühren sich fast, bis sich unsere Körper nicht mehr voneinander trennen lassen, als gehörten sie für immer zusammen. Wir werden eins, und dann verschränken sich unsere Finger ineinander, unser Atem vervollständigt unsere Verwandlung, als erschüfe das Schicksal ein neues Wesen, das nur in seiner Zweisamkeit vollständig wird. In meinem Rücken spüre ich die Kraft ihrer Beine, die mich an ihren Körper pressen, als könne sie die endgültige Vereinigung nicht erwarten. Wir verschmelzen, ohne unsere Blicke auch nur für einen winzigen Moment voneinander abzuwenden. Wir überschreiten den Punkt, verlieren das Gespür für Schwerkraft, und dann gleiten wir in unseren Orgasmus, der zu einem einzigen Rausch verschwimmt, in dem wir unser geeintes Selbst nicht mehr trennen können.

4.

Im Schatten des Papayabaums sitze ich in meinem alten Korbsessel
und beobachte Yara, wie sie durch den Garten streift. Sie greift nach
allen Blüten, lässt sie durch ihre Finger gleiten und riecht dann und
wann an ihnen, als wäre sie eine große Kennerin dieser oder jener
Pflanzengattung. Sie hat sich meinen breitkrempigen Hut aufgesetzt
und tief ins Gesicht gezogen. Heute scheint sie der Pferdegeruch nicht
zu stören. Ich kann meine Augen nicht von ihr nehmen. Sie erscheint
mir wie die Inkarnation des Urbilds einer Frau, und gleichzeitig, als
müsse der Begriff der Frau für sie gänzlich neu erfunden werden. Mit
dem Daumen hat sie sich in ihr Bikinihöschen eingehakt. Ein Bein
angewinkelt, steht sie in meinem Unterhemd da und winkt flüchtig in
meine Richtung. Die Sonne lässt den weißen Stoff durchsichtig
werden. Endlich weiß ich, wofür dieses unerbittliche Strahlen vom
Himmel gut sein soll. Aus Yara macht das grelle Licht eine
durchscheinende Erscheinung, obgleich ich sie wohl niemals
verstehen werde. Sie ist atemberaubend schön. Mit jedem ihrer
Schritte entfacht sie meine Lust. Sie ist mit meinem Begehren in ein
stummes Gespräch vertieft. Es ist ein stetes Anschwellen und
Aufbäumen von Argumenten und Stimmungen, die sich meinem
Verstand entziehen. Ich spüre den Schwingungen nach und bin ihr
völlig ausgeliefert. Schon den ganzen Morgen über liegt ein Lächeln
auf meinem Gesicht, das sich nicht mehr fortwischen lässt. Ich bin wie
trunken vor Glück. Nur zugekokst oder im Vollrausch habe ich mich
je so erfüllt gefühlt. In diesem unwirklichen Rausch verharre ich in
meinem schattigen Korbsessel. Wir befinden uns in einem Moment
des Stillstands, ohne dass alles wie eingefroren wirkt. Vielmehr
handelt es sich um diesen lebendigen, flirrenden Stillstand kurz vor

dem Start eines Autorennens. Dieser eine Augenblick, in dem alle Eindrücke in doppelter Intensität wirken. Manchmal wage ich kaum, mich der schnöden Realität des Atmens hinzugeben, um das Überirdische ihres Seins nicht zu erschüttern und sie womöglich zu vertreiben. Mein Glück ist so unwirklich, ich kann es noch gar nicht fassen. Sie ist da. Hier. Bei mir.

Im Vorübergehen berührt mich sachte ihr ausgestreckter Zeigefinger. Sie fährt meinen Oberarm hinauf, verharrt eine Sekunde in meinem Nacken und zieht weiter ihre Kreise durch den Garten und auf das Haus zu. Ein Prickeln bleibt mir auf der Haut zurück. Die Intensität ihrer Anwesenheit lässt meinen Körper beben. Meine Empfindungen gehorchen mir längst nicht mehr. Sie haben sich ihr ergeben. Im Haus höre ich Yara in der Küche klappern. Ich überlege, zu ihr zu gehen und ihr mein Unterhemd vom Körper zu reißen, doch dann sehe ich sie schon wieder in den Garten treten. Den Hut hat sie im Haus gelassen. Dafür hält sie jetzt eines der Buschmesser in der rechten Hand, die ich zur Farmarbeit benutze, und kommt damit auf mich zu. Sie kneift die Augen zusammen, da die Sonne mir im Rücken steht und sie blendet.

Nimm, sagt sie und reicht mir das Messer.

Ich greife danach. Dann erklimmt Yara mich, als wäre ich ein Berg. Es wäre leichter gewesen, wenn ich einfach aufgestanden wäre und ihr eine der Früchte gepflückt hätte, doch schätzt Yara die Leichtigkeit nicht. Sie sucht das Abenteuer und klettert auf den Baum. Fokussiert eine reife, schattige Papaya. Die Frucht hängt an einem langen Ast. Ohne hinzusehen weiß ich, dass es sich um die Papaya handelt, die am schwersten zu erreichen ist. Yara streckt sich und schiebt sie sich schließlich unter den Arm, um wieder an mir herunterklettern zu können. Ich nehme ihr die Frucht ab. Mit festem Boden unter den Füßen zieht Yara den Hocker, auf den ich meine Beine gelegt hatte, heran. Sie lässt sich im Schneidersitz darauf nieder und schaut mich erwartungsvoll an. Ich erinnere mich an das Messer in meinem Schoß und schneide ihr die gelbe Papaya in Halbmondstreifen. Die Kerne

lässt sie achtlos auf die Wiese fallen. Gierig verschlingt sie die süße, warme Frucht. Ich schneide ihr einen Halbmond nach dem anderen. Mit dem letzten, nachlässig abgenagten Streifen beginnt sie sich über das Gesicht zu fahren, als hielte sie nicht eine Papaya, sondern einen Wattebausch in der Hand. Ich sehe ihr dabei zu. Sie streicht sich ihr langes Haar über die Schulter und reibt mit ernsthafter Miene ihr Gesicht ein, um jedes Grübchen mit dem Fruchtfleisch zu versehen. Als sie fertig ist, sieht sie gelbstichig aus und hat Papayareste im Gesicht hängen. Sie stört sich nicht daran.
Willst du auch?
Nein, danke, sage ich.
Sie hält ihr Gesicht in die sanfte Brise, die zwischen den Bäumen hindurchstreicht. Ihr Rücken ist ganz gerade. Im Schneidersitz sieht sie aus wie ein meditierender Buddha. Ich muss lachen.
Das macht man so, erklärt sie ungerührt.
Hmhm, mache ich und sehe zu, wie die Papaya trocknet.
Das ist gut für die Haut.
Sieht man gleich, sage ich, um Ernsthaftigkeit bemüht, was mir nicht gelingt.
Du hast eben keine Ahnung.
Yara lacht jetzt auch und dann greift sie mit ihrer kleinen Hand nach meiner. So verharren wir in der leichten Brise des frühen Nachmittags.
Weißt du, woran ich denke?, frage ich.
Der gelbe Papayabuddha schüttelt den Kopf.
Ich stelle mir vor, wie wir gemeinsam am Ufer des Amazonas leben.
Aha, macht sie jetzt.
Es könnte ein Haus auf Stehlen sein, das im wogenden Fluss uns mit leichten Bewegungen umwebt. Nach dem Aufstehen liefen wir die Holzplanken hinab. Der Sonnenaufgang würde uns wärmen. Bei den Stromschnellen würden wir unsere Angeln auswerfen und für das Mittagessen Piranhas aus dem Amazonas fischen. Glücklich verweile ich in meiner Vorstellung.

Es gibt 'ne Menge Moskitos da oben, sagt sie knapp.

Ja, bestätige ich wissend, das stimmt.

Ich denke an meine Zeit auf der Chalana. Das Ufer schaukelte im verlässlichen Immergleich des Wellentakts. Sonst gab es nur Baumwipfelgrün, das meinen Blick streifte. Das war der erste Ort meines Lebens, an dem ich in selige Gelassenheit gefunden habe. Ich bin am Amazonas gesundet, er hat mich von meinen Verletzungen geheilt und den Weg für den Pantanal geebnet. Ohne den Fluss hätte ich niemals die Kraft gefunden, das Leben erneut anzupacken. Ich hätte nur noch dahinvegetiert. Und wäre schließlich zugrunde gegangen.

Es gibt unendlichen Frieden dort, fasse ich meine Gedanken zusammen.

Yara gähnt.

Piranhafischen klingt für mich nicht nach Frieden, sondern nach tödlicher Langeweile, kommentiert sie mein kleines Paradies.

Hm, mache ich und beobachte die feinen Züge ihres schmalen Gesichts. Ihr Haar hängt ihr tief auf den Rücken hinab. Hier und da kringelt es sich in nachlässigen Locken. Yaras Hand ist in der meinen ganz schweißig geworden. Sie entzieht sie mir und wischt sie an meinem Unterhemd ab, das sie immer noch trägt.

Ich brauche die Stadt, sagt sie und gemahnt mich an mich selbst.

Das habe ich auch gedacht, nicke ich.

Die Stadt, sinniere ich und erinnere in leiser Ferne einen unbestimmten Lärm.

Was hat dich davon abgebracht?, will sie wissen.

Die Stadtsucht hat mich aufgefressen. Sie hat mich krank gemacht und mich von mir selbst entfernt. Ich habe mich selbst in der Stadt verloren und bin kopflos meinem Schatten nachgejagt. Ich habe gelitten. Ich habe mich betäubt. Wie soll ich ihr das erklären?

Keine Ahnung, sage ich einfach und lasse meinen Blick durch die Weite des Landes um meinen kleinen Hof schweifen.

Sie blickt mich an.

Die Stadt ist der Tod. Ich wollte das Leben, erkläre ich ausweichend.
Sie nickt.
Das Leben ist ein Biest. Egal wo, sagt sie und klingt dabei, als hätte sie
schon ein paar Lebenskleider getragen.
Das ist Yara. Sie wirkt hell und rein, und ist doch pechschwarz.
Ja, bestätige ich, ohne für meine Zustimmung das rechte Gefühl parat
zu haben, weil mein Leben gerade vor Glück trieft. Für mich ist es
genau richtig. Egal, was Yara sagt oder denkt.
Ich gehe jetzt duschen, sagt sie und löst ihre Beine aus dem
Schneidersitz.
Nimmst du mich mit?
Nein, entgegnet sie streng und stützt sich auf die Lehnen meines
Korbsessels.
Ihre Haare fallen mir ins Gesicht. Ich streiche sie ihr auf den Rücken.
Das schwere Haar in ihrem Nacken ist warm von der Sonne. In Yaras
Augen sehe ich Unternehmungslust blitzen.
Ich will, dass du mir deine Goldgräberstadt zeigst.
Poconé?
Ja.
Sie nimmt meine Hände aus ihren Haaren, wirft mir einen flüchtigen
Kuss zu und läuft ins Haus. Ich sehe ihr nach. In ihren federnden
Schritten liegt diese unbedingte Lust auf das Leben, die mich schon in
Berlin in den Bann geschlagen hat. Yara will das volle Leben. Alles
davon. Mit allen Abgründen. Kompromisslose Gier. Sie fühlt sich
lebendig in allem Neuen und in allem Risiko. Sie geht durchs Leben,
ohne sich umzudrehen. Sie kennt keine Scheu. Keine Zurückhaltung.
Keine Sorge.

Ich lehne mich in meinem Korbsessel zurück. Die Sonne ist glühend
heiß. Hoffentlich lässt sich Yara Zeit im Bad. Ich lege meine Beine
wieder auf den Hocker, den sie nicht mehr besetzt, und spüre ein
Bedauern in mir erwachen. Ein Bedauern wegen der Makellosigkeit,
die mein Hof bisher für mich hatte. Er war meine Höhle und mein
Refugium. In Yaras Augen findet das alles nicht statt. Sie meidet alle

Sicherheit, in der für sie nichts weiter als Langeweile liegt. Sie bewegt sich durch den Schmerz, den das Leben für sie bereithält, wie eine stolze Regentin. Sie nimmt ihn an, ohne zu fragen. Sie hadert nicht, sie zweifelt nicht und bereut wahrscheinlich niemals. Unerbittliche Erneuerung liegt in allen ihren Bewegungen. Wie ein Chamäleon gleitet sie von einer Haut in die nächste und von einem Leben in das andere. Ich bin auch einmal so gewesen. Ich habe mir das echte Leben so sehr gewünscht. Wollte mich spüren und nicht einfach so existieren. Doch dieses Leben ist hart. Es fordert viel. Yara hat vor diesen Lebensklippen keine Furcht. Sie nimmt das Leben, wie es kommt. Sie braucht die Veränderung wie die Luft zum Atmen. Das Prinzip Yara kennt keinen Alltag. Keiner kann an ihrer Seite existieren, weil Yara keine Seiten hat. Sie ist luftdurchlässig, wie Gaze. Sie erneuert sich beständig. Ich blicke in den ausgewaschenen Himmel und weiß, dass ich nicht so bin. Ich wünsche mir, mein Leben in Auslassungen leben zu können. Ich brauche nur noch Ruhe und die Erfüllung meines Begehrens nach ihr. Der Rest meines Daseins kann meinetwegen elliptisch verlaufen. Ich schätze den Schmerz nicht mehr, den Yara immer noch für ein besonderes Lebenselixier hält. Das ist eine Schimäre, doch ich weiß, dass auch ich noch vor wenigen Monaten nicht geglaubt hätte, dass der Sinn des Lebens nicht in der Selbstvernichtung liegt. Während ich mittlerweile vor dem Abgrund flüchte, sehnt sie ihn herbei.

Mit einem fertigen Lächeln tritt sie aus dem Haus. Ihre Haare sind nass. Sie wringt sie aus, als wären sie ein Stück Stoff. Dann bindet sie sie am Hinterkopf zu einem Knoten zusammen. Ihr Kleid klebt an ihrem feuchten Körper. Wahrscheinlich stinken meine Handtücher zu sehr, um sie zu benutzen. Sie tritt zu mir und reicht mir ihre Hand. Ich erinnere mich daran, wie sie mich in unserer ersten Nacht aus dem bonbonfarbenen Sessel des Berliner Hotelzimmers mit derselben Geste auf die Reise geschickt hat. Eine Reise, die vor den Toren einer namenlosen Goldgräberstadt im brasilianischen Hinterland endete. Yara sieht mich an. Ihr Blick ruht auf mir und erzählt von

Gelassenheit, als wolle sie mir Mut machen. Und dann grinse ich sie an, weil ich weiß, dass ich auch dieses Mal die Reise antreten werde. Egal, wo sie mich diesmal hinführen wird. Sicher ist, dass wir niemals bleiben werden. Wohin auch immer uns das Schicksal verschlagen wird.

5 .

Yara hat sich eine schlimme Widerborstigkeit eingefangen. Sie sitzt ihr im Mark und funkelt mit unverhohlener Streitsucht aus ihren rehbraunen Augen hervor. Ich lege den Kopf schief und gehe ihr aus dem Weg. Da kann man eben nichts machen. Draußen geht der letzte Regen des Jahres nieder, seit zwei Tagen schon. Yara streift durchs Haus wie ein Tiger in Gefangenschaft. Sie fasst alles an und lässt es wieder fallen. Ich fächere mir mit meinem Buch über den Terrassenbau Luft zu und schaue sie an. Sie stöhnt und kommt auf mich zugelaufen. In ihrer Hand hält sie ihre Zahnbürste. Sie will sie nicht mehr weglegen, bis es zu regnen aufhört.
Das wird der Tag der Zahnbürste, hat sie heute Morgen beschlossen. So erhält der ereignislose Tag, den ich mit seinen müßigen Stunden zu schätzen weiß, für Yara zumindest einen Zweck. Dann steigt sie mir auf den Schoß und rollt sich dort ein wie eine Katze. Ich wippe im Korbstuhl, weil sie es gern hat, wenn in die Dinge Bewegung gerät.

Ich habe Yara ein Stück in meinem Garten abgetreten. Dort hat sie gepflanzt und gesät, aber von heute auf morgen wächst eben nichts. Sie hat traurig auf die rote Erde geschaut und ist dann zu unseren Nachbarn marschiert, um mit dem Pferd in die Weite des Pantanals zu galoppieren. Das tut sie, wenn ihr Bewegungsradius sie nicht mehr ausfüllt. Das offene Haar im Wind, genießt sie die Freiheit, die das waghalsige Tempo ihr vorgaukelt. Wenn sie zurückkehrt, sind die langen Locken in sich verhakt und verknotet. Wir müssen ihr Haar zu zweit auseinanderkämmen, und daran freut sie sich wie eine Prinzessin, die ihre tausend Bürstenstriche mit kleiner Geste in Empfang nimmt. Doch selbst für diese leichte Freude ist der heutige Tag nicht zu gebrauchen.

Luca, höre ich sie in diesem schmollenden, gedehnten Ton.

Yara?

Ich habe eine Depression, bemerkt sie, als trüge ich die Schuld daran.

Nein, lache ich, du hast keine Depression. Dazu bist du gar nicht fähig.

Was habe ich dann? Mir geht es nicht gut.

Dir ist langweilig.

Warum ist das nur so? Du scheinst ganz gemütlich.

Weil du nichts mit dir anzufangen weißt.

Und was kann man dagegen machen?, fragt sie leichthin und schiebt mir damit die Verantwortung zu.

Sex, sage ich einfach, weil es das Erste ist, was mir einfällt.

Yara gurrt in meinem Schoß und lässt sich die Möglichkeit durch den Kopf gehen.

Oder du erzählst mir mal, warum wir hier sitzen?

Sie sieht mich fragend an, als wüsste sie nicht, wovon ich spreche.

Es regnet, sagt sie schließlich grinsend und weiß doch ganz genau, dass ich darauf nicht hinauswill.

Ich lege meine Stirn in Falten und lasse mich nicht darauf ein.

Ach, sagt sie, das ist eine lange Geschichte.

Wir haben Zeit, ermutige ich sie.

Sie lehnt ihren Kopf wieder an meine Brust und macht sich klein. Trotzdem ruht das ganze Gewicht ihres Seins auf mir. Ich genieße die Last auf meinem Schoß. Es entsteht dabei das Gefühl, als gäbe sie sich mir hin. Während der letzten Wochen ist das Glück nicht verblasst. Es ist stark und glänzend wie am ersten Tag. Es leuchtet in neuen Farben und verwandelt mein Leben in einen gänzlich neuen Zustand von Ausgeglichenheit. Diese Ruhe füllt mich aus und befriedigt mich in einem Maße, das mich Tag für Tag von Neuem erstaunt. Yara hingegen verweilt in ihrer getriebenen Unrast wie ein störrischer Esel. Ich halte dagegen, als könne ich sie mit meiner Ruhe anstecken, als könne ich den Knoten in ihr auflösen. Ich will die irrationale Hoffnung, Yara davon kurieren zu können, nicht aufgeben. Wie gerne sähe ich ihr beim Genesen zu, bei ihrer Heilung, wie nach einer langen, schweren Krankheit.

Ich streiche ihr über das dichte Haar und merke, dass es mir gleichgültig ist, was in der weiten Welt, die einstmals mein Zuhause war, passiert ist. Dieser Ort hat nichts mehr mit uns zu tun. Das waren doch alles nur Randerscheinungen, die keine Rolle mehr spielen, da sie uns nicht mehr voneinander trennen. Die Kinder meiner Nachbarn sind tot. Kein Wort kann etwas daran ändern. Ich habe immer nur nach Yara gesucht, nie nach Erklärungen.

Es hat mit meiner Familie zu tun, beginnt sie schließlich zu erzählen. Ich war so mit meinen Gedanken beschäftigt, dass ich gar nicht gemerkt habe, wie sie nach den richtigen Worten suchte. Sie macht eine Pause und entscheidet sich dann doch gegen den eingeschlagenen Kurs.

Lass uns nicht darüber reden, ja?

Hm, mache ich und bin keineswegs abgeneigt.

Yara dreht sich in meinem Schoß und sieht mich aufmerksam an, als versuche sie meine Gedanken zu ergründen.

Wo warst du die ganze Zeit?, frage ich.

In Rio, antwortet sie freimütig.

Dort war ich damals mit Mattis. Gleich nach dem Abi. Ob ich mich noch auskenne?

Wo hast du gewohnt?

In Catete, gibt sie zurück.

Ich erinnere mich an das Viertel. Es ist jung und lebendig. Die Menschen haben nachts unter den Torbögen der Aquädukte auf den Straßen getanzt.

Das passt zu dir, sage ich und lächle ihr zu.

Wann warst du da?, will sie wissen und scheint sich sicherer zu fühlen.

Wie ein Nagetier schaut sie aus ihrer Höhle und kommt Pfotenlänge für Pfotenlänge hervorgekrochen. Ich lächle.

Vor zwanzig Jahren, antworte ich.

Uuups, sagt sie und grinst, du bist echt ein unfassbar alter Sack.
Damit scheint das Thema für sie beendet. Sie lässt ihren Kopf wieder
auf meine Brust fallen.
Und wie hast du mich gefunden?
Lily hat mir deine Adresse gegeben, sagt sie und gähnt.
Du hast sie angerufen?
Wir mailen uns dann und wann, erklärt sie freimütig und schwingt
die Zahnbürste durch die Luft, als dirigiere sie ein unsichtbares
Orchester.
Seit wann seid ihr wieder in Kontakt?
Yara sieht mich verdutzt an.
Wir schreiben uns immer.
Ich merke, dass mein Herz für eine Sekunde zu schlagen aufhört.
Immer?, frage ich noch mal, als ob in einer erneuten Bestätigung
etwas anderes als purer Masochismus läge.
Klaro, bejaht sie und wendet sich mir wieder zu.
Mein erstauntes Gesicht nötigt ihr keine Entschuldigung, sondern
Entrüstung ab.
Luca, du bist echt ein Romantiker.
Gar nicht, sage ich und meine das Gegenteil.
Diese Puffmutter hätte mich sofort an die Bullen verkauft, höre ich
Yara mich belehren.
Was?, schnappe ich.
Ich schiebe sie von meinem Schoß und stehe auf.
Du weißt von Tally?
Was glaubst du denn?, fragt sie entgeistert und lässt ihre Zahnbürste
fallen.
Weißt du auch ...? Ich spreche nicht weiter.
Sie kann nicht wissen, dass ich mich als Callboy durch Fortaleza
gebumst habe, um mir mein Geld zu verdienen. Das hat Lily nie
erfahren, also weiß es auch Yara nicht.
Was denn? Yara klingt harmlos, doch ich weiß, dass es Fassade ist.
Ach, nichts, winke ich ab und gehe in die Küche.

Ich brauche ein Glas kaltes Wasser. Warum kann es im Leben keine guten Lösungen für alle Beteiligten geben? Einer muss immer den Kürzeren ziehen. Das ist einfach nicht fair, denke ich und bin enttäuscht. Lily hätte mir einfach sagen können, dass Yara in Rio de Janeiro war. Es hätte sie keine Mühe gekostet. Ich stehe am Kühlschrank und trinke aus der Wasserflasche. Yara kommt mir nach.

Warum hat sie mir nicht gesagt, wo du bist?

Luca, echt jetzt!

Yaras Stimmlage hat sich verändert. Sie ist gereizt, fast aufgebracht, als nerve sie meine Verständnislosigkeit. Unsere Blicke treffen sich.

Ich bin keinen Tag aufgewacht, ohne an dich zu denken, sage ich leise und seufze.

Ich weiß nicht, worauf ich hoffe. Erlösung? Sie sieht mich an, als wäre ich ein verwirrter Patient, der unerhörterweise sein Krankenbett verlassen hätte.

Du warst nicht so weit. Du hättest mich verraten.

Nein, widerspreche ich.

Sicherlich nicht absichtlich, aber dennoch. Du warst eine Gefahr. Du hast dich aufgeführt wie auf Dauerkoks. Und das weißt du, sagt sie kopfschüttelnd, ohne die geringste Nachsicht in ihre Stimme zu legen.

Ich weiß nicht, was ich dagegen tun kann. Sie nimmt mich nicht ernst und macht mich damit wütend. Sie verletzt mich, und ich kann nichts dagegen tun. Ich bin ihr ausgeliefert, ihren Launen, ihrem Sein. Ich schiebe mich an ihr vorbei, zurück ins Wohnzimmer. Wie oft habe ich mir gewünscht, Yara einfach abschütteln und vergessen zu können? Selbst in ihrer Anwesenheit liegt Schmerz, den sie wie beiläufig produziert. Ich kann mich nicht vor ihr schützen. Ich bin wie eine offene Wunde, in die sie nach Belieben Salz streut. Wahrscheinlich hält sie mich für einen debilen Idioten, der sich nicht im Vollbesitz seiner geistigen Kräfte befindet. Sie hat meine Suche belächelt, weil sie von der Sinnlosigkeit meines Tuns die ganze Zeit wusste. Sie hat sich von Lily berichten lassen, wie ich die Hölle

Fortaleza durchwatet habe, und sich wahrscheinlich herrlich an meinem Scheitern ergötzt.

Mit verschränkten Armen stehe ich am Fenster und sehe in den Regen. Yaras Grausamkeit hat etwas Leichtes. Sie lebt mit der unschuldigen Rücksichtslosigkeit eines Raubtieres, das sich bei der Beute auch nicht entschuldigt, bevor es mit seinen Reißzähnen blitzschnell zupackt. Es gehorcht dem Gesetz des Überlebens. Yaras Dasein funktioniert so. In dieser selbstbezogenen Teilnahmslosigkeit gefangen, sitzt sie in meinem Korbsessel und wippt vor sich hin. Mit den Fingern dreht sie Haarsträhnen und schaut an mir vorbei, ebenfalls in den Regen. Dann seufzt sie und lässt ihren Blick über mich hinweg schweifen. Ich trete zu ihr, lasse die Arme von meinen Schultern hängen und empfinde meine schwachen Versuche, mich zu wehren, als haltlos.

Du hättest mich erlösen können, klage ich.

Yara hat sich für kugelrunde Lämmeraugen entschieden, mit denen sie mich unumwunden ansieht. Sie greift nach meinem Hosenbund und zieht mich näher zu sich heran. Ihre Beine sortiert sie auf dem Korbsessel, bis sie auf ihnen hockt. Ich sehe ihr dabei zu, als beobachtete ich ein seltenes Naturschauspiel. Yara blickt zu mir auf. Dann wendet sie sich wieder meiner Hose zu. Sie öffnet den Knopf und dann den Reißverschluss.

Was tust du?

Du wolltest doch Sex, erklärt sie und leckt sich über die Lippen, wie in süßer Erwartung.

Ich seufze und füge mich ihrem Willen. Kraftlos fällt mir der Kopf in den Nacken. Es liegt ein Trost in dieser Beziehung, die sie mit meiner Erektion führt, als hätte ich nichts damit zu tun. Sie ist zu einer reinen, feinen Liebe fähig, wenn ich mich meiner Kleider entledige. Ich weiß, dass dieses Gefühl nichts mit mir zu tun hat, weil sie meinen Schwanz mit anderen Augen betrachtet als mich. Es liegt eine Zärtlichkeit darin, die sie für mich nicht übrighat. Es ist die Ernsthaftigkeit, die ihrer Begierde innewohnt. Ehrlichkeit, die in der Berührung ihrer

Zunge, ihres Mundes, ihrer Lippen liegt. Ich seufze und gebe mich dieser einzigen Form von Zuneigung hin, zu der Yara fähig ist. Meine Hände gleiten zu ihrem Hinterkopf. Ich halte mich fest an der Deutlichkeit, die in Yaras Bewegungen liegt. An der Überzeugung, die darin wohnt. An der Unmittelbarkeit ihres Tuns. Dieser Klarheit und Verlässlichkeit, die sich sonst nirgends in ihrem Sein findet.

Sex mit Yara ist für mich immer noch wie ein überirdisches Ereignis. Die Wucht meiner Empfindungen überrollt mich immer wieder. Danach entsteht allerdings eine Leere, die mir Angst macht. Manchmal wünsche ich mir, dass Yara schwerer wäre. Sie liegt nackt in der Schwüle des Nachmittags auf mir und schläft. Ich will mehr Gewicht, weil ich das Gefühl habe, verloren zu gehen. Ich verliere mich selbst in dem Kompromiss, den ich lebe. Aber ich kann nicht anders. Ich will Yara. Egal, um welchen Preis. Im Schlaf wirkt sie sanft und zart. Ihre Züge liegen völlig entspannt. Dann und wann entweicht ein sanfter Atemzug von ihren Lippen. Ich spüre mein Herz klopfen und lege Yara in meinen linken Arm, um sie nicht aufzuwecken. Manchmal übermannt mich mein Gefühl für sie, und dann bekomme ich kaum Luft. Ich streiche ihr das lange Haar aus dem Gesicht, taste vorsichtig den Konturen ihrer Wangenknochen nach und fühle wieder das Glück, sie bei mir zu haben, sie in meinen Armen zu halten und berühren zu können.

Yara, sage ich ohne Stimme und sehe ihr in das schlafende Gesicht, ich liebe dich.

Am liebsten würde ich das Leben anhalten. Jetzt in diesem Moment. Es kann weder schlimmer noch besser werden.

6.

Was ist das?, frage ich blöd und weiß es doch sofort.

Mein Telefon klingelt, sagt Yara.

Du hast ein Mobiltelefon?

Klaro. Sie sieht mich an und zieht eine Augenbraue hoch.

Ich nicke und bin trotzdem irritiert. Mir ist entfallen, wann ich mein
Smartphone das letzte Mal gesehen habe. Es wird in Fortaleza
geblieben sein. Seit Monaten habe ich nicht daran gedacht zu
telefonieren. Es gibt ja auch niemanden, den ich hätte anrufen wollen.
Schließlich verstummt das Klingeln. Mit dem Pinsel in der Hand stehe
ich im Garten und weiß nicht weiter. Ich habe Yara erzählt, dass wir
das Haus anstreichen müssen, bevor ich den Hof verkaufen kann.
Dabei werde ich mein Refugium wohl auch mit frischem Farbanstrich
nicht verkauft bekommen. Das Grundstück stand jahrelang leer und
verfiel, bevor ich kam und es rettete oder mich hier retten ließ. Diese
gottverlassene Gegend ist kein Ort, der viel Zuzug zu verzeichnen
hat. Die Menschen gehen eher, als dass sie kommen. Ich wollte
einfach Zeit gewinnen. Ich bin nicht bereit, meinen Hof für sie
aufzugeben, denn ich verlöre mit ihm alles, was mir lieb und teuer ist.
Hartnäckig nähre ich die Hoffnung, Yara doch noch von diesem
Leben hier draußen zu überzeugen. Um ihrer Langeweile
entgegenzuwirken, halte ich sie mit Erkundungsritten in Bewegung.
Manchmal wünscht sie sich einen Affen als Haustier, aber das konnte
ich bisher verhindern, obwohl ich ihr sonst jeden Wunsch von den
Augen ablese. Ich brauche mein Leben hier im Pantanal, weil ich in
der Stadt nicht mehr überleben kann. Ich kann nicht ohne die Weite
der Steppe vor meinen Augen sein, weil unweigerlich der
Großstadtdschungel an ihre Stelle träte und sich darin Gefahren und

Verführungen tummeln, denen ich nicht gewachsen bin. Sie würden mich kaputt machen, zermalmen, zerquetschen wie eine faule Tomate.

Es ist viel zu heiß, um körperlicher Arbeit nachzugehen. Manchmal steigt das Thermometer bis auf sechsunddreißig Grad. Gleißend beißt uns der rote Feuerball ins Gesicht. Ich schiebe mir den Hut aus dem Gesicht und wische mir den Schweiß von der Stirn. Yara pinselt mit leichter Geste. Mir war die Farbe egal. Mein Haus wird gelb und ich weiß nicht weiter. Ich will Yara fragen, wer sie anruft und warum sie ein Mobiltelefon hier in mein Haus gebracht hat. Will wissen, welches Leben dahintersteckt und warum sie mir nichts davon erzählt. Seit sieben Monaten ist sie hier bei mir, und seitdem hat es nicht ein einziges Mal geklingelt. Warum jetzt? Die Außenwelt dringt auf mich ein, ohne dass ich darauf vorbereitet war.

Das Gefühl, das mich jetzt überwältigt, erinnert mich an Eifersucht. Nur ist es heftiger und schneidender. Vielleicht weil es so überraschend kommt? Es gibt in Yaras Leben mehr Menschen als mich. Das weiß ich. Sie hat mir erzählt, dass sie in Kontakt mit ihrer Schwester Lily steht. Warum auch nicht? Vielleicht ist es nur Lily, die da gerade angerufen hat? Manchmal kann ich mich selbst nicht ertragen. Eine heiße Welle von Scham überkommt mich. Schon wieder ist es passiert. Aus mir ist ein Mensch geworden, den ich selbst nicht ertragen kann. Ich muss mich ausruhen. Yara blickt mir hinterher, wie ich mich in den Schatten meines Papayabaums setze.

Was ist?, fragt sie.

Mir ist heiß, sage ich vage und greife nach einer Karaffe Wasser.

Sie wendet sich wieder ihrer Arbeit zu. Ich stelle das Wasser zurück und zweifle an mir. Ich kann nicht mit und auch nicht ohne sie leben. Was ist da die Alternative?

Selbstbetrug ist die Alternative. Klar, darin bin ich gut. In dieser Disziplin macht mir niemand etwas vor. Ich gelange ständig an diesen Punkt in meinem Leben. Als liefen alle Wege, die ich einschlage, immer auf das gleiche Ziel hinaus. Und dennoch, ich kann es immer noch nicht fassen. Ich will nicht gehen, muss ich mir selbst

zugestehen, und dennoch sehe ich einem Ende entgegen. Vor allem
dem Ende meiner Nerven. Jetzt greife ich doch nach der Karaffe mit
dem warmen Wasser, lasse es mir die Kehle hinunterrinnen und habe
plötzlich das dringende Verlangen, mich zu betrinken. Dabei habe ich
seit Monaten nicht mehr das Bedürfnis verspürt, eine Bar zu betreten.
Ich seufze. Selbstbetrug und Alkohol sind wie zwei Seiten derselben
Medaille. Das eine geht unweigerlich mit dem anderen einher. Ohne
weiter darüber nachzudenken, lasse ich meinen gelben Pinsel auf die
Wiese fallen und überlasse das weitere Anstreichen Yara.

In Poconé trete ich an die erste Bar am Stadtrand. Es ist noch heller
Tag. Die Hitze hat alle Bewohner der kleinen Goldgräberstadt in die
Innenräume ihrer bunten, kleinen Häuser getrieben. Dort hocken sie
in klimatisierten Zimmern oder unter klappernden
Deckenventilatoren und hoffen auf Besserung. An der Bar stehen
Leute, die ich nicht kenne. Keiner dieser Menschen ist mir je begegnet,
obwohl Poconé eine winzige Stadt ist. Ich sehe sonnengegerbte und
tief zerfurchte Gesichter. Bewegungslos verharren sie am Tresen
hinter den Rauchschwaden ihrer Zigaretten, die in den wolkenlosen
Himmel ziehen. Ein leises Murmeln, fast nur ein lauteres Schweigen,
liegt in der stickigen Luft. Direkt neben der Bar bietet eine junge Frau
ihre Friseurdienste an. Ich habe sie schon einmal gesehen. Sie zieht
mit ihrem Plastikschemel von Hof zu Hof. Ihre Knöchel sind
geschwollen. Das wird nicht ihre letzte Schwangerschaft sein.
Manchmal sehe ich sie mit ihren Kindern, die ihr wie junge Labradore
folgen, in der Stadt Einkäufe erledigen. Ihre Körpermitte ist bereits
enorm angeschwollen, sie wird wohl bald niederkommen. Als
Ehemaliger in dem Geschäft erkenne ich sie. Sie bietet sich mir mit
einem Blick an, der so beiläufig wie eindeutig ist. Die
Schwangerschaft setzt ihrer Arbeit kein natürliches Ende. Ein Kunde
sitzt auf ihrem Plastikhocker, hält ein kühles Bier in der Hand und
lässt sich die Haare stutzen. Die vertraulichen Gesten, die sie
austauschen, lassen darauf schließen, dass das nicht alles ist, wofür er
sie zu bezahlen gedenkt. Ich wende mich ab und versuche, zwischen

den unbekannten Gesichtern an der Bar meinen Platz zu finden. Ein leichtes Bedauern durchzieht meine Glieder. Ich komme mir vor wie ein geprügelter Straßenköter. Ich gehöre nirgends hin. Also lasse ich die Schultern hängen und gehe wieder hinaus. Ich drehe mich um meine eigene Achse und laufe zurück zu meinem Refugium, das nicht mehr mein Refugium ist, sondern der Mittelpunkt meiner Angst.

Schon von ferne nehme ich den Acrylgeruch der Farbe wahr. Unerträglich schwer liegt er in der Luft. Mein Kopf dröhnt. Auf meiner Haut perlt eine Reizbarkeit, die mich zu vergiften droht. Ich trete durch die Vordertür ins Haus und gehe ins Bad. Dort hoffe ich, die Probleme abduschen zu können. Unter dem kalten Wasser verteile ich die Seife auf meinem Körper. Ich halte das Gesicht in den kräftigen Wasserstrahl und versuche, nicht zu denken, denn in jedem Gedanken liegt die alte Verzweiflung, die ich bereits kenne. Ich hatte geglaubt, sie hinter mir gelassen zu haben. Warum musste mir das passieren? Warum musste mir Yara meine Zufriedenheit, meine Ruhe, mein Paradies nehmen? Was bezweckt sie damit? Mit einem schnellen Griff stelle ich das Wasser ab, wickle ein Handtuch um meine Hüften und trete aus dem Haus. Yara pinselt immer noch und ist schon ein gutes Stück vorangekommen.

Also, wer war's?, frage ich unumwunden.

Was?, fragt sie zurück und sieht von ihrer Malerarbeit auf.

Ich stehe nackt, nur mit dem Handtuch um die Hüften, in meinem Garten.

Hast du geduscht? Wir sind doch noch gar nicht fertig.

Sie deutet auf das halb gestrichene Haus. Ich gehe nicht darauf ein.

Wer hat dich angerufen?

Ach so. Sie lacht. Keine Ahnung.

Du musst doch wissen, wer dich angerufen hat?!

Nein, ich hab nicht nachgesehen.

Ja, aber du weißt doch, wer dich anruft.

Sie sieht mich an und zieht wieder eine Augenbraue hoch.

Luca, du willst mir nicht erzählen, dass du bei jedem Klingeln weißt, wer dich anruft?

Ich sage nichts, weil sie recht hat.

Sieh nach!, fordere ich.

Keine Lust, sagt sie und streicht weiter.

Yara, bitte.

Es interessiert mich aber nicht, versucht sie das Thema abzuschließen.

Was bringt es dir, wenn ich dir einen Namen sage, den du nicht kennst?

Mir ist der Name egal, sage ich. Ich will wissen, was der Typ will.

Welcher Typ?, fragt Yara und tunkt ihren Pinsel in den Farbeimer.

Der dich angerufen hat.

Woher weißt du, dass es keine Freundin ist? Oder Lily?

Ich glaube ihr nicht. Angefressen starre ich sie an. Ich war bestimmt zwei Stunden nicht da. Sie hatte genug Zeit, um ins Haus zu gehen und nachzusehen.

Wo ist es?, frage ich.

Drinnen, sagt sie mit frischer Farbe auf dem Pinsel.

Wo genau? Ich hole es.

Lass mich in Frieden, du Nervenbündel. Ich frage dich auch nicht, wo dein Telefon liegt.

Ich habe keines, sage ich und will mich immer noch durchsetzen.

Wirklich?, fragt sie ehrlich erstaunt.

Wirklich, bestätige ich und lege einen gewissen Stolz in dieses Wort, als wäre der telefonlose Mensch ein besserer Mensch.

Also?, insistiere ich weiter.

Was ist jetzt plötzlich so besonders an meinem Handy? Das hat dich doch sonst nicht interessiert.

Es klingelt nach sieben Monaten das erste Mal, und du tust so, als ob nichts sei, entrüste ich mich.

Yara lacht.

Es hat die ganze Zeit geklingelt.

Aha, mache ich.

Mir wird das Gespräch zu blöd. Augenscheinlich hinke ich der Realität hinterher. Wie immer. Yara hat hier in meinem Garten unter dem Papayabaum gesessen, mein Refugium zu ihrem gemacht und damit die Abgeschiedenheit allmählich aus allen Dingen herausgelöst. Alles Gute kommt mir plötzlich schlecht vor. Die Welt ist verdorben. Mein Leben steckt in einem Säurebad, wie ein Foto, das in Entwicklerflüssigkeit liegt. Mir werden die Dinge langsam klarer, ohne dass ich darum gebeten habe. Ich sehe das Bild sich aus dem Silbersalz herauskristallisieren. Yara ist darauf zu sehen, wie sie in der Stadt lebt. Sie lacht. Glücklich. Ohne mich.

7.

Schöner ist die Welt, wenn sie in den unklaren Konturen der Nacht stattfindet. Trost liegt in allem Verschwommenen. Ich halte mich am Tresen fest und lasse einen kühlen Drink meine trockene Kehle hinunterrinnen. Ich erinnere mich nicht mehr daran, was ich trinke, und kümmere mich auch nicht weiter darum. Gin? Wodka? Meine Zunge ist längst betäubt. Durch den Strohhalm sauge ich die goldgelbe Flüssigkeit in mich hinein und winke dem Barkeeper mit einem Blinzeln des linken Auges, um dasselbe noch einmal zu bestellen. Mit dem neuen Glas vor mir, wage ich einen kurzen Blick in mich hinein und stelle fest, dass mein Denkvermögen noch nicht ertränkt ist. Da ist immer noch Yara, und das muss unbedingt aufhören. Es geht mir nicht gut mit ihr in meinem Kopf.
Ich weiß noch, wie sie mich auslachte, als ich ihr von meiner Sehnsucht nach ihr zu erzählen suchte. Es war eine dieser Nächte, in denen wir wach lagen und unsere Stimmen durch meine kleine Hütte spazieren führten. Wir schauten an die dunkle Decke und erzählten uns voneinander. Yara berichtete von dem Leben in Rio, und ich von mir und ihr. Ich versuchte ihr meinen Schmerz zu schildern, doch sie lachte nur, nahm meinen Kopf in beide Hände und schalt mich.
Du liebst mich immer noch, Luca!
Ja, sagte ich und kam mir unendlich dumm vor.
Damit musst du wirklich, unbedingt aufhören, empfahl sie mir, und ich Idiot habe mich nicht daran gehalten.
Jetzt ist es zu spät. Die Zügel sind mir mal wieder entglitten. Es ist zu spät, um noch Entscheidungen zu treffen, weil die Begebenheiten mich überrumpelt haben. Ständig passiert mir das. Ich laufe mir selbst hinterher und gerate jedes Mal außer Atem. Warum bin ich nur so ein

Trottel? Dabei weiß ich es doch längst besser. Ich habe Angst vor der Wiederholung. Ich will Yara nicht wieder gehen lassen, will sie nicht verlieren. Es ist das letzte Mal nicht gut gegangen, und es wird auch diesmal nicht gut gehen. Doch will ich sie halten? Die Verletzungen, die sie mir zufügt, folgen einem unergründlichen Variationsschema. Das ist das süße Glück der Ahnungslosigkeit. Nie weiß ich, was kommt. Ständig hoffe ich, dass es diesmal klappen wird. Die Qualen, die sie sich für mich ausdenkt, kündigt sie nicht an. Sie folgt ihren spontanen Einfällen, denen ich nichts entgegenzusetzen habe. Ich liebe sie einfach zu sehr, und das macht mich blind. Ich kann sie nicht wieder gehen lassen. Die Sehnsucht nach ihr hat mich fast das Leben gekostet. Ein solches Dasein will ich nicht noch einmal. Was immer sie von mir verlangt, ich werde es tun. Ich werde alles geben, und wenn es mein Leben ist, um den Absturz zu verhindern. Das ertrage ich nicht noch einmal. Ich habe in allen Ecken der Verzweiflung nachgesehen. Alle Tunnel und Gräben sind durchforstet. Das Grauen der Sehnsucht hält nichts mehr für mich bereit.

An der Bar, die ich zu der meinen erkoren habe, arbeitet ein schwarzer Lausbub, der sich Wellington nennt. Er ist mir gleich sympathisch gewesen, weshalb ich ihn seither jede Nacht besuche. Er geizt nicht mit dem Alkohol, doch vor dem Morgengrauen macht er dicht. Da ist er nicht zu erweichen, auch wenn ich ihn meinen neuen, besten Freund nenne. Manchmal gibt er mir eine halb geleerte Schnapsflasche mit auf den Weg. Ich habe es schließlich weit. So auch heute Nacht. Wellington ist ein guter Mensch, hat ein Herz für mich. Also wiege ich meine Flasche im Arm und wanke nach Hause. Hinter den Palmen zeichnet sich bereits das unheilvolle Glühen des Sonnenaufgangs ab. Ich schaffe es nie vor Tagesanbruch, nach Hause zu kommen, dafür sind die Nächte in Brasilien einfach zu kurz. Stets überrascht mich der blaue Schleier des zarten Morgenlichts oder das Rosarot des anbrechenden Tages.
Ich halte an der letzten Wegkreuzung vor meinem Haus. Es ist nicht mehr weit von hier aus, vielleicht noch zwanzig Minuten. Auf dem

großen, flachen Stein am Wegesrand stelle ich ein Bein ab und strauchle fast, weshalb ich mich doch lieber wieder mit beiden Beinen aufrecht den Boden stelle. Dann öffne ich die Schnapsflasche, um mir einen letzten Schluck zu genehmigen, doch sie ist leer. Hab ich sie schon ausgetrunken? Ich schüttle sie vor meinen Augen, als könnte ich sie so wieder auffüllen. Dabei gleitet sie mir aus der Hand und landet im verdorrten Dickicht der Steppe.

Scheiße, fluche ich und stelle verwundert fest, dass sich dort mehrere Flaschen befinden.

Die meisten sind Bierflaschen. Sie liegen alle verstreut hinter dem Stein und kommen mir bekannt vor. Ob ich hier schon einmal gehalten habe?, frage ich mich kurz und blicke mich um. Ich will meinen Weg fortsetzen, es hält mich ja nichts mehr hier, doch da steht plötzlich ein schwarzer Mann direkt vor mir. Wo kommt der mit einem Mal her? Ich trete zurück, greife in meine Hosentasche und ziehe ein zerknittertes Päckchen Dunhill hervor.

Feuer?, frage ich den Kerl.

Als wüsste er, dass ich diese Frage stellen würde, hebt er die Hand und entzündet die Flamme für mich. Es geht kein Wind, sie flackert nicht mal. Ich neige mich zu ihm und mühe mich ab, die Zigarette in meinem Mund über dem Feuer ruhig zu halten, doch von irgendwoher überkommt mich ein Schwanken, als stünde ich an Deck eines Segelschiffs, das in einen Orkan geraten ist. Ich nehme die Zigarette aus dem Mund, sehe den Mann an und versuche es erneut. Jetzt brennt die Zigarette. Ich nehme einen tiefen Zug und werde mir der Tatsache bewusst, dass der Mann kein Feuerzeug in der Hand hält.

Wie hast du das gemacht?, frage ich und glaube an einen Trick.

Der Mann grinst mich an. Er ist jung und sieht angriffslustig aus. Was will er von mir? In seinen Augen liegt ein Brennen. Er trägt einen langen, schwarzen Ledermantel, obwohl es selbst in den frühsten Morgenstunden stickig und heiß ist. Seine schwarzen Haare sind zu Zöpfen geknotet, die er in einen Pferdeschwanz gebunden hat. Er funkelt mich an, als wolle er mich mit seinem Blick durchbohren. Ich lege den Kopf schief und versuche die Situation zu begreifen. Was will der Typ?

Gib mir etwas zu trinken und ich erfülle dir einen Wunsch, sagt er. Seine Stimme klingt dunkel und rau, als würde sie nur selten benutzt.

Wer bist du?, frage ich.

Ein Freund, sagt er und lächelt mich an.

Ich spähe nach meiner Schnapsflasche im Dickicht.

Für einen Freund einen Schluck, lalle ich herzensgut und lasse mich auf den Stein fallen.

Die erste Flasche, die ich erwische, ist eine leere Bierflasche. Ich werfe sie zurück und suche weiter. Ich weiß nicht, warum ich das tue. Mir liegt die Gewissheit in den Knochen, dass es da noch etwas zu trinken geben muss. Einen guten Schluck für den Fremden und einen für mich. Ich bekomme eine Flasche zu fassen, reiße sie siegessicher empor. Meine Lippen verzerren sich zu einem Grinsen. Ich schüttle meinen Fund, und ein verheißungsvolles Glucksen ertönt. Die Innenseite ist beschlagen, außen kleben Grashalme. Ich habe keinen Moment gezweifelt. Der Alkohol war mir immer ein guter Freund. Er hat mich noch nie im Stich gelassen.

Hier, sage ich und sehe zu dem Mann am Wegesrand, der mir meine milde Gabe aus der Hand nimmt.

Seine Bewegungen sind rasch. Ich habe Mühe ihnen zu folgen. Schneller als gedacht, spüre ich die Flasche wieder zwischen meinen Händen und trinke selbst einen Schluck. Mir rinnt die warme Flüssigkeit die trockene Kehle hinunter. Gestärkt stehe ich vom Stein auf und halte dem Fremden die Flasche hin. Er trinkt erneut. Dann grinst er mich an. In seine Augen fällt wieder dieser rote Glanz, als stünden sie unter Strom. Er gibt mir die Flasche zurück.

Gutes Gelingen, sagt er, und dann ist er weg.

Ich drehe mich um meine eigene Achse.

Aber ich habe mir doch noch nichts gewünscht?, rufe ich in das Nichts um mich herum.

Der Mann ist weg. Ich halte die Schnapsflasche in meiner Hand und drehe mich noch mal um. Es ist niemand da. Ich strauchle kurz, blicke auf die Flasche und verschließe sie mit dem Deckel, den ich schon den ganzen Weg über in meiner Faust halte. Dann lasse ich sie neben den Stein fallen und setze mich in Bewegung. Ich muss endlich nach Hause und schlafen.

Das Haus ist nicht abgeschlossen, weil Yara als Wertgegenstand nicht zählt, und mehr Dinge sind mir in den letzten Monaten nicht zugelaufen. Ich stoße hier und da gegen eine Wand und erwische dann den Holzpfeiler in der Mitte der Hütte, halte mich daran fest und versuche mir die Klamotten vom Körper zu reißen. Es ist heiß im Haus und ich atme schwer. Wahrscheinlich habe ich wieder zu viele Zigaretten geraucht.

Hallo, ertönt es.

Yara sitzt auf dem Bett und sieht mich an. Offensichtlich ist sie hellwach.

Hallo, erwidere ich und achte sorgsam darauf, die Spucke im Mund zu behalten.

Warum sitzt sie da um diese Zeit, komplett bekleidet, als wolle sie einen Ausflug machen?

Luca?

Hm, mache ich und versuche die Schuhe und Socken auf einmal loszuwerden, weil ich sonst die Hose nicht von den Beinen gezerrt bekomme.

Ich gehe, sagt sie.

Hm, mache ich wieder. Bis später.

Luca?

Was?, frage ich gereizt.

Sie deutet auf ihren Rucksack, der im Korbsessel liegt.

Ich gehe nicht für den Moment, sondern ganz.

Nein, sage ich einfach.

Doch, erwidert sie.

Nein, wiederhole ich, du gehst nicht.

Du willst, dass ich gehe. Vertrau mir.

Nein.

Du trinkst, sagt sie und glaubt, damit alles gesagt zu haben.

Und? Ich tue so, als gäbe es da überhaupt keinen Zusammenhang.

Du warst in Ordnung, als ich hier angekommen bin, und jetzt säufst du wie ein Loch, also gehe ich.

Nein, sage ich wieder, es ist nur eine Phase.

Aha, sagt sie und glaubt mir nicht.

Das höre ich ganz deutlich. Ich kneife die Augen zusammen, um Yara deutlicher sehen zu können.

Ich kann dich nicht ertragen, wie du bist, wenn du trinkst.

Sie schaut mich an. Ich weiß nicht, was ich darauf erwidern soll. Die Zeit der Argumente ist vorbei. Ich ziehe mir die Jeans wieder hoch, lasse Reißverschluss und Knopf offen, stoße mich von dem Holzpfosten in der Mitte des Raumes ab und gehe zwei wankende Schritte auf das Bett zu, auf dem sie sitzt.

Es liegt an dir, sage ich.

Ach so, entgegnet sie beiläufig, als erkläre das alles, aber trotz meines volltrunkenen Zustands bemerke ich die Ironie.

Ich will dich nicht verlieren, sage ich.

Und deshalb trinkst du?, fragt sie zweifelnd.

Ich antworte darauf nicht. Mir scheint das alles so logisch. Warum begreift sie die Zusammenhänge nicht?

Das ist so ziemlich das Sinnloseste, was ich je gehört habe, befindet sie und steht auf.

Geh nicht, bitte ich.

Yara dreht sich um, sieht mich an und schweigt. Ich weiß nicht, was ich noch sagen soll, weil sie mir ständig die Worte im Mund verdreht. Sie ist doch daran schuld, dass ich trinke. Sie sieht mich schweigen und greift nach ihrem Rucksack. Ich blicke sie an und hoffe auf eine Eingebung.

Ruf mich an, wenn du wieder okay bist, sagt sie und tritt auf mich zu. Wahrscheinlich um mich zu umarmen. Vielleicht bekomme ich sogar

einen letzten Kuss? Auf die Wange? Ich lasse es nicht so weit
kommen.

Warte, sage ich und stehe auf.

Das Zimmer dreht sich, als hätte es jemand auf eine Spieluhr gesetzt
und ausgerechnet jetzt aufgezogen.

Ich habe etwas für dich, sage ich und verschwinde im Flur.

Okay, höre ich hinter mir und weiß nicht, was ich jetzt machen soll.

Warte draußen, rufe ich und höre, wie sie langsam zur Tür geht.

Ich renne ins Badezimmer und halte meinen Kopf unter kaltes
Wasser. Jetzt brauche ich eine Idee, und zwar schnellstens. Meine
Füße tragen mich durchs Haus. Ich reiße alle Schränke auf und suche
nach irgendetwas, das sie umstimmt und hält. Etwas, das mein Leben
rettet. In der Küche bin ich bei den Unterschränken angekommen. Ich
reiße die alten Farbutensilien heraus, Schwämme, Lappen,
Einmachgläser und was weiß ich, und dann fällt mir das Gewehr in
die Hände. Ich blicke es an.

Luca?, höre ich sie von draußen rufen.

Ja, rufe ich zurück und stehe auf.

Im Türrahmen bleibe ich stehen und schaue auf die breiten
Lichtstreifen, die die mittlerweile gleißende Sonne über den Garten
wirft. Der Feuerball ist hinter den Palmenwipfeln emporgestiegen
und taucht die Welt in seinen goldenen Glanz. Yara steht mit dem
Rucksack in der Hand beim Papayabaum. Sie dreht sich zu mir um
und beschirmt die Augen mit der Hand, um sie vor der blendenden
Morgensonne zu schützen. Hinter meinem Rücken halte ich das
Gewehr. Ich weiß, dass es geladen ist, und ich weiß, dass es
funktioniert, weil ich damit Hokkushühner jagen wollte, es dann aber
nie getan habe. Wie ich so vieles nicht getan habe, weil Yara plötzlich
da war. Ich lege meinen Zeigefinger auf den Abzug, bleibe im
Schatten des Türrahmens stehen, lasse das Gewehr vor der Brust auf
meinen linken Arm gleiten und ziele auf Yaras Herz. Mein Körper ist
völlig ruhig. Ich atme nicht, sondern sehe Yara an, und dann drücke
ich ab. Das Gewehr explodiert in meinen Händen, der Rückstoß

wuchtet mich zurück hinter die Türschwelle. Von fern bellen Hunde. Dann beginnt es in meinem Ohr zu pfeifen und ich rieche wieder Blut, wie damals, als ich das Huhn geköpft habe. Yara liegt bewegungslos auf meiner verdorrten Wiese, die Haare wirr um ihren Kopf verteilt. Ich kneife die Augen zusammen, als gelte es einen Betrug aufzudecken. Doch hier stimmt alles. Yara ist tot.

Ich schließe die Tür zum Garten, um den Geruch von Blut loszuwerden. Dann halte ich mich wieder am Holzpfosten fest. Jetzt gelingt es mir, die Schuhe von den Füßen zu streifen, und ich entledige mich auch der Socken und meiner Hose. Nackt falle ich auf mein Bett. Das kühle, weiße Laken empfängt mich wie einen nahen Verwandten, freundlich und offen, ohne falsche Hintergedanken. Ich winkle die Beine an und schiebe die Hände unters Kopfkissen. Dann schlafe ich ein. Vielleicht liegt ein Lächeln auf meinem Gesicht, denn ich bin frei. Endlich.